지구가 멸망해도 **뇌**100%
열면 **11차원 외계**행성으로

유체이탈

無相 **김 수 복** 지음

신세림출판사

지구가 멸망해도 뇌100% 열면 11차원 외계행성으로

유체이탈

유체이탈

도솔스님

수곡사 주지 도솔스님(60)은 산꼭대기에 절을 지어 놓고 소나무 밑에서 신선처럼 신통술(육통술)을 익히며 지낸다고 길 도(道) 소나무 송(松)자를 붙여 도솔스님이라고 이름하였다.

스님은 서울에 사는 지인 이양호에게 공양주를 구해 달라고 해서 14세 연화를 공양주로 맞이하게 된다.

도솔스님은 법당에 기도를 하다가 이양호가 연화를 데리고 오는 것을 보고 반기며 묻는다.

"서울 일은 잘 되시는지요?"

"스님 덕분입니다."

스님은 기분이 좋은지 싱글거리며 묻는다.

"지난 번 부탁한 공양주인가?"

"네, 나이는 어리지만 영특하여 데리고 왔습니다."

스님은 이양호를 따라 들어온 소녀의 얼굴을 살핀다.

키가 후리후리하게 크고 가슴이 볼록하고 눈썹은 검고 눈매가 예리하여 지혜롭게 보이며 웃는 얼굴에서 느끼는 상초가 약하지만 중초 하초가 복이 넘치며 자세가 바르고 자그마한 입술이 다정스럽게 보여 말년이 좋을 상이라고 느끼며 이양호를 법당으로 안내하여 녹차를 마시면서 연화의 가족 설명을 듣고 절 아래까지 이양호를 전송한다.

이양호는 연화더러 공부 열심히 하여 성공해서 만나자고 당부하고는 서울로 떠났다.

연화는 이양호가 안보일 때까지 손을 흔들었으나 눈물은 흘리지 않았다.

만나면 헤어지는 인생! 울적해하며 쓸쓸한 표정을 짓는 연화를 데리고 법당으로 들어가 무릎을 꿇리고 세 분 부처께 절 세 번하라 시키자 순순히 절을 한다.

스님은 연화가 절하는 동작이 멎을 때까지 기다렸다가 마루에 방석을 깔고 가부좌를 틀고 호흡훈련을 시킨다.

"복식호흡을 연습하자."

복식호흡법은 몸의 밸런스를 맞추게 되고 산소가 부족한 고지대에서나 우주에서 살아남기 위한 조절법으로 여자들의 자율신경 안정을 조절해 주기 위한 것이 되고 간뇌를 열게 되는 기초가 되며 잠재력을 키워주면서 정신력을 높이고 깨달음을 깨우칠 때 도움되는 호흡법인 것이다.

양반다리를 포개는데 왼쪽 다리를 오른쪽 다리위에 올리고(남자는 오른쪽 다리가 왼쪽 무릎 위로 올라감) 두 손은 복부에 공을 만들게 하고 혀는 입천장에 붙이고 미소를 머금고 눈을 감든지 반개를 하고 미간에 사물을 떠올리는 수련을 시키는 도솔스님은 대뇌를 하나로 모으려 정신일도를 시키고 있었다.

도솔스님은 2억 개의 대뇌 신경을 하나로 모으면 정신 통일이 된다는 것을 가르치고 있는 것이다.

연화에게 스님이 조용히 말하신다.

"눈을 감고 인당으로 부처님을 보아라!"

연화는 스님의 말을 따라 눈을 감고 뭐가 보이는지 궁금하여 아무리 쳐다봐도 보이는 것이 없자 꾸벅꾸벅 깊은 수면 속으로 빠지고 만다.

스님은 눈감고 있는 연화를 바라본다.

잠든 연화의 얼굴에서 안쓰러운 전생이 보여 참다운 인간으로 거듭나게 해줄 수 없을까 고민을 한다.

14살 연화의 어머니 하영은 어머니를 일찍 여의고 이웃 홀아비에게 맡겨졌다. 노인은 딸 같은 하영을 정성들여 키웠다. 하영은 외롭고 쓸쓸하면 울면서 중얼거렸다.

"엄마한테 갈 거야!"

"엄마 보고 싶어! 엄마한테 갈 거야!"

노인은 하영이 울 때마다 하영을 업어 주면서 천수경 신묘장구대다라니를 읊어 주었다.

나이를 먹은 하영은 무당기질이 남달라 무당 일을 터득하여 이름을 날렸지만 일찍 세상을 떠났다. 그의 자식 연화도 양 부모를 잃고 마음이 고독하면 신묘장구대다라니를 읊어 걱정을 덜기도 했다.

연화의 전생을 본 스님은 현생에서 전생의 업을 녹일 좋은 기회라 여기고 다시는 죄짓는 사람이 되지 않게 만들려는 심산이다.

도솔스님은 청년시절 치료를 하러 절로 찾아온 처녀를 간음한 사건을 떠 올렸다.

스님 나이 28세 때였다. 부산에 살던 스무살 아경이 죽을 병에 걸려 수곡사로 요양을 왔다. 도솔스님은 1년 동안 아경을 치료하여 몸이 좋아졌다. 그런데 스님은 어느날 잠자는 아경의 육체에 취해 천지가 새하얘지도록 쾌감하며 울부짖으며 눈이 뒤집힌 적이 있었다.

육신의 병은 정신이 지배하였기에 그 정신 속에 쾌감을 심어 육신의 병을 이겨내게 하는 법을 가르쳐 주었던 효력으로 아경은 병은 완쾌되어 절을 떠났지만 음부의 쾌감을 잊지 못해 음탕의 길로 끝없이 추락했다. 아경은 자신을 망친 스님을 고소하였고 스님은 자살하려고 하초를 작두위에 올려놓고 자르고 말았다.

피를 너무 흘려 죽음을 눈앞에 두고 봉했지만 하초의 기능을 상실한 도솔스님은 연화를 보면서 지나간 후회가 떠올랐다. 되돌리고 싶지 않은 입장에서 연화를 내려다보면서 제자로 키울 생각을 하는 것이다.

연화는 어릴 적부터 천수경을 달달 외우고 사주 관상을 볼 줄 알기에 깨우침만 일구어 낸다면 고뇌 간뇌를 열어 새로운 사람으로 거듭나게 될 것이라고 생각을 하면서 지도해 주려고 작정을 한다.

영혼 산책

　연화의 전생을 알고 있는 스님은 현생에 악독한 일을 하면 누구든 죽으면 지옥, 아귀, 축생으로 살아가는 것이고 몸 보시를 하는 것은 나쁜 업으로 자기에게 돌아와 죽음에 이르게 되어 아귀 축생이 되는 장면을 보여 주는 것이 도리라 여겨 연화의 영혼을 불러내어 산책하기로 작정을 세운다.

　연화가 법당에서 잠을 자는데 도솔스님이 연화의 영혼을 불러낸다. 연화는 친모를 따라 강을 건너 산길을 가는데 길가에 큰 구렁이 한 마리가 허물을 벗는 것을 보고 연화의 친모가 연화에게 말하기를 너의 아버진 죽어 큰 구렁이로 살아간다고 얘기를 해준다.

　"너의 아버진 죽어 구렁이로 산단다."

　저승에서 잘살 줄 알았던 아버지 얼굴을 본 연화는 아버지가 뱀으로 살아간다는 것에 충격을 받고 정신을 차리지 못하고 울기만 하였다.

　우주의 세계는 전생의 업에 따른다. 전생이 선업했으면 천상계(天上界)

로 가고 악업을 지었으면 축생으로 간다. 중음계(中陰界)에서 나온 영가들은 지옥으로가 지옥에서 겁(劫)의 단위로 벌을 받는다.

(신들의 하루의 시간이 1칼파인데 낮이 1천 마하유가(Maha Yuga), 밤이 1천 마하유가이므로 1칼파는 2천 마하유가인데 인간의 시간으로 환산하면 1마하유가는 432만년! 2천 마하유가=1칼파=86억4천만년이다.)

스님은 연화에게 현생에서 미천한 행동을 하면 죽어 짐승으로 살아간다는 것을 보여 주고는 연화를 데리고 천상 세계로 안내를 한다.

연화는 꿈을 꾸고 있는지 연화가 본 거리에는 전체가 옥, 에메랄드, 수정들이 즐비하여 아름답고 화려함이 가득하고 꽃들이 피어 있고 가지마다 매달린 꽃송이들이 이슬처럼 아름답다고 느낀다.

천사들이 색색가지 드레스를 입고 춤을 추고 있는데 그 중앙에 석가모니 몸에서 품어내는 빛나는 빛은 온 우주를 비추어 주었고 그 주위에 유희하는 천사들을 본 연화의 영혼이 이탈되지 않게 스님은 연화의 손을 잡아 주면서 천사들과 놀게 하였다.

연화는 여자로 태어났지만 부모의 사랑을 받지 못했기에 이승에 어린 숙녀로 태어났지만 말년에 잘 살아가기를 바라는 스님은 전생과 이승 지옥과 천당의 길을 터주어 영적인 신통술 안내를 해주었다.

연화는 눈을 떴다. 앞에 앉았던 스님은 눈을 감고 얼굴엔 미소를 띠면서 목탁을 두드리며 연화에게 묻는다.

"뭐가 보이든?"

연화는 석가모니를 바라보라했는데 보지 못하고 잠만 자 미안한 마음이 들어 엉뚱하게 스님에게 질문을 한다.

"윤회가 무엇입니까?"

연화의 입에서 윤회라는 말이 나오자 스님은 연화에게 되 묻는다.

"네가 윤회라는 말을 아느냐?"

"어릴 적 어머니께 들었던게 생각나 스님께 묻는 것입니다!"

스님은 자상한 아버지 같은 미소를 짓다가 다정히 말한다.

"봄이 가고 여름이 오고 가을이 가고 눈 내리는 겨울 그리고 다시 봄이 오듯 이승에서 태어난 사람은 죽기 마련인데 죽어서 사람으로 태어나기도 하고 짐승으로 태어나기도 한단다. 천당 가는 사람, 지옥 가는 사람, 좋은 일 하여 자비 베풀고 선행 보시를 하면 사람으로 태어나듯이, 나고 죽는 것 수레 바퀴처럼 전생과 이생 돌고 돌아가는 것을 윤회라 한단다."

"부모님이 사시는 그곳이 지옥입니까?"

"어떻게 살든?"

"어머닌 개로, 아버진 구렁이로 살고 있었습니다. 인간으로 살면 안 되나요?"

"이승에서 남을 괴롭히면 그렇게 사는 것이니 연화는 몸가짐을 특별히 하여라."

"네~ 스님! 착하게 살겠습니다!"

"또 뭘 보았느냐?"

"스님! 천당 그곳엔 지구에 돌멩이가 널려있듯 보석들이 온 천지에 있었습니다. 그리고 석가모니 곁에 서 있는 천사들과 춤도

추었습니다."

"부처님을 보았는가?"

"하얀 빛의 부처님을 보았습니다."

"부처님을 보았다면 너의 앞날이 훤해지겠구나!"

스님은 지금까지 살아오면서 제자들에게 뚜렷한 영적인 신통술을 가르쳐 주지 않았다. 어린 나이에 신통술을 알게 되면 자만에 빠지게 되고 배신을 하기 때문인데 연화에게만은 제대로 된 신통술을 가르쳐 주고 싶은 스님은 연화에게 엄숙히 타이른다.

"오늘부터 108배를 한 달 동안, 그다음 300배를 하고, 한 달 뒤부터는 3000배를 하면 네 몸을 통하여 깨우침을 느낄 것이다!"

연화는 스님 말씀 중에 깨우침이란 말이 무엇인지 궁금하여 묻는다.

"깨우침이란 무엇입니까?"

"아차 하는 순간 자연의 섭리(앙상한 가지 비바람 몰아쳐도 열매를 맺고 단풍으로 몸단장하고 미련 없이 떠나는)를 알게 되는 것으로 가피라(과거에 심어 놓은 선근에 감응되는 것)가 열리게 되면 대뇌, 고뇌, 간뇌가 열리게 되어 우주를 알게 되며 인간이 어디서 태어났는가를 이해할 날이 올 터이니 신묘장구대다라니를 열심히 외우거라!"

스님이 말하자 연화는 일어나 두 손을 머리에 모으고 1배를 한다.

연화가 1배를 하는 것을 보고 스님은 다정히 말한다.

"스님에게 절할 적엔 3배를 하여라."

연화는 왜 3배를 해야 하는지 그게 궁금하여 묻는다.

"왜 3배를 해야 합니까?"

스님은 다정한 미소를 지으며 말하신다.

"수십 년 높은 뜻 공부한 것을 아랫사람에게 강의해주는 것에 대한 고마운 마음을 표하는 뜻에서이지."

연화는 스님의 말을 듣고 그날부터 염불에 정진하여 신묘장구 대다라니를 열심히 외웠다.

연화는 도를 깨치는 것은 영혼을 일깨우는 것이고 절하는 것은 몸을 이롭게 하는 것임을 알았다.

연화는 죄 많은 인간이 바로 자기라는 것을 알게 되었고 그날로 부터 염불에 정진하면서 하염없이 눈물을 흘리며 울었다.

"감사합니다!!"

연화는 부엌에서 부처님께 올릴 공양을 정성스럽게 지었고 스님은 연화에게 매일 다라니(염불)를 지도하여 고독하고 외롭다는 생각도 하지 못하도록 지도하였다.

영혼의 세계로 몰입, 황홀경에 빠지기도 하여 대뇌를 통일하게 되었고 간뇌가 열려 새로운 리듬을 찾아 소뇌까지 열려 몸은 경공술을 펼 정도가 되었다.

2억 개의 대뇌가 통일되어지면 울음을 울게 된 뒤에 해탈이 오는 그 때 10만 개의 세포가 되살아나게 된다.

인간의 뇌 100% 중 성인들은 23%를 열고 사용하는데 아인슈타인이나 성인들은 28% 열었다고 한다.

다라니를 암송하면서 눈물을 흘리고 긴장을 늦추지 않고 기공수련을 열심히 한 연화는 1년 후 상대방의 마음을 꿰뚫어 볼 수 있는 능력을 깨치게 되었고 상대방의 전생을 보게 되었고 천리 밖 소리를 들을 수 있었고 생각하는 모든 것을 보게 되었다. 그리고 유체 이탈되어 어디든 갈 수 있었고 모두 다 아는 능력을 터득한 연화는 다라니를 암송하면 영혼은 육신에서 떠나 우주를 유회하였고 강물이 흐르는 골짜기를 오르내렸고 파도치는 바다 위를 날았다가 구름 위에 올라 놀다가 밀림 숲 위로 날아다녔다.

도솔스님이 가르치는 신통술을 익혔기에 천수경을 암송하여 천상에서 느끼는 행복함에 날마다 삼매경에 젖어 하루가 어떻게 지나가는지 모를 정도의 능력자가 된 것이다.

스님은 연화의 깨우침에 만족하여 말한다.

"깨달음을 깨우쳤으니 몸가짐 특별히 하고 지도자의 입장에 서서 마음자세를 지키길 바란다!"

연화는 고뇌를 열어 전생에 유의태 침술까지 전수받아 사람을 보면 어디서부터 병이 생겨 어디까지 진행된 것인지 알았고 연화를 만나본 사람들은 아주 영험하다고 다시 찾아오기도 하였다. 전생에 지은 업들로 이승에 본인들이 그 응보를 받는 것이고 깨달음을 깨우치려는 것은 진실한 사랑이라야 이룰 수 있고 진실한 마음일 때 인류를 구원해 줄 수 있다고 보는 연화는 자신 만의 특별히 얻어진 깨달음을 나름대로 고통받는 사람들에게 나누어 주고 봉사할 마음이 생겨 마침내 어둠을 뚫고 솟아나는 아침 해처럼 연화의 얼굴은 관세음보살을 닮아 있었다.

도솔스님은 연화가 고독해지면 절을 떠날까봐 충무(통영)에 다녀오라 심부름을 시킨다.

무경, 연화와 만남

"통영 김밥을 먹고 싶구나. 다녀오겠느냐?"

연화는 한 번도 가보지 못한 통영에 도착을 하니 바다가 보이고 배들이 똑딱거리는 소리를 낼 적마다 갈매기들이 소리를 지르며 따라 다녔고 여객선들이 당도한 선창가 아스팔트길 위에 뚱뚱한 할머니가 큰 양재기에 수북히 담긴 김밥을 팔고 있었다. 붉은 고춧가루가 묻은 나박김치와 먹음직스러운 쭈꾸미들이 큼직하게 썰어져 할머니 김밥 통에 담겨져 있는 것을 보고 연화는 한 봉지 사가지고 마산으로 되돌아가는 버스에 몸을 실었다.

산을 돌고 언덕을 힘겹게 먼지를 일으키며 버스는 달린다. 시골 버스를 따라 오는 태양은 버스 안을 들여다 보고 웃는다. 버스에 몸을 실은 무경은 황금색 들판 수로를 바라보며 파란 저수지에 물결이 파도되어 너울거리는 모습에 넋을 잃고 바라보고 있다. 낚시를 하는 사람들은 보리밥을 낚시에 끼어 놓고 잉어가 잡힐까 꼼짝 없이 앉아 있고 물장구치는 아이들이 그물을 들었다 내렸다 야단법석을 한다.

친정집 가는 새색시는 아이를 업고 도로가에 섰다가 버스가 오자 짐 보따리를 머리에 이고 땀방울이 이마에 보송보송 맺혀 있다.

버스에 오른 사람들은 의자에 걸터앉기도 하고 손잡이에 매달리기도 하고 한 의자에 세 사람이 앉기도 했다. 길에 늘어선 나뭇가지에는 나뭇잎이 색깔대로 옷을 갈아입었고 바람 부는 대로 몸을 흔들다가 버스가 지나가면 허리를 굽실거린다.

무경은 부정부패 없는 나라에 법관이 되어 죄수들에게 관용을 베풀고 법을 바로세울 포부를 가졌으나 부모가 물려준 산을 몰래 팔아먹은 형제들이 미워 한산도 구경도 하고 마음정리도 할겸 통영 버스 정류장에서 마산으로 가는 버스에 올랐는데, 옆자리에 연화가 앉은 것이다.

무경은 야박한 형제간의 인심, 험담하는 사람들, 쉽게 배신하는 세상인심이 허무한 생각이 들어 가슴이 아프고 아려 눈물이 두 뺨을 흘러내렸다.

무경은 붉은 태양이 창밖에서 따라 오는 것을 보고 기도를 하였다.

"해님! 당신은 어째서 웃고 계십니까? 도와주소서!"

옆자리에 타고 있던 연화가 창 밖을 바라보며 눈물을 흘리고 있는 무경에게 눈물을 닦으라고 손수건을 내밀었다.

무경은 옆자리의 연화가 내미는 손수건을 받지 않겠다고 고개를 젓다가 연화의 얼굴을 보고 깜짝 놀란다. 연화 역시 버스 안 옆자리에 앉아 울고 있는 남자를 보고 자기의 눈을 의심한다. 어디서 많이 본 사람? 전생에 사모하던 사람이라는 것을 안 연화는 번개에 맞은 듯 스님이 왜 통영으로 심부름을 보냈는지 그 이유를 알 것 같았다.

'스님께서 전생의 연인을 만나도록 배려하신 것이구나.'

연화를 바라본 무경 또한 놀라지 않을 수 없다. 꿈속에서 만나던 그 사람이 손수건을 내밀다니, 무경은 연화의 얼굴을 본 순간 배꼽 밑 단전이 쇠꼬챙이로 찔러 뜨거워 미칠 지경에 이르렀다. 무경은 이것이 우주의 기가 통해 불세례를 맞게 한 것이라고는 미처 생각하지 못했다.

무경은 연화를 보고 반갑기도 했지만 단전에 불이 붙은 느낌에 더욱 놀란다.

한편 연화는 울고 있는 무경에게 우주의 에너지를 넣어 주고 있었다. 무경은 우주의 에너지가 자기 몸으로 들어온 줄도 모르고 '울음이 왜 그쳐질까?' 의아해 한다.

옆자리에 앉아 있던 연화는 무경을 바라보고 방긋이 웃는다. 그리고 무경이 우는지 안 우는지 관찰을 하고 있었다. 연화가 볼 때 무경이 골상에 형제간의 우애가 없고 홀로 자수성가해야 할 운명이라 도와주고 싶었던 것이다.

무경은 우주의 기를 받고 눈물이 마른 것을 모른다. 머릿속엔 천상의 멜로디가 들려오고 코로는 그동안 맡아보지 못했던 향기를 맡으려니 눈물은 마르고 행복한 미소가 얼굴에 번진다.

무경은 어릴 적 우물에서 무지개가 피어오르는 것을 보고 황홀하였던 기억이 나고 따뜻하게 감싸주던 태양을 온 몸으로 느끼고 있었다.

연화는 무경이 울음을 그치는 것을 보고는 말문을 연다.

"제가 머무는 절에 들렀다 가시지요!"

무경은 연화의 말에 최면이라도 걸린 듯 고개를 끄덕인다.

　초록빛 나무들이 우거진 가지 사이로 멀리 보이는 골짜기 한 곳을 보니 절벽 까마득하게 절이 서있는데 신령스런 기운이 도는 바위에 붙어 기어서 올라가니 놀라운 전경이 눈앞에 전개된다.
　절 담벼락 돌들이 정결하고 바닥에 깔려있는 돌들이 가지런해 마음이 편해지고 멀리 수평선이 보이는 바닷가 은빛 물결들이 춤을 추고 있었다.
　무경이 선녀처럼 아름다운 미소로 자신을 바라보는 연화에게 묻는다.
　"여기 사셨습니까?"
　연화보살은 반갑게 웃으며 말한다.
　"오시느라 힘들었지요!"
　도솔스님은 연화 뒤에 무경이 따라 들어오는 것을 보고 빙그레 미소 짓는다. 전생의 인연들로 해서 현실에서의 만남이 이루어진 것을 느낀 스님은 연화가 잘해 낼 것이라 믿고 성지 순례의 길에 오르기로 한다.
　절은 비었는데도 무경이 옆에 있어 연화는 허전함을 느끼진 않았다.
　무경이 먼저 연화에게 자기소개를 한다.
　"저는 무경이라 합니다."
　그러자 연화가 부끄러운 미소를 지으며 대답한다.
　"연화(蓮花)입니다."
　연화(蓮花)는 잠시 생각에 잠긴다.

'진정 꿈속 무경을 만나게 하기 위해 스님은 김밥이 먹고 싶다 하여 통영으로 심부름을 보냈던 것인가?

무경을 처음 보는 순간부터 이 남자라면 미래의 포부를 펼칠 수 있을 것 같아 절로 안내 하여 자기를 알리고 싶었다.

연화는 부엌으로 들어가더니 찻잔을 들고 나오며 말한다.

"과일즙을 드시지요!"

무경은 열매즙을 마시면서 연화에게 묻는다.

"혼자 사시나요?"

"전 외톨이랍니다. 저를 거두어주신 도솔스님은 중국으로 방금 떠나셨고요!"

연화는 무경이 뇌가(령이) 열렸는지 알고 싶어진다.

연화는 무경이 의협심이 발동하면 목숨도 버릴 수 있고 인간을 구원하기 위해 큰 뜻을 세울 사람이라는 것을 알고는 무경의 팔을 끼며 말한다.

"우리 이층에 올라가 참선합시다!"

연화는 신통술의 대가이면서 기적을 일으키는 실력가이다.

무경은 연화의 신출귀몰한 신통술 펴는 것을 보지 못했지만 믿고 따라 가고 싶어진다.

연화가 손짓하는 2층 법당으로 올라간 두 사람은 마주 앉아 정신 통일을 한다.

무경이 문득 정신을 차려보니 하늘 위 구름을 밟고 있는 듯한 느낌과 깊은 산속을 걷는 듯한 느낌이다.

연화는 무경의 대뇌 속으로 들어가 배꼽 밑 단전에 기를 뚫어주며 전신에 기를 고르게 해 주었다. 편안한 자세로 발을 어깨 넓이로 벌리게 하고 팔도 자연스럽게 벌리고 코로 숨을 마시게 하고 가슴을 팽창시키면서 입으로 숨을 길게 내 쉬며 화기(火氣)를 토해내도록 한다.

숨을 내쉬고 들이쉴 때는 천천히 숫자를 세면서 숨쉬기에 의식을 집중하도록 도와준다.

무경은 누군가가 자기에게 주문을 걸고 조정하는 것을 모른 채 아랫배에 긴장을 막아주기 위해 양손을 아랫배에 올려놓고 호흡과 상관없이 아랫배를 당겼다 놓는 것을 1분에 100회 반복하게 한다.

배를 당길 때는 아랫배가 등에 닿는 느낌으로 힘을 빼고 배를 내밀 때는 아랫배에 약간의 복압이 느껴지도록 의식을 아랫배에 집중한다는 것을 암기시켰다. 그리고 복식 호흡은 가슴과 아랫배가 이완되도록 하며 숨을 들이마실 때는 상체가 긴장되지 않도록 하고, 내쉬는 숨에 더 비중을 둔다. 충분히 내쉬면 그 반동으로 자연스럽게 충분히 들이마실 수 있다.

(복식 호흡을 하면서 바로 누웠을 때 뒤꿈치를 마주 보게 하고 엄지발가락을 10분씩 매일 두드리면 다리가 가벼워지고 간이 좋아지면서 눈이 밝아지고 정력이 좋아지며 고혈압이 떨어지고 당뇨가 치유되고 관절염이 없어지고 노망이 없어지는 운동이다.)

무경은 연화에게 기공을 전수받는다.

연화는 무경을 눕혀놓고 복부를 만지는데 배꼽을 중심으로 시계 방향으로 회전시키며 복부 내장을 만지도록 위치를 설명해 준다.

(1) 명치에서 불 두둑까지 누르고 2) 간장에서 맹장까지 누르고 3) 심장에서 회장까지 일직선으로 누르고 4) 갈비뼈 밑 심장, 간장, 회장, 맹장 자리를 누르고 5) 시계 방향으로 누르는데 누를 때 10초의 시간이 지나는 동안 누르고 6) 배꼽(신궐)을 엄지손가락으로 누르고 있는 시간이 정맥이 30번 뛸 때까지 누르다가 배꼽을 앞으로 뒤로 옆으로 아래로 심장 쪽으로 끌어당기고 맹장 쪽으로 간장 쪽으로 회장 쪽으로 9군데를 늘리다가 7)배꼽에서 1Cm 간격으로 차츰 옆으로 누르다가 2Cm 간격으로 벌려 누르다가 3Cm 간격으로 늘려 누르다가 4Cm 간격으로 벌려 배 전체를 누르면 된다.)

연화가 무경이에게 복부 기공을 실시하던 중 무경의 하초를 우연히 스치게 되자 연화의 신경 세포들이 놀라는 바람에 수천 볼트의 전자파가 온 몸으로 전해져 억누를 수 없는 신의 세계로 접신되어 이성을 잃고 말았다. 호흡이 정지되고 눈의 초점이 흐려진 연화의 손끝 자기장이 무경에게 옮겨진 감정은 폭발하여 근육질들이 발악을 하고 만다.

연화를 스승처럼 존경하는데 신체의 변화를 누르지 못하고 감정에 사로잡힌 무경의 뇌세포는 여자를 품고 싶다는 생각으로 가득하다. 전생의 인연을 품속으로 끌어 들이고 싶은 충동을 느낀 연화는 쿵꽝거리는 심장의 소리를 들으며 몰아의 경지에 무경의 육신을 끌어안고 무경은 연화의 얼굴을 두 손으로 만지며 수줍음을 타지도 않았다.

어지러운 것인지 회오리바람이 부는 정신은 이 세상을 다 얻은 기분이 된다.

우주의 기가 육신으로 전해지자 주체할 수 없는 감정의 폭발이 일어나지만 무경은 감정을 누르고 태연한 척 행동한다. 연화 역시 무경에게 애무를 하면서도 본래 여자라는 순수를 잃지 않으려 애썼다. 극도로 흥분된 상태에서도 자신의 정신세계를 지키며 태연히 복부기공에만 충실하고 있었던 것이 여간 기특하지 않을 수 없었다.

연화는 주체 할 수 없는 감정에서 이성을 찾았고 무경도 여인의 몸을 안고서도 더 요구하지 않았다는 것이 신기할 따름이다.

"관세음보살 감사합니다!"

연화는 관세음보살께 기도를 하고 있었고 무경도 같은 마음으로 부처님께 기도를 드리고 있었다.

무경은 연화가 가르쳐준 복부기공을 완성하는 것이 여간 어려운 일이 아니라는 것을 많은 체험을 하고 난 뒤에 깨닫고, 훗날 중생들을 구제하게 될 줄 몰랐던 것이다.

연화는 자기의 감정이 회오리가 되어 종잡을 수 없는 신의 세계로 흘러갔지만 억누를 수 있었던 것은 무경의 의젓한 몸가짐에서 비롯되었다는 것을 고맙게 생각했다. 연화에게 무경은 언제든지 마음만 먹으면 내 사람이 될 수 있다는 것을 알게 하여준 시간이었고 무경도 스승과 같은 연화이지만 애인이 될 수 있는 사이라는 것을 느끼게 해준 시간인 것 같아 정겨울 수 있었다. 두 사람은 열흘 동안 번갈아 가면서 복부 기공을 전수해 주고 전수를 받았다.

연화는 처음으로 사랑이라는 감정에 잡혀 그날 밤 잠을 설쳤고 무경도 연화의 체취에서 풍기는 여인의 냄새를 잊지 못하고 잠을 설쳤다.

그날 밤 연화는 복부기공을 할 당시, 치밀어 오르는 그 감정대로 몸을 맡겼으면 어찌 되었을까 하고 상상해 본다. 불타는 그 감정에 사로잡히고 싶은 충동을 느끼고 무경의 넓은 가슴에 안기고 싶다고 생각한다. 무경은 무경대로 연화의 포근한 가슴에 안겨 처절하게 몸부림을 치고 싶은 충동을 느낀다.

연화는 무경이 받아 줄 분위기가 된다면 새로운 각오로 대처할 것이라 단단히 마음의 준비를 하면서 신구장묘다라니를 읊는다.

격동의 시대

서울서 공부하던 무경과 연화는 자주 만나 대학 생활을 즐기다가 방학을 맞아 무경이 고향으로 내려가게 되어 헤어지는 것이 아쉽다는 표정을 지으며 말한다.

"빨리 올 거지?"

"응, 방학 끝나고 시험 치른다니까 빨리 올라 와야 해!"

연화는 무경이 빨리 돌아와 인천 해수욕장에도 가고 강릉 해수욕장에도 가고 싶다고 거듭 말한다.

"상경할 때 전화해야 해!"

"그래, 갔다 올께."

무경이 작별인사를 하자 연화는 울먹이는 표정을 지으며 손짓한다.

고향에 도착한 무경은 집 앞에서 웅성거리는 소리가 들려 대문을 나서자 대학 선배 3명이 기다렸다는 듯 반기며 무경의 손을 잡고 사람들이 모여 있는 곳으로 가자고 이끈다.

"무경이 너 오기를 기다렸어!"

서울대에 다니는 4학년 선배 김화영 씨가 무경을 껴안고 말한다.

무경이 얼떨결에 김화영 선배의 손에 이끌려 간 곳에는 선배들과 동창생, 일반인이 모여 있었다. 분위기는 소란스럽고 험악한 가운데 군중들이 밀집되어 있는 중앙에 한 남자가 일어서서 큰소리로 말한다.

"흩어지라면 흩어져야지, 말 안들을 거야!?"

체육관장이라는 사람이 학생들 앞에 나서서 간섭을 한다. 그 사람 생각으로는 자신이 큰소리를 치면 학생들이 흩어질 거라 믿었던 모양이다. 대학생들은 옛날의 사고방식을 가진 것이 아니고 서울서 자유민주주의를 외치다 동료를 잃고 부정을 규탄하다 내려온 투사들로 총부리 앞에서도 항거했던 학생들이란 것을 모르고 있었다. 시골에서는 폭력을 쓰면 학생들이 물러갈 것이라고 생각했기 때문에 취한 행동인데 그런 폭력 앞에 굴복할 학생이 있을 것이라고 착각한 관장의 미련스런 행동이 불쌍해 보였다.

순수해야 할 사람들의 심리를 파악 못했던 고향의 선배들이 부정한 마음으로 몇 푼의 돈에 매수되어 학생들을 좌지우지하는 것이 못 마땅한 학생들은 타락한 그들의 정신세계를 갈아엎어 버리고 싶은 심정으로 똘똘 뭉쳐있었다.

무경이 일어서서 그에게 묻는다.

"당신이 무언데 이래라 저래라 말 하시오?"

체육관장은 무경을 험한 얼굴로 바라보면서 말한다.

"나, 체육관장인데 여기서 당장 흩어지란 말이다!"

"당신이 왜 학생들에게 협박하는 것이오?"

무경은 체육관장이 왜 학생들 앞에 나서서 행동을 못하게 하는가? 따져 묻는다.

"왠 말이 그리 많아! 가라면 가야지!"

"학생들이 무엇 때문에 여기 모였는지 아시오?"

관장은 내 알 바 아니고 그저 자기 말대로 흩어지란 말만 하고 있다.

"고향에서 조용히 공부나 할 일이지 데모를 왜 하나?"

무경은 학생들 일에 간섭하는 게 도리가 아니다 싶어 말참견을 한다.

"부패한 집단의 노예가 되어 학생들 앞에서 이래라 저래라 하는 건 관장이 할 일이 아니라고 봅니다!"

관장은 낭패한 얼굴을 하면서 부패한 집단의 노예란 말이 거슬려 화가 머리끝까지 뻗쳤는지 입을 실룩거린다.

학생들이 꼼짝하지 않고 그 자리에서 일어나지 않자 선글라스를 낀 30대중반되는 스포츠머리를 한 씨름꾼이 무경의 앞으로 나서며 말한다.

"우리 형님 말 안 들려?"

무경은 험악해진 분위기를 파악하고는 물러 설 수 없다고 생각하고 말한다.

"각목으로 학생들을 팰 겁니까?"

스포츠머리를 한 사내는 고함을 지른다.

"내가 천하장사 씨름꾼이란 말이다!"

씨름판에서 황소를 여러 마리 탄 장사인 최 씨가 각목을 휘두르면서 무경의 앞으로 달려들었다. 위기감을 느낀 무경은 몸을 피하면서 정당방위를 생각하고 오른 발로 최 씨의 오른 턱을 한방 먹인다.

최씨는 무경의 발을 피하지 못하는 순간 어지럽다는 생각이 들면서 비실거리더니 쓰레기 쌓인 곳으로 푹 고꾸라진다.

체육 관장이 자기 편을 들어준 사람이 쓰러지는 것을 보고 체면이 구겼는지 살의를 품고 무경을 공격해 왔다. 무경은 가볍게 피하면서 관장의 오른쪽 턱을 한방 먹인다.

화영 선배가 무경을 모임에 데리고 온 것은 싸워 달라고 끌고 온 것은 아니지만 학생들에게 협박하는 관장을 무경 혼자 제압하는 것이 마음에 들어 응원을 하고 싶었다. 그러나, 상황이 잘못되면 무경이 난처할 것 같아 소리쳤다.

"무경아! 싸우면 안 돼!"

무경이 방어 겸 공격을 한 것이 관장의 턱에 맞아 기절을 하고 말았다. 관장이 쓰러지는 것을 보고 혹시 크게 다치지나 않았나? 염려를 하는 동안 사람들이 관장을 안고 모여있는 사람들 사이로 사라진다.

큰소리치고 공갈 협박하는 사람들이 물러갈 거라고는 손톱만큼도 생각 못하다가 무경이 혼자 그 사람들을 감당해 내는 것을 보고 선배들은 후배 한 사람 있는 것이 천군만마를 얻은 기분이 들어 어깨가 으쓱해지고 그의 용기가 부럽다.

그 자리에 모여있던 누군가가 갑자기 소리쳤다.

"부정 투표 용지가 무더기로 나왔어!"

"그 짓을 하고도 남을 놈들이지"

군중 속에서 비명 같은 소리가 들린다.

"전투 경찰이 사람을 죽였어!"

사람들은 순간, 번개에 맞은 듯 순식간에 이성을 잃고 전투 경찰들을 향해 돌을 던지기 시작했다. 경찰들이 견디지 못하고 후퇴를 하는 바람에 분위기는 순식간에 아수라장이 된다.

사람들은 군중들이 다니지 못하게 바리게이트를 막고 총을 들고 있는 전투 경찰을 미워했다.

"저 놈들이 내 자식을 죽였다!"

군중들은 바리게이트를 지키고 있는 경찰들에게 돌멩이를 던지기 시작했고 경찰들은 돌멩이에 견디지 못하고 모두다 도망을 간다.

화가 난 군중들은 군청 2층에 있던 투표함을 아래층으로 던졌고, 던져진 투표함에 누군가 불을 지르자 투표용지는 연기가 되어 하늘로 흩어진다.

돌멩이에 맞은 경찰들은 병원에 입원을 하였고 나무에 올라가 숨었던 경찰관, 화장실 똥통에 빠진 경찰관, 유치장에 몸을 숨기고 있던 경찰관을 무경은 풀어 주면서 말한다.

"당신들을 규탄하는 것이 아닙니다!"

무경과 김화영 선배는 똥통에 빠진 순경을 빼낸 다음 수돗가에 데리고 가 비누로 씻겨주면서 같은 하늘아래 형제들이 왜 싸워야 하는가를 생각하게 한다.

한바탕 소용돌이가 몰아치고 군중들이 흩어진 조용한 거리에 쏟아지는 7월의 햇살은 따갑고 눈부셨다.

김화영 선배와 김윤열 선배와 정출도 선배, 무경 네 사람은 병원에 입원한 순경들을 위문하자고 하여 병원으로 향했다. 돌멩이에 맞은 순경들은 붕대를 하고 누워 있었다.

환자들에게 일일이 위로를 하며 집으로 돌아오는 길에 군중들의 함성이 들리지 않으니 왠지 모르게 허전하고 불안한 마음이 엄습해 심장이 뛰고 어디로 도망가고 싶어진다.

며칠 지난 뒤 부산서 부임해 온 서장이 어수선한 시국을 안정시키고자 학생들과 면담을 하고 싶으니 서장실로 모이라고 했다. 투표함을 불태운 학생들을 형무소로 보내기 위한 것인데 학생들은 눈치를 채지 못하고 서장실로 모이고 있었다.

학생들에게 아이스커피를 사 먹이면서 시간을 끌던 서장은 전화 벨이 울리자 황급히 전화를 받고 주위에 서있는 형사들에게 버스가 도착했다고 신호를 보내고 학생들에게 일일이 악수를 하면서 고생했으니 집에 가서 푹 쉬라고 학생들을 내 보낸다.

긴 시간 동안 서장의 일거일동을 구경하던 무경은 냉커피를 마시고 서장실을 나오는데 서장실 밖 복도에 두 줄로 늘어선 경찰들이 학생들이 나오기를 기다렸다가 수갑을 채워 버스에 태우고 형무소로 보낼 채비를 하고 있었다.

한 학생에게 두 경찰들이 달려드는데 한 사람은 학생의 오른팔을 꺾고 또 한 사람은 왼팔을 뒤로 제치고 수갑을 채운다. 수갑을 찬 무경과 학생들은 순식간에 일어난 사건에 무어라 말할 수 없는 비애를 느꼈다.

경관들에 의해 수갑을 찬 무경은 화가 났다. 서장이 학생들을 속이고 학생들을 모아 형무소로 데리고 갈 줄은 아무도 몰랐던 것이다. 서장은 데모한 학생들을 태우고 갈 버스가 도착되기를 기다리고 있었으나 혹시 이들을 끌고 갈 버스가 도착하기 전에 경찰서로 데모에 가담한 군민들이 몰려들까봐 걱정하였으나 아무런 일이 일어나지 않았고 학생들을 태운 경찰들은 우악스럽게 학생들을 다루었다.

서장의 꼼수에 걸려든 학생들이 버스를 타지 않으려 하자 경관들은 학생들을 질질 끌며 버스에 내동댕이친다. 학생들은 잔뜩 겁을 집어먹고 아무 소리도 지르지 못하고 밤의 긴 거리를 달리는 버스에 탄 손님처럼 조용하다.

새벽녘이 되어서야 버스에 탄 학생들이 내린 곳은 담장이 높고 철문이 보이는 부산형무소란 간판의 글씨가 선명했다.

철거덕! 철문이 열리는 동시에 그 철문에서 간수들이 학생들의 머릿수를 헤아리는 것을 보고 무경은 오줌이 마려워 미칠 지경이 된다.

'형무소에 갇히는 신세가 되는 구나.' 생각하니 울컥 서러움이 밀려들었다. 어깨가 넓은 간수들이 학생들에게 옷을 갈아입으라 호통을 치고 콩밥을 주는데 콩은 한 톨도 보이지 않고 까만 벌레들이 우굴거리고 보리밥에 붙어 있어 학생들은 기겁을 하고 먹으려 들지 않자 이를 본 간수가 보리밥까지 빼앗으며 말한다.

"북한에서는 이런 것도 못 먹어 떼죽음 당하는 걸 모르냐!?"

학생들을 문지방 앞에 줄로 세우더니 방안으로 밀어 넣는다.

"문지방 밟지 말고 들어가!"

감방 안 사람들을 휘 둘러보는데 머리가 벗겨져 있고 들창코에 이빨이 듬성듬성 빠지고 실눈을 한 험상궂게 생긴 사십대로 보이는 사내가 앞으로 나서며 무경에게 말한다.

"누군지 신고를 해야지!"

무경은 얼떨결에 험상궂은 사내를 바라보고 말한다.

"무슨 신고를 하라는 말이요?"

"들어오기 힘든 곳이니 선배들에게 무엇 때문에 들어 왔습니다, 말해야지!"

"누구에게?"

감방장은 엄지손가락을 땅바닥에 짚고 몸통을 일으키고 다리를 일자로 찢으며 잡범들에게 위압감을 주고 있다. 미결수들은 겁에 질린 듯 눈치를 보면서 구석진 자리에 앉아있고 운동을 끝낸 사내는 무경을 잡아먹을 듯 눈을 흘기며 시비를 걸 듯이 말했다.

"뭐하다 들어왔냐고 묻지 않나?"

신경질적으로 말하는 감방장에게 대들듯 무경은 말한다.

"부정선거 규탄 데모 했습니다!"

무경은 화를 내면서 말하였다. 신선한 학생운동을 하다 붙들려 온 것도 분한데 감방 안에서 별볼일없는 사람에게 신고를 해야 한다는 게 마음이 내키지 않아 신경질을 부린 것이다.

감방장은 무경의 반항하는 말을 듣고 말한다.

"너희들 때문에 내가 이 고생이란 말이야!"

"…… 무슨 말을 하는 거요!"

무경은 감방장이 왜 그렇게 말하는지 이유를 모르고 감방장 얼굴을 뚫어지게 바라보자 감방장은 협조를 구하려는지 주위에 있는 동료들을 쳐다보며 엄청 큰 소리로 말한다.

"부정 선거? 썩어 빠진 정치 앞잡이 놈들을 위해 데모를 해?"

감방장은 데모를 했다는 소리를 듣고 신경질을 부리며 화제를 다른 곳으로 바꾸며 말한다.

"어이 학생! 좆 대가리 꺼내 핸드 프레이 쳐봐!"

무경은 반장의 말을 듣고 반항하듯 말한다.

"싫습니다!"

반장은 날카롭고 강한 어투로 명령한다.

"홍콩가잔 말 안 들려?"

무경은 남자로 태어나 다른 사람에게 보인 적 없는 고추를 여러 사람 앞에서 보이라하니 창피하여 그를 쳐다본다.

감방장은 감방장대로 자기의 명령이 통하지 않는 것이 신경에 거슬려 협박적인 말을 한다.

"내가 김주열 얼굴에 박격포 박은 사람이야!"

무경은 이 말을 듣고 뇌의 회로가 어지럽게 돌아갔다.

'이 사람들이 마산의 흉악범들이로구나.'

생각이 거기까지 미치자 무경은 반항하듯 말한다.

"당신 말은 안 듣겠소!"

감방장은 화가 난 말투로 무경을 노려본다.

"야, 인마! 땅 바닥에 머리박아!"

"이곳에선 감방장 말이 법이란 걸 몰라?"

감방장 옥 경위가 건방지게 대드는 무경의 등 뒤에 서있는 동료들에게 눈치를 주자 D 순경이 무경의 얼굴에 담요를 씌웠고 주위에 사람들은 순식간에 덤벼들어 주먹질을 해대는 것이다.

"뚜두둑 퍽 퍽!"

담요를 뒤집어 쓴 무경에게 주먹들이 날아왔지만 고함을 지르는 무경의 소리는 창문 밖으로 새어 나가지 않았다.

"사람 살려!"

사방에서 두들기는 주먹을 맞은 무경은 정신을 차릴 수 없다. 얼굴은 퉁퉁 부었고 머리가 지근지근 흔들리고 곧 죽을 것 같아 소리조차 지르지 못하자 더 공격하지 않아 방안은 조용해졌다.

잡범들은 구경만하다 무경에게 다가 와서 말한다.

"옥 경위 말 들으면 더 맞진 않을 거야!"

무경은 아무 이유없이 구타를 당하게 되니 죽을 듯 분이 풀리지 않는다.

'어떻게 복수를 하면 분이 풀릴까?'

눈알을 부릅뜨고 복수를 다짐하는 무경은 소리를 지른다.

"내 손으로 너희들 다 죽일 거야!"

무경의 화난 표정을 읽은 감방장은 무경이 그렇게 협공을 당해 놓고도 고집을 부린다고 느끼는지 악을 쓰는 무경에게 으름장을 놓는다.

"용감한 척 하지마! 우린 특수 훈련받은 사람들이야!"

학생정도의 실력으로는 대들어도 소용없다고 한 말이다.

부정을 규탄하여 구속된 것도 서러운데 감방 안에서 몰매를 맞는 것이 용납될 일이 아니라고 생각하여 패통을 쳐 간수를 불렀다.

감방안을 감시하던 간수가 패통이 떨어지는 것을 보고 무경의 방으로 걸어와 감시구멍으로 들여다보면서 묻는다.

"누가 패통 쳤어!"

무경은 손을 들고 간수에게 말한다.

"집단 구타를 당했습니다!"

간수는 무경의 얼굴을 한번 쳐다보더니 옥 경위의 얼굴을 바라보며 말한다.

"말썽나면 곤란해! 말썽나지 않게 해!"

간수는 경관들에게 경고만 하고 무경에겐 아무런 대책을 세워주지 않고 뒤 돌아 간다. 간수의 한심한 행동을 보고 무경은 실망한다.

간수가 형무소에서는 최고인줄 알았다. 믿을 놈이 없다는 것을 안 무경은 체념하고 옥 경위에게 말을 건다.

"단 둘이 한판 뜹시다!"

무경의 한판 뜨자는 말을 듣고 옥 경위는 무경의 얼굴을 힐끗 쳐다 보고 말한다.

"이 새끼! 아직 정신 못 차렸군."

무경은 화가 나 소리를 질렀다.

"당당하게 1대 1로 싸우잔 말이다!"

옥 경위는 무모하게 덤벼드는 무경이 가소롭게 느껴졌는지 결심한 듯 말한다.

"좋아, 내가 상대해 주지!"

무경은 무슨 생각으로 말했는지 중얼거리고 있었다.

'난 의리에 죽는 마산 사람이란 말이다!'

옥 경위는 무심결에 무경이 내 뱉는 말에 귀를 기울인다.

"뭐라! 의리의 마산사람?"

무경은 옥 경위가 마산 사람이냐고 묻는 것에 용기를 얻어 힘 있게 말한다.

"마산 김 무경학생이라면 모르는 사람이 없단 말이다!"

마산이 고향인 무경은 겁내는 것이 없는 순수한 의리의 사람이다.

옥 경위는 무경이란 이름을 듣고 어디서 많이 들어본 이름이다 싶어 곰곰히 생각을 해 본다.

'고등학생들의 영웅, 혹시 이자가 학생들의 영웅 김 무경이란 말인가?'

거기까지 생각을 하자 옥 경위는 무경의 얼굴을 쳐다보며 살핀다.

"학생들의 영웅?"

감방에선 주먹이 센 놈이 어른 노릇을 하는 법인데 옥 경위는 무경의 얼굴을 보자 기가 수그러든다.

준수한 얼굴에 날카롭고 쌍꺼풀이 없는 눈에 꼭 다문 입술, 곧게 뻗은 눈썹이 사람의 마음을 흡수하고 말 한마디 할 적마다 함부로 내뱉지 않는 무경을 본 옥 경위는 자신도 모르게 마음이 끌리는 것을 느낀다.

"뒤에서 담요 뒤집어씌운 너희들도 민주 경찰인가? 당신 실력도 한번 겨뤄 볼 것이다."

무경은 항변하듯 말한다.

"힘없는 사람들 가둬 놓고 죄를 뒤집어씌우는 것도 모자라 감방 안에서 폭행까지 해서는 안 된단 말이다!"

옥 경위 뿐만 아니고 여러 사람 들으라는 말 같기도 했다.

무경은 그 때 형무소 감방에 처음으로 맞이하는 운동시간이 되자 여기 저기 호루라기 소리가 들리고 독보들이 문을 따며 "운동시간" 이라는 큰소리가 들리자 미결수들은 서둘러 바깥으로 달려 나간다.

무경은 기다렸다는 듯 옥 경위를 쳐다보고 말한다.

"옥 씨! 나갑시다!"

운동장에 싸우러 나가자고 무경이 말하자 옥 경위는 투덜거리며 말한다.

"이 새끼 죽고싶어 환장했군!"

옥 경위는 북한에서 밀파된 간첩으로 4.19 인민봉기를 주관한 7명의 공작원 중에 한사람으로 특채되기까지 살아남는 법을 아는 특수 요원이었다. 싸움의 달인 옥 경위는 의리로 뭉쳐진 순수한 정신 상태로 죽음을 두려워하지 않는 무경의 정신상태가 부러울 따름이다.

운동장에 모인 미결수들은 운동장을 돌며 뜀박질을 하고 맨손 체조를 하며 시간을 보낸다. 혼자서 사색하며 하늘만 바라보는 사람도 있고 끼리끼리 모여 사회에 나가면 한탕 털어 보자고 약속하는 사람들도 있었고 어슬렁거리며 양아치 폼을 잡으며 잘난 체 하는 사람도 있고 간수에게 정보를 주고 독보를 추천해 달라고 아양을 떠는 사람도 있고 입금된 돈으로 특식을 주문해 배를 채울 계획을 세우는 사람도 있었다.

350명의 미결수들은 옥 경위와 무경이 폼을 잡는 것을 보고 처음엔 장난치는 줄 알다가 크게 한판 붙는 것을 알고는 빙 둘러 구경을 한다.

"파이팅!"

부산 형무소 운동장에 모인 사람들은 격투기 시합장에 모인 사람처럼 질서 정연하게 응원만 하고 떠드는 사람은 없었다.

옥 씨는 태권도 유단자의 폼을 잡다가 복싱의 동작으로 바꾸어

가며 상대의 공격을 차단하려 하였고 무경의 동작은 무작배기 폼으로 상대의 어떤 공격에 대항하여 수를 순식간에 바꾸어 공격을 할 것이라 예상하지 못하게 폼을 구사하였다.

옥 경위는 오른발로 상대의 급소를 차기 위하여 공격하다가 회전하여 면상으로 들어오는 것을 뒤로 물러나 피하면서 물구나무를 섰다가 팔꿈치로 경위의 얼굴을 내리찍는데 옥 경위는 순간 중심을 잃고 머리가 땅바닥을 닿으려고 하는 걸 뒤돌아 회전차기를 유도한다.

무경의 발목에 맞으면 누구라도 피해 달아날 수가 없는 일격이지만 옥 경위는 위기를 피하기 위하여 점프하여 땅위로 뛰어 오르다가 왼발로 무경의 오른쪽 어깨를 가격한다. 무경은 옥경위의 공격을 방어하기 위하여 주저앉았다가 일어서는 기술로 하체가 하늘에 떠 있고 상체가 땅바닥에서 도는 필살기로 옥경위의 옆구리를 후려쳤다. 옥 경위는 풍차처럼 피하려 했지만 몸이 말을 듣지 않아 무경의 공격을 피하지 못하고 쓰러진다. 쓰러진 옥 경위를 무경이 점프한 상태로 공중에서 머리를 찍어버린다. 옥 경위는 머리를 얻어맞고 손을 땅바닥에 짚으며 회전하려 했으나 얼굴은 이미 피투성이가 된 상태라 피가 천지 사방으로 튀어 흘렀고 정신이 혼미해지며 입은 벌어져 호흡이 거칠어지고 있었다.

구경하던 미결수들은 두 사람의 몸놀림을 보고 환호성을 지른다. 싸움에 고수인 옥 경위는 태권도 명치차기를 시도하여 갈비뼈 내장 췌장에 치명상을 주려고 가격하였으나 무경은 기다렸다는 듯 옥 경위의 목의 급소를 손바닥으로 치고 눈을 찌르다가 옥 경위가 손으로 눈을 막자 무경의 발은 고환을 공격해 들어갔다.

옥 경위가 눈과 고환을 동시에 막을 수 없는 것을 보고 무경은 무자비하게 공격을 한다. 그는 눈 깜짝할 사이에 가슴에 4번 울림으로 옥 경위의 갈비뼈가 3개가 부러지고 자리에서 일어나지 못하고 호흡을 거칠게 헐떡이고 있었다.

옥 경위는 무경의 싸움 기술이 이다지도 높은 줄 몰랐다. 무경의 상대가 아니라는 것을 느낀 옥 경위는 항복의 뜻을 밝힌다. 무경은 상대자가 북한에서 온 공작원이라는 것을 알 리 없었고 옥 경위는 무경이 육통술 경공술을 익혔다는 것을 알지 못했다.

350명의 사람들은 모처럼 신기한 몸놀림을 보고는 모두다 감동을 한다.

무경이 땅 바닥에 쓰러져 있는 옥 경위의 손을 잡아 일으켜주자 옥 경위는 정신 나간 사람처럼 더듬거리며 말한다.

"난 상대자가 아니네! 우리 잘 지내세!"

경찰들은 사람들을 의심하는 버릇이 있고 무시하는 습관이 있어 죽을 때 죽더라도 절대 항복 같은 건 하지 않을 줄 알았는데 뜻밖이었다.

부산과 마산 대학생 반정부폭동 배후조종을 하기 위하여 밀파된 공작원 옥 경위는 실력 있는 무경을 포섭하여 북한으로 북송시켜 볼 생각으로 자기를 일으켜 주는 무경의 손을 잡으면서 말한다.

"역시 경상도 사내가 맘에 들어!"

"항복합니까?"

옥 경위는 무경의 손을 잡고 "잘 지내세!" 라고 말한다.

금세 죽일 듯이 싸우던 사람이 악수를 하는 것을 본 미결수들은 형무소가 떠나갈 듯이 환호성을 지르며 박수를 친다.

"멋쟁이들… 대박!"

운동장에 모인 미결수들이 감방 안으로 사라지고 운동장 교무관 담당자가 호루라기를 꺼내 '호르르~'하고 불며 무경 앞으로 다가오더니 말한다.

"저 사람이 누군 줄 아냐?"

무경은 간수를 쳐다보며 모른다고 고개를 흔들자 간수는 무경에게 커다란 정보를 주는 듯 조용히 말한다.

"간첩이야! 가까이 하지마!"

무경은 간첩이란 말을 듣고 인정이 없는 놈이기에 얼굴에 박격포탄을 박는다고 비겁한 행동이라 고함을 지른다.

"절대로 그래서는 안 되지 않습니까?"

고함소리에 놀란 간수는 못들은 척 물러난다.

무경이 천천히 감방으로 걸음을 옮기는 사이 특공대 유단자와 싸워 이긴 이야기가 형무소에 퍼져 B동 김기태 조직두목에게까지 이 소식이 전해진다. 김기태는 무경을 만나보고 싶어 면회를 신청하였다.

간수가 무경의 방문을 따며 "2929번 면회!" 라 소리를 친다. 무경이 간수를 따라 병동 문을 열고 들어가자 김기태가 두 손을 내밀며 무경을 반긴다.

"젊은이, 어서 오게!"

김기태는 호탕한 미소를 지으며 무경에게 말을 건다.

"대단한 무술가라고 소문 들었소!"

김기태는 특공무술 경찰관을 격투기로 다운시켰다는 것에 홍미를 느끼고 이자를 잘 다독거려 미결수로 와있는 조폭 한 놈을 처치해볼 심산으로 무경의 실력을 보고 싶다고 구슬렸다.

"눈에 거슬리는 놈이 있는데 손 좀 봐주지 않겠소?"

무경은 김기태의 겸손한 어투에 염증을 느꼈는지 강하게 부인한다.

"전 싸움 안 합니다!"

무경의 강한 반발에도 김기태는 자기의 소신을 밀어 붙인다.

"내가 주선하면 형무소장도 링을 설치해 줄 것이고 미결수들에게 무술을 저변 확대하는 것이 어떻겠소?"

김기태는 무경을 통하여 자기의 영역 확대를 꿈꾸었고 기태의 말을 듣는 무경은 두목을 이용하여 미결수들을 모아 강의를 하여 새 사람으로 탈바꿈해주고 싶은 마음이 들어 두목의 얼굴을 바라본다.

"누구와 싸우란 말입니까?"

김기태는 무경이 자기의 말을 받아들이는 것을 보고 얼굴에 미소를 머금고 다정히 말한다.

"권태수란 자가 여기 와 있는데 자네를 통해 혼줄을 뽑아버릴까 해서 그러네!"

김기태는 권태수가 상대방 조직의 두목이란 말을 하지 않고 무경의 자존심을 내세워 권태수를 소리 소문 없이 지워버리고 싶었던 것이다.

형무소 소장인 서광주는 권태수에게 가서 싸움을 부추긴다.

"우리 형무소에 실력가 한 사람이 나타났는데 자네 실력이면 한 방에 주저 앉히지 않겠어?"

싸움에 져본 적이 없는 권태수는 신참쯤이야 자기의 얼굴을 보면 미리 겁먹고 도망칠 거라며 호탕하게 웃으며 어깨 힘을 준다.

권태수는 이 세상에서 자기의 실력을 인정해주는 사람이 서광주뿐이라고 소장의 제의를 받아들여 싸움 승낙을 하였다.

소장은 권태수의 제의를 받아들여 강당(100평)에 복싱 도장처럼 설치를 하고 일요일 독보들을 시켜 형무소 경기가 있다고 선전하여 힘깨나 쓴다는 건달들과 미결수들을 모아 경기를 참관하게 하여 많은 사람들이 복싱도장에 모여 들었다.

소장을 비롯하여 직원들과 독보들과 미결수들이 앉아 있고 동쪽 코너에는 다소 긴장한 권태수가 앉아있다. 187cm의 거구로 무서운 표정을 지으며 서 있는 부하들과 건달들이 태수를 응원하고 건너편 서쪽 코너에 서있는 무경을 주시하고 응원하는 사람들은 대체로 체구가 왜소하여 어쩐지 부담스럽게 여겨진다.

뚱뚱한 간수 한 사람이 링 중앙으로 올라오더니 두 사람을 불러 주의를 준다.

"이건 어디까지나 친선경기이니 심판 말을 들어야 한다."

권태수는 무경보다 7cm이상 키가 더 커 보이지만 무경이 만만히 볼 상대가 아니라고 느꼈는지 상대에게 기를 뺏고 싶어 큰소리로 말한다.

"살아서 돌아가기 힘들 거야!"

태수가 엄포를 놓자 무경은 가볍게 받아들이며 반박한다.

"길고 짧은 것은 대봐야 알걸!"

태수는 무경에게 손가락질을 하고 무경은 태수의 약점을 살핀다. 그리고 그에게 필살기를 언제 때릴 것인지 고민하며 그의 급소를 하나하나 체크하고 다음 수를 정리하고 있었다.

시합 종이 울렸다.

"뗑~!"

두 사람은 어슬렁거리며 링 중앙으로 나와 상대를 죽일 듯 뚫어지게 쳐다보더니 태수가 먼저 무경을 향해 사정없이 팔을 휘두르며 달려든다.

무경은 빠르게 몸을 피하며 뒤로 물러나 생각한다.

'권태수를 이기려면 오른 손을 쓰지 못하도록 겨드랑이를 한방 먹여야 하고 정강이를 공격하여 발을 쓰지 못하도록 해야 이길 승산이 있겠다'고 판단, 그에 대비하여 방어를 하면서 공격 기회를 노렸다.

권태수는 힘이 장사여서 무경이 붙잡히기만 하면 끝장내겠다고 목을 쪼일 궁리를 하였다.

무경에게 강펀치를 날리며 태수가 덤비자 무경은 기다렸다는 듯이 링 줄에 몸이 튕겨 나오는 것을 이용 점프하여 오른 발을 태수의 얼굴을 향해 쭉 뻗었다. 태수가 왼손으로 무경의 발을 막으려는 것을 보고 무경의 오른 발은 태수의 겨드랑이를 강타한다.

태수는 엉겁결에 무경의 공격을 막았지만 자세가 흐트러진 후라 정확히 무경의 발이 태수의 겨드랑이에 꽂히자 태수는 오른 팔을 들지도 움직이지도 못했다. 이를 본 무경은 오른 발은 땅에 짚고 왼 발로 태수의 가랑이 사이를 공격했다. 태수는 힘 한번 쓰지 못하고 힘이 풀려 털썩 땅바닥에 주저앉아 헉헉거리며 쓰러진 채 소리만 지르고 있었다.

"덤벼라! 왜 안 덤비나?"

태수는 술과 오입으로 몸이 상할대로 상해 맘먹은 대로 행동이 따라 주지 않았다.

뚱뚱한 간수가 심판이라고 카운터를 세고 있다.

"웬, 투, 쓰리, 포, 파이브, 식스, 세븐, 에잇, 카운터 아웃!"

심판이 싸울 수 없다는 제스처를 하자 구경꾼들은 실망하여 야유를 보낸다.

"병아리 하나 처리하지 못하나?"

태수는 두 군데의 급소를 맞아 전의를 상실한 채 온몸에 힘이 빠진 줄도 모르고 일어나려다가 쓰러진다. 태수는 심판이 카운터를 했는지 경기가 끝났는지도 아랑곳하지 않고 싸우겠다고 악을 쓴다.

무경은 싸움을 끝내려다가 태수의 비겁한 행동을 보고 아문 혈을 짚어버렸다. 움직이지 못하는 태수를 그의 동료들이 끌고 나온다.

뚱뚱한 심판은 중얼거린다.

"소문난 잔치에 먹을 게 없다더니……."

시합을 통해 무경의 몸놀림을 파악한 사람은 그리 많지 않았다. 소장 서광주와 국정원 최태호과 두목 김기태는 무경의 실력을 파악하고는 만족해하며 달리 써먹을 데를 찾고 있었다.

무경은 이들의 마음에 들도록 해주고 미결수들에게 갱생 프로그램을 통해 불교의 참선하는 법을 가르쳐 자아를 찾도록 도와주어야 겠다고 마음 먹었다. 갱생프로그램을 강의할 포부를 얘기하자 소장은 무경의 건의를 받아 들여 소장실에서 담소하며 묻는다.

"프로그램 내용은 무엇입니까?"

소장의 말을 받아 무경은 설명한다.

"미결수들이 자기를 바라보게 하는 참선입니다."

강의를 들어보지는 못했기에 그 효력이 얼마인지는 모르지만 국정원 실장 최태호은 무경의 강의에 호감을 느끼고 소장과 윗사람들을 부추긴다.

무경은 최태호의 격려하는 소리를 듣고 발언한다.

"갱생 프로그램 강의를 한 사람은 없었을 것입니다. 미결수들이 자기를 바라보는 시간을 가지게 되면서 참 사람으로 거듭나게 할 수 있는 강의이기도 합니다."

무경은 두목뿐만 아니라 소장과 국정원 실장에게까지 협조를 부탁했다.

세 사람은 무경을 두고 각자 자기의 이익을 위하여 생각하였는데 국정원 최태호은 형무소에 거주하면서 북한 간첩단에서 정보를 입수하기 위하여 무경을 이용하려 하였고 김기태는 무경을 자기 부하로 삼을 계획을 세웠고 서광주 소장은 웃어른들에게 칭찬들을 궁리를 하였다.

국정원 실장은 무경을 바라보며 물었다.

"어떤 강의입니까?"

"자기를 바라볼 수 있는 명상수련입니다."

소장은 강의를 통해 새로운 사람으로 거듭난다면 그보다 더 좋을 수 없을 거라고, 국정원 실장은 좋은 강의가 되기를 바란다고 무경에게 힘을 실어 준다.

무경은 어느새 모두가 '무경의 강의라면 믿어도 괜찮지 않을까'

라고 생각하도록 만들고 있었다.

　드디어 300명의 사람들이 강당에 모였는데 무경은 의젓하리만
큼 당당한 표정으로 강당에 선다.
　강당에 모인 대다수 사람들은 미결수로 형을 받기 직전이라 마
음이 들떠 누구의 충고도 들리지 않았고 들으려 하지도 않았다.
　'싸움꾼이 무슨 강의를 하느냐?' 빈정거리는 사람이 있는가하면
방안에 있기가 답답했는데 바깥바람이라도 쏘이고 싶어 나온 사
람도 있었다. 어떤 잡범들은 큰소리로 무경을 바라보고 소리친
다.
　"우리와 한판 뜨자는 거야, 뭐야?"
　자기끼리 하는 말이 '권태수를 한방에 뉘었다고 큰소리치는 거
아닌가?' 염려하는 사람도 있었고, 소장을 비롯하여 김기태와 최
태호 실장은 궁금하여 빨리 강의하기를 바란다.
　"후배가 선배 잡아먹는 세상 아닌가?"
　무경이 들으라고 떠드는 사람도 있다.
　무경은 이들의 심리를 알고 있어 '신통술을 부려 깜짝 놀라게
해줄 게 무언가?' 궁리를 하다 말문을 연다.
　"여러분과 똑같은 미결수입니다. 저의 말을 잘 들으시기 바랍니
다!"
　"지가 잘 났다고 하는 말 아이가?"
　무경이 말하지 않고 손으로 허공을 손가락질 하자 강당 중앙에
매달린 전구들이 이리저리 돌아다니고 움직이던 전구들이 뽑혀
맨 뒤로 날아가 꽂힌다. 건달들과 양아치들은 처음 보는 마술인

지 신통술에 호감을 보이면서 아우성친다.

"와우~!"

소장, 국정원실장, 김기태 등은 형광등이 날아가 꽂히는 것을 보고는 놀라 강의를 하는 무경의 얼굴을 보려고 몸을 돌려보니 무경의 몸이 없어져 버렸다.

"어~! 어디 갔어! 아무것도 보이지 않구먼."

강사가 사라진 채 강의를 하는데 목소리는 들리지만 사람의 형체는 보이지 않았다.

"신통술을 배우고 싶은 사람이 있다고 손들면 나타날 것이고 손든 사람이 없으면 그냥 사라질 것입니다!"

미결수들은 무엇을 가르쳐 줄지 궁금하기도 하고 얼굴이라도 보여주기를 바라는 마음과 어떤 신통술을 보여 줄지 궁금하여 모두 손을 들었다.

무경은 강단에 나타나지 않고 말한다.

"여러분들의 눈에 뭐가 보이는지 눈을 감아 보십시오!"

무경의 말대로 미결수들은 모두 눈을 감는다.

무경이 미결수들의 정신을 인도하자 순식간에 눈감은 사람들이 영적인 세계로 이끌리어 명상의 세계로 인도된다. 미결수들은 그 자리에서 꾸벅 꾸벅 졸기 시작한다.

잠든 그들의 영(대뇌)은 황홀한 빛을 보게 되는데 황홀하고 아름답고 찬란하고 따뜻한 빛들의 세계는 형용키 어려운 포근함을 가득 가슴에 안긴다.

어릴 적 찹쌀떡을 사다주고 달고 맛있는 사탕을 주시던 어머니의 모습에 감동하고, 아버지가 목마를 태워 주던 모습이 떠오르고 어떤 미결수들은 석가모니가 보인다고 하고 돌아가신 어머니를 보았다며 울고 있는 미결수들도 있었다.

무경은 그들에게 말한다.

"모두다 눈을 뜨십시오!"

무경은 강단에 얼굴을 신비한 존재로 나타난다.

그러자 미결수들이 무경을 바라보며 손을 들고 말한다.

"눈을 감았는데 뭐가 보였습니다."

무경은 그들에게 물었다.

"뭐가 보이던가요?"

"어머님이요!"

"하느님이요!"

"천사를 보았습니다!"

미결수들은 신기한 놀음에 반해 웅성거렸지만 아무도 강의를 무시하지는 않았다. 서로가 서로의 얼굴을 바라보면서 신기한 놀이에 감동받는 것을 본 무경은 용기를 내어 말한다.

"여러분! 여러분들도 도를 틀 수가 있습니다."

"도가 무엇입니까?"

무경은 또다시 모습을 감추고 차분한 목소리로 설명한다.

"여러분! 스님들에게 물으면 도(道)를 가르쳐 줄 것입니다!"

"강사님! 언제 얼굴 보이며 말씀하실 것입니까?"

무경은 소장 옆자리에 나타나며 말한다.

"이제 제 얼굴 보이십니까?"

무경은 미결수들이 흥미를 느끼게 할 수 있는 문제가 무엇이 있을까 고민한다.

'언제쯤 잘 살 수 있을까?' '언제 형무소에서 나갈 것인가?' '얼마나 많은 형을 받을 것인가?' 수많은 생각들을 하고 있을 이들에게 점쟁이처럼 한사람씩 흥미로운 이야기를 해주면 최면에 정신 집중이 될 것 같아 여러 미결수들을 향하여 손가락질하며 질문한다.

"여러분들의 신상에 대하여 질문해주면 답해드리겠으니 손들고 질문해 주시기 바랍니다."

미결수들은 무경이 무슨 말을 하는지 뜻을 모르다가 독보 한사람이 손을 들고 질문한다.

"전 언제 부자가 될까요?"

많은 미결수들은 그때서야 질의문답하는 시간임을 알아차리고 자기의 신상에 대하여 무엇을 질문할까 고민한다. 제일 먼저 질문한 사람에게 무경이 어떤 답을 할지 궁금하여 모두 신경을 곤두세우고 대답을 기다린다.

무경은 신통술을 익혔기에 사람 뒤에 영가가 붙어있는지 다 보이므로 이야기하는 데는 자신이 있다. 질문하는 사람의 관상을 안 볼 수 없어 이름 나이 죄질 운명까지 다 헤아려보고는 어떤 말을 해 주어야 신빙성 있게 다가갈 수 있을까, 잠시 망설이다 설명을 한다.

"당신은 공무집행 방해죄로 집행유예로 석방될 것이고 서울대 정치 외교학과를 졸업하고 KBS 보도국장이 될 것입니다. 여러분 박수로 응원해 주시기 바랍니다."

한동안 실내는 박수 소리로 요란했지만 정숙한 분위기가 조성되자 미결수들은 요란하게 손을 들고 먼저 질문하겠다고 아우성이다.

"저요! 제가 먼저 손을 들었습니다!"

무경은 손든 자들 중에 한 사람을 가리켜 질문을 받는다.

"어떤 질문입니까?"

둥근 얼굴에 이마가 넓고 인자하고 복스럽게 생긴 학생정치범이 무경에게 질문한다.

"출판업을 해야 하는지 그게 궁금합니다!"

무경은 질문하는 학생의 얼굴에서 광채가 나는 것을 보고 질문에 답한다.

"당신은 한국에서 제일가는 출판사 사장이 될 것이지만 사진 한장으로 회사가 문을 닫을 것입니다. 그러나 평생 돈 걱정은 안할 것입니다!"

무경이 설명하자 여기저기서 소란이 인다.

"저요! 제가 먼저 질문했습니다. 저 좀 봐 주세요!"

무경이 그렇게 소리치는 사람에게 질문하라고 기회를 주자 그는 일어나 질문한다.

"전 언제쯤 성공할까요?"

질문자 몸에 마귀들이 우글거리는 것을 보고 무슨 말을 하여 위로를 할까 고민하다가 어렵게 말을 꺼낸다.

"질문자의 전생은 말많은 원숭이로, 거짓말을 밥먹듯 하고 입발림으로 이간질하는 것이 자기의 약점인 줄도 모르는 것이 문제입니다. 말조심해야 수명대로 연명할 것입니다!"

신용 불량자로 법관 앞에서 거짓말하다가 법정 구속되어 수감중에 무경에게 질문한 것이다.

여기저기서 질문하겠다고 아우성이다.

무경이 뒷좌석에서 손을 든 미결수에게 질문하라고 말하자 그는 일어나 질문을 한다.

"언제쯤 석방될지 궁금해서요."

무경은 질문자의 몸에서 봉사가 된 여인의 울음소리가 들려 조용히 말한다.

"간첩으로 살지 말고 남한으로 전향하면 자유의 몸으로 석방될 것이고 당신을 따르는 여인에게 눈을 찔러 봉사를 만들었는데 수술하면 고칠 수 있으니 고쳐주기 바랍니다!"

간첩이란 소리에 모두 다 입을 다물었는지 조용한 가운데 중앙에서 한 사나이가 질문 있다고 손을 든다.

"정치를 하고 싶은데 잘 될까요?"

무경은 정치를 하겠다는 사내의 얼굴에서 궁색함이 묻어나는 것을 보고 질문한다.

"누구를 위하여 정치를 하겠다는 것입니까?"

"우리 가문은 정승 집안인데 대를 이어야 되지 않겠습니까?"

국민들을 위하고 민주주의에 역행하는 세력들과 싸울 수 있고 더 나아가 내 조국을 위하여 한 목숨 바칠 수 있는 자가 얼마나 될까?

정의를 위하여 목숨 바칠 자신이 없는 미결수는 멍 때리는 얼굴을 하고 있다.

"수십 톤의 금을 숨겨 놓고 주위에 사람이 굶어 죽어도 나 몰라라 하는 사람이 정치가가 될까요?"

무경은 반문하며 생각한다. 빈곤하여 소외받는 국민도 평등하게 살아갈 의무가 있고 자본이 권력으로 치부되어서는 안 되고 노동자는 이윤을 지켜야 한다.

많은 미결수들은 이구동성으로 말한다.

"백성들이 굶어죽어도 나만 잘 살자는 사람들이 세상에는 있지요"

"누구겠소? 빨갱이들이지!"

여기저기 쑥덕거리는 소리가 북한실세들을 가리켜 하는 말이라고 소란을 핀다.

그 때 한 사내가 손을 들고 말한다.

"전 시골에 사는 촌놈인데 형편이 나아질지 관상 한번 봐 주세요!"

무경은 강의가 아니고 질의응답식이 되는 것이 못마땅하여 강의를 마칠까 하다가 질문자의 관상을 보니 닭 잡아먹고 오리발 내미는 이중인격자로 보여 질문한다.

"당신은 첫사랑을 배신하였기에 하는 일마다 어그러질 것이고 특히 형제의 상속된 산을 몰래 팔아먹으면 당신은 정신병자가 될 것입니다."

"12년간 사귄 사람이 출장간 사이 딴사람과 결혼했는데 딸 하나 낳고 만났는데 아무런 일도 벌어지지 않았습니다."

"결과적으로 배신한 것이니까 당신도 배신당할 것입니다!"

이 세상 모든 이치가 인과응보 아닌 게 없는 것이어서 원인이 있으면 결과가 있는 것이다. 봄에 씨 뿌리지 않으면 가을에 수확을 할 수 없는 이치와 같은 것이어서 배신은 배신을 낳고 가슴에 피를 흘리게 하면 원수가 되는 것이다.

질문하고 답하는 강의 시간이 너무 무거워 다음날 다시 더 많은 토론을 하자고 강의를 마치자 미결수들은 질서 정연하게 독보들의 지시를 따라 감방으로 들어갔다. 서광주 소장은 무경의 손을 잡으며 말한다.

"오늘 강의 인상 깊었습니다. 앞으로 많은 지도를 부탁드립니다."

국정원 실장은 무경의 인격에 신뢰를 보내고 젊은 나이에 무술과 사람을 꿰뚫어 보는 안목이 예사롭지 않아 감동받는다.

"어떻게 사람의 마음을 그렇게 홀릴 수 있습니까?"

정치범, 살인, 폭행, 상해, 강도, 도둑, 강간, 아편, 사기치는 사람들과 조직 깡패들, 이 세상에 제일 말썽꾸러기들을 모아 놓고 질의문답 참선으로 내면 깊은 영혼을 끌어내어 교감할 수 있다는 배짱이 무경의 의협심에서 발동된 강의를 듣는 동안 실장과 소장은 마음이 편해지고 자유스러운 느낌을 받았다고 칭찬을 한다.

국정원 실장이 인자한 얼굴로 무경의 손을 잡고 말한다.

"처음으로 행복함을 느꼈습니다!"

"여기 계시는 동안 계속해서 강의를 해 주실 수 있는지요!"

무경은 담담한 표정으로 사랑받지 못한 이들에게 참선이란 사랑을 보태주기만 하면 새롭게 태어날 것이라고 말한다.

"정부에서 해야 할 일들을 당신이 맡아서 해주니 고맙습니다!"

국정원 실장은 갱생 프로그램이라고 하여 설교하는 방식인 줄 알았다가 참선을 겸하고 질의 문답식으로 전개하자 미결수들과 지도층 사람들까지 감동받는 것을 보고 일주일에 3번 참선의 시간을 내자고 소장에게 허락받았다.

무경이 석방되기 하루 전의 강의는 특별하여 강당에 모인 사람

모두가 눈을 감고 참선에 입정한다.

무경이 눈감고 관세음보살께 능력을 보여달라고 간절히 기도를 하자 천의 손 천의 눈으로 무경의 기도소리에 감동으로 살피시며 기적이 일어나게 하시어 수많은 천사들이 미결수들이 모인 자리에 나타나시어 사람들의 마음 안으로 들어가 가피(깨달음)를 내리게 하였다.

번뇌를 없애고 깨달음으로 뇌를 통하게 되자 전신으로 침식되어 미결수들과 지도자 여러 사람들은 눈물을 흘리며 두 손을 모우고 참회로 기도하자 실내는 온통 성령이 충만한 목소리를 내고 있었다.

"입과 몸으로 지은 죄 참회합니다. 사람을 죽인 죄 참회합니다. 부모에게 불효한 죄 참회합니다. 도둑질한 죄 참회합니다. 이간질한 죄 모두 참회합니다. 친구를 배신한 죄 참회합니다. 사음하고 의심한 죄 참회합니다. 부인을 구타하고 노름한 죄 참회합니다. 시기 질투한 죄 모두 참회합니다."

미결수들은 진정으로 부끄러운 것 없이 눈물을 흘리며 모두가 다 참회를 하고 있었다.

관세음보살과 천사들이 도와 업장이 모두 녹아 없어지도록 눈물을 흘리게 하였고 마음을 비워 참회하는 동안 수많은 미결수들에게 가피가 내려졌다. 미신이라고 비난하는 불교가 참회를 알게 하여 지도자들은 폭언 폭행으로 죄인들을 다스려서는 안 되고 사랑으로 용서하여야 된다고 각오하는 기적이 이루어졌다.

참선을 계기로 그날부터 갱생프로그램의 가치를 알아 형무소에서는 시간표를 짜게 되었다.

기다림의 소멸

서울역에서 무경과 헤어진 연화는 무경이 상경하면 여름 캠핑 갈 준비를 하고 있었는데 시골 간 무경의 소식이 두절되어 마음이 울적하고 뒤숭숭했다.

방학이 끝나고 개학을 했는데도 무경의 그림자를 볼 수 없는 연화는 매일 무경의 하숙집을 찾아가 안부를 물었지만 답을 얻어내지 못했다.

무경과 헤어진 지 2개월이 지나자 연화는 입덧이 심해지고 몸은 점차 야위어 갔다. 소식이 궁금하여 무경의 하숙집을 찾지만 그림자도 보지 못하자 그리운 감정이 미움으로 변해가고 있었다.

연화는 무경이 데모를 하다 감옥에 간 줄은 꿈에도 생각못했다. 무조건 무경이 자기 앞으로 나타나주기를 바랐으나 맘먹은 대로 되지 않는 게 세상 이치이고 좋은 가운데 마가 있는 줄 몰랐다.

무경은 형무소에 수감된 지 3개월 만에 출소하여 부랴부랴 서울 돈암동 하숙집에 올라와 하숙집 아주머니에게 연화의 안부를 물었다.

"아가씨가 매일 찾아와 안부를 물었는데 오늘은 오지 않았네요!"

무경을 기다리던 연화는 3개월이 지나가자 임신된 배가 불러 애비 없는 자식을 낳아야 할지 말아야 할지 태산 같은 걱정을 하면서 불러온 배를 만지며 지나간 추억을 회상한다.

수곡사에서 무경과 장기복부의 기를 수련하다 누가 먼저랄 것 없이 알몸이 되어 하늘이 하얘지도록 황홀했던 감정에 사로잡힌 결과가 임신이 되었다. '호사다마'일까?

연화는 종로에 있는 10층 빌딩으로 들어가 3층 버튼을 눌러 산부인과 유리문을 열고 들어간다.

카운터에 앉아 있던 간호사가 연화를 쳐다보고 인사를 하며 반긴다.

"무엇을 도와 드릴까요?"

연화는 환자 기록부에 이름을 적고 의자에 앉는다.

의자에는 앳된 소녀가 엄마의 손을 붙잡고 울고 있고 40대의 어머니는 우는 딸을 쳐다보며 말한다.

"병원에 기부하자!"

딸 수연은 선택할 자격이 없는 처지여서 엄마에게 미래를 미룬다.

"맘대로 하세요!"

아이가 둘이나 있는 S대생 영어 강사가 수연이에게 영어를 가르치다가 서로 눈이 맞아 아이를 가졌는데 계속 감추다가 산달이 다 되어서야 더 이상 숨길 수 없게 되어 어머니에게 이 사실을 알리어 엄마의 손을 잡고 산부인과를 찾은 것이다.

연화는 자신이 중학생인 수연과 다를 게 없는 사람이라고 생각되자 인간은 제2 종자의 출생을 위하여 존재되어지는 동물이라는 생각을 한다. 두 눈에서 눈물이 주르륵 흘러내리는 것을 본 간호사는 연화를 바라보고 말한다.

"선생님 오실텐데 눈물보이면 안됩니다!"

연화는 무경이 옆에 있었으면 산부인과에 오지 않았을 것이라고 생각하며 어머니가 걸었던 길을 내가 걷는 게 아닌가하는 생각이 들자 머릿속이 어지럽고 혼란스러웠다.

연화는 학생으로서 자기를 지켜가려고 지나간 수행 생활이 자기의 발목을 잡는 게 안타까워서 지금 이 시간이 중요하다고 생각을 하여 애비없는 자식을 낳아 기를 수는 없다고 판단하여 수술을 결정하였던 것이다.

'무경을 만나면 나에게 왜 불행을 주었는지 항변 할까?'

'아니야, 내가 그를 유혹하지 않았던가?'

여러 생각들을 정리도 하기 전에 간호사가 연화의 팔에 주사기를 설치하자 하얀 가운 입은 50대 여의사가 다가와 말한다.

"주사 투입!"

연화의 팔에 수액이 주사기를 통해 들어가는 것을 보고 간호사는 연화에게 수면 마스크를 씌우며 말한다.

"숫자를 헤아려 보세요!"

연화는 간호사의 말을 듣고 숫자를 헤아린다. 하나, 둘, 셋, 넷, 다섯, 얼마의 수를 헤아렸는지 연화의 영혼은 미지의 세계로 떠나버렸다.

수술대에서 다리를 벌린 하체에 수많은 도구들이 다리사이로 들락거리며 집도를 한다.

대학 1년생인 연화는 수곡사 도솔스님이 인연을 맺어주지 않았더라면 오늘 같은 일을 저지르지 않고 공부에 전념하고 행복한 생활을 하였을 것이다. 꿈을 키워 사회에 나가면 큰일을 해 낼 수 있는 사람이라 생각을 한 연화의 하초에서는 무서운 일이 벌어지고 있었다.

살점들이 하나 둘 떨어져 나가고 조용히 어머니 뱃속에서 잠자던 수자(영아)는 자기의 살점들이 찢겨나가는 것에 놀라 무섭다고 발버둥 치며 소리를 질러댄다.

"살려 주세요! 제 몸 절단하지 마세요!"

하얀 천위로 들락거리는 손가락 사이로 아무런 대답을 들을 수 없는 수자 영아는 처절한 음성으로 말한다.

"선생님! 아파요! 살려 주세요!"

울면서 애원하여도 의사는 쇠꼬챙이로 살점들을 찢어낼 뿐 수자영아가 울며 애원하는 소리는 들어주지 않았다.

팔이 잘려나가고 가슴살이 잘려나가고 머리 살이 잘려 나가 살 수 있는 기회를 상실하여 울고 싶어도 울음이 나오지 않았다. 자기의 말을 들어줄 사람이 없다는 것을 안 수자 영아는 비통한 심정으로 자기의 살점을 떼어주고도 아무 소리 못하고 누워 있는 여자가 미워 견딜 수 없는 수치감에 이를 간다.

"미워! 나를 죽도록 내버려 둔 여자, 가만 두지 않을 거야!"

소리치고 울부짖고 애원하여도 아무도 자기의 소리를 들어 주지 않자 수자의 영혼은 하늘로 올라가고 살점들은 수술실 휴지통에 버려져 쓰레기가 될 뿐이다.

엄마라는 여인은 자기가 부르는 소리도 듣지 못하고 잠만 자고 있어 자기가 흔들어 깨워도 혼수상태에서 깨어나지 못하고 있다.

아무리 생각하여도 살아날 가망은 없다. 원망할 수도 없는 입장이라 더러운 세상이라 한탄하여도 모두 다 쓸데없는 일일 뿐이다.

'난 죽어서 어디로 가는가?' 생각을 해봐도 알길이 없다.

수자 영아는 수곡사 도솔스님께 날아가 질문하기로 한다.

"수자 영아가 죽으면 어디로 갑니까?" 하고 묻자 도솔스님은 대답한다.

"죽은 사람의 영혼은 중음계에 머물다가 해탈계로 가는데 비명횡사로 죽으면 소속이 없어져 이승도 아니고 저승도 아닌 곳에서 춥고 배고프고 컴컴한 중음계에 머무르는데 명부를 정리하기 전에 천도재를 지내 주면 중음계에서 빠져 나오기도 하지만 삼악도의 고통이 기다리고 있어 대부분 영아들은 지옥으로 떨어진다. 지옥에서 벌받는 기간이 겁 단위의 세월을 보내야 하는 하루의 낮과 밤은 돼지에서 개의 몸을 거쳐 사람의 몸을 받고 태어나는 시간이 86억 4천만년이 걸리고 인간은 유일하게 이 우주에서 전생의 업에 따라서 윤회를 한다고 보면 된다. 전생에 선업을 지은 사람은 천상계에서 지내고 악업을 지으면 지옥에서 지내게 된다."

스님이 설명하자 수자 영아는 울면서 살려 달라고 애원한다. 도솔스님은 천도재를 지내주며 수자 영아에게 말한다.

"영가야! 좋은 집에 태어나도록 해줄 것이니 기도 열심히 하렴!"

간호사가 연화에게 옷을 입히며 말한다.

"수술이 끝났습니다!"

연화의 몸을 소독하고 회복실로 옮겨 주사를 놓자 정신이 든다.

연화는 마취에서 깨어나자 쓸쓸한 생각이 들며 눈물을 흘리고 있었다.

무경을 만나면 무슨 말로 주고받아 위로를 할지 쓸쓸함이 전신을 눌러 순수한 감정이 전달되지 않을 것 같아 불안함이 가슴에 치밀어 오른다.

대학생으로 해수욕장에서 물장구도 치고 고무 튜브를 타고 바다를 건너며 횟감을 썰어 먹으려 했는데 수자 영아와 이별을 하고 슬픔 마음을 먹는 게 잘한 행동인가? 올바른 답을 내릴 수가 없다. 연화는 수술실에서 나와 무경의 하숙집으로 걸음을 옮긴다.

수자 영아는 엄마의 어깨위에 올라 앉아 엄마가 울면서 가는 것을 보고 따라서 운다.

휴지통에 버려진 자기 육신을 보고 슬퍼서 우는 것이지만 병원 문을 열고 가는 어머니는 누굴 만나러 가는 것인가, 궁금하여 따라가 보기로 하였다.

연화는 힘없이 걸어가며 많은 생각을 한다.

'만나긴 만나야 한다. 만나면 사랑한다고 보듬어 줄까? 미운 사람이라고 욕을 퍼부어 줄까? 내가 보기 싫어 도망하였나?'

하여튼 그 이유를 밝혀야 한다고 무경의 하숙집으로 걸어간 연화는 대문을 두드렸다.

"계십니까?"

하숙집 아주머니는 맑은 목소리로 대문을 연다.

"아주머니, 저예요!"

무경을 찾아온 여인이라는 걸 알고는 하숙집 아주머니는 무경이의 방을 가리킨다.

연화는 아주머니의 환한 얼굴을 쳐다보며 고맙다고 인사를 하고 무경의 방 앞으로 다가가 문을 두드린다.

"똑! 똑! 똑!"

방안에서 경상도 억양의 목소리를 듣고 연화의 영혼은 춤을 추듯 기뻐하며 방안의 사람이 보고싶어 방안을 주시하는데 "누구시죠?" 하고 방문을 여는 무경의 얼굴을 보자 와락 눈물이 쏟아지려는 걸 참는다.

무경은 기다리던 사람 연화가 방 앞에 서있어 팔을 벌리며 말한다.

"어서 오세요!"

연화는 무경의 반갑게 맞이하는 소리를 듣고 무경의 얼굴을 바라보지 않고 화난 얼굴로 방안을 살핀다.

연화의 얼굴에서 슬픔이 보이는 것을 본 무경은 연화의 눈치를 보면서 자기 때문에 원인제공이 되지 않았나 지나온 시간 동안 겪었던 사건들을 연상한다.

무경은 형무소에서 많은 사람들과 싸우고 설득하여 갱생 프로그램에 참여하여 조그마한 힘을 보태어 삶에 용기를 주었다고 생각하고 있지만 진작 연화에게는 연락할 길이 없었다. 결국 연화는 하숙집을 수백 번도 더 찾아 안부를 물었지만 결코 무경의 음성을 들을 수 없었고 차디찬 수술대에 올라 수자와 이별을 한 것이다.

수자를 보낸 지금 무경을 만났지만 그전처럼 다정한 마음은 어디로 가고 삭막한 냉기가 두 사람 사이에 어색한 분위기를 만들고 있다. 연화가 먼저 말문을 열었다.

"오랜만에 만났는데 반갑지 않아요?"

무경은 미안한 마음이 드는지 연화의 눈을 마주치지 못하면서 말한다.

"방으로 들어와요."

연화는 반가운 마음을 접고 냉랭한 음성으로 말한다.

"방으로 들어오라고 말할 자격이 있나요?"

무경은 연화가 시비를 거는 말투로 쏘아붙이자 신경을 건드리지 않아야 되겠다고 조심하며 말한다.

"날이 차가운데 방으로 들어와서 얘기해요."

무경은 방이 따뜻하다는 시늉으로 구들목에 깔아놓은 이불을 가리킨다.

연화는 오랜만에 만났으면서 면박하고 투박스럽게 말한 게 미안한 마음이 들어 방으로 들어와 이불 속으로 발을 집어넣는다.

방학 전에 두 사람은 사랑한다 말하지 않아도 존경하는 마음으로 서로에게 예절 바른 행동으로 일관하였을 것이다.

서울역에서 '방학 끝나면 빨리 상경하겠다'는 약속을 지키지 못한 지금의 두 사람은 존경심이 없어지고 예의를 잃어버렸고 자기만의 생각에 잡혀 상대를 이해하지 않으면서 상처주는 말만 하고 있었다.

무경은 인자한 미소를 지으면서도 평정심을 잃지 않던 연화가 왜 저리 야박한 사람으로 변했을까, 야속한 마음만 든다. 따뜻한 방안의 공기가 좀처럼 온기를 찾지 못하고 냉랭하기만 하다.

연화에게서 버림받은 수자 영아는 연화의 어깨위에 앉아 두 사람을 내려다본다. 한 사람은 자기를 버린 엄마이고 또 한 사람은 자기의 아버지가 될 뻔한 사람이다. 삭막한 방안에 앉아 불신하는 맘으로 존경심을 잃고 약속을 지키지 않은 미움에서 헤어나지 못하는 여자가 엄마이고 형무소에서 인기를 독차지했던 남자가 아버지이다. 아버지가 약속을 지키지 않은 이유로 병원에서 낙태수술을 한 아픈 마음을 추스르지 못한 사람이 엄마인데 그 사이에서 나는 누구이기에 고통을 당해야 하는가? 어깨 위에서 두 사람을 내려다보니 서로가 사랑하는 마음은 저만치 두고 미움을 키워 원수처럼 으르렁거려 방안 공기가 얼음처럼 차가운지 엄마될 사람이 울음을 터트린다.

"으 으 윽~."

연화가 흐느끼는 소리에 어깨 위에 앉아 있던 수자 영아도 따라 울게 된다.

"엄마! 울지 마! 엄마가 울면 난 너무 슬퍼져!"

수자 영아가 보는 두 사람은 나중에 엄청난 큰 일들을 할 사람들인데 방안에서 서로 미워하는 마음을 먹고 있는 것이 안타까워 바깥 공기를 마시며 자기집착에서 벗어나길 바라는 마음으로 길 건너 레스토랑에 들어가게 하여 술을 마시게 한다.

자그마한 레스토랑에는 샹송이 스피커를 통해 잔잔하게 들려온다. 부드러운 음악이 들려오자 긴장되는 미움은 살며시 풀리기 시작한다.

무경이 연화에게 잔을 권하면서 말한다.

"한잔 드시고 마음에 쌓였던 것들을 털어 내도록 합시다!"

연화는 술잔을 받아들고 무경을 바라보면서 눈을 맞춘다.

실연한 사람처럼 울던 연화는 무경의 손을 잡으며 정신나간 사람처럼 얼굴을 만지다 갑자기 실성한 사람처럼 웃기 시작한다.

"아하하~!! 웃음이 왜 그치지 않죠? 아하하 하!"

연화는 울다가 웃다가 소주를 한잔 들이키더니 말한다.

"당신은 나를 정신병자로 만드는 군요! 으 흐! 흐! 하!"

무경은 술을 한잔 마시고 연화를 바라본다. 연화가 그렇게 사랑스러울 수가 없다. 우는 것도 처음보고 웃는 것도 처음 보아 신기하여 묻는다.

"조금 전엔 울더니 이젠 웃는군요!"

레스토랑엔 사람들이 오가지만 서로가 상관할 게 아니라 참견 안하고 자기 할 일만 한다.

연화는 무경의 얼굴을 만지며 말한다.

"너무 보고 싶었어요!"

"그런 사람이 입에서……?"

무경은 하숙집에서 냉랭하고 싸늘했던 사람이 연화였던가 의심할 정도였는데 지금은 변해도 너무나 변해 정신을 차릴 수가 없다.

무경도 연화에게 위로가 될까하고 자기의 마음을 표현한다.

"연화가 보고파 미치는 줄 알았습니다!"

연화는 무경이 하는 소리를 듣고 빤히 얼굴을 들여다보며 질문한다.

"연락은 왜 안 했나요?"

술이 들어가자 마음의 평온을 찾게 되는지 자기의 맘에 숨겼던 미움을 하나씩 들추어낸다.

연화가 자기를 미워하게 된 이유를 밝힌다고 생각한 무경도 형무소에서 있었던 일들을 얘기해준다. 그러자 연화는 낙태수술을 받았다는 사실은 숨기고 무경이 알아듣지 못할 말들을 한다.

"애가 애를 낳고 애 아버진 철이 없고!"

무경은 연화가 말하는 뜻을 몰라 무슨 말이냐고 묻는다.

"애가 애를 낳다니 그게 무슨 말입니까?"

연화는 무경의 질문에 대답하지 않고 배꼽이 빠지도록 웃기만 한다.

"흐! 흐! 흐! 하 핫! 우습지 않아요?"

무경은 연화가 수술하여 태아를 지웠다는 말을 듣고 경악한다.

"수술을 하다니?"

"애비될 사람이 살았는지 죽었는지 모르는데, 나처럼 불쌍한 아인 낳지 않으려 한 거뿐이에요."

"그래서?"

연화는 아픈 마음을 억누르며 울면서 말한다.

"내 어깨 위에 앉아서 울고 있는 수자 영아가 안보여요?"

무경은 너무나 참담한 심정이지만 자신보다 더 힘들었을 연화를 생각하며 말없이 연화를 안아준다.

"고생했구려!"

연화는 혼자서 중얼거린다.

"3개월 전에만 연락이 있었더라면……."

후회하는 마음 굴뚝같고 영아의 얼굴을 볼 수가 없어 더욱 슬프다.

수자 영가

연화는 어린 시절 도솔스님의 지인 이양호 박수무당이 태백산에서 기도 드리는 제사상 앞에 나타난 적이 있다. 사과와 떡이 먹고 싶어 산신에게 기도드리는 박수무당 이양호의 눈앞에 나타나 배가 고프다고 말하자 이양호는 생각지도 못한 일이 벌어진 것을 보고 놀라 징을 두드리는 아내에게 소녀에게 먹을 걸 주자고 눈짓하자 이양호의 아내는 손 사례를 치며 달려와 말한다.

"애야, 조금만 참아라! 일이 끝나면 먹을 걸 줄께!"

소녀(12세) 연화는 배가 고프다면서 상에 차려진 음식을 손으로 집으려 한다.

이양호는 이 광경을 보다가 소녀에게 묻는다.

"산에 혼자 온 거냐?"

연화는 고개를 끄덕이며 "배고파!"를 연발한다.

태백산 산기도 도중에 먹을 것을 달라는 소녀가 나타난 것은 틀림없이 산신이 보낸 거라고 믿는 이양호는 소녀의 얼굴을 찬찬히 들여다본다.

무명 저고리에 개량 한복바지를 입은 소녀의 이마에는 흙속에 신비로운 에메랄드와 같이 우아하고 균형잡힌 관세음보살과 닮아 있었고 오똑한 코와 복스러운 입술 호리호리하고 균형 잡힌 몸이 매력적인 소녀가 어디서 왔는가?

천 보살이 궁금하여 묻는다.

"누구와 같이 왔느냐?"

소녀 연화는 말한다.

"배고파! 먹고 싶어!"

시루떡을 가리키며 배고프다는 말만 한다.

"올해 몇 살이냐?"

"열두 살!"

"누구와 같이 사는 게냐?"

이양호가 묻자 연화는 천 보살이 주는 떡을 먹으며 말한다.

"어머니와 같이 왔었는데 작년에 죽었어!"

이양호는 소녀의 어머니가 안계시다는 말을 듣고 측은심이 들어 아버지의 안부를 묻는다.

"아버진 뭘 하시고?"

"얼굴도 몰라!"

어머니는 안 계시고 아버지는 어릴 때 죽었다면 학교는 다녔는지, 그게 궁금하여 묻는다.

"학교는?"

"6학년!"

이양호는 소녀를 바라보며 도솔스님을 생각해낸다. 조리 있게 말하는 소녀를 필요로 하는 도솔스님에게 소개해 수곡사에 가서 공부를 시키면 좋을 것 같다고 아내 천 보살에게 말한다.

"우리가 도솔스님께 말해 공부를 시킵시다!"

천 보살은 산신이 보낸 소녀라 생각하고 조심스러운 말로 서울 가서 공부하자고 권했다. 연화는 두 사람의 관상을 보아 그리 나쁜 사람 같진 않아 그들과 동행한다.

서울에 도착한 이양호는 연화를 서울로 전학을 시키고 틈틈이 무당이 주문하는 염불을 가르쳤는데 한번만 들으면 줄줄 외워 천재성을 보이므로 여간 반갑지 않아 칭찬을 아끼지 않았다.

요즘 아이들과 다르게 천수경을 토시 하나 틀리지 않고 외우는 것을 보고 수곡사로 전화를 걸어 연화를 소개하여 수곡사 도솔스님의 제자로 보낸다.

연화는 도솔스님의 가르침을 받았으나 부모의 사랑을 받지 못하여 언제나 외로움을 느끼며 살아야 했다.

이별을 죽기보다 더 괴로워하는 연화는 천수경을 깨쳐 신의 경지에 이르렀지만 어른이 되어서도 외롭게 자라는 것에 대한 두려움을 떨치지 못했기에 애비없는 자식을 낳아 기를 자신이 없어 낙태를 결심한 것이다. 무경을 만나 울고 웃고 어깨 위에 앉아 있는 영가를 쳐다보며 눈물을 흘리자 영가도 엄마의 심정을 이해했는지 따라서 울고 있는 것이다.

무경은 수자 영가가 연화의 어깨 위에 앉아 있는 것을 보며 말한다.

"어깨에 앉아 있으니까 행복하냐?"

"어머니가 절 버렸지만 전 어머니를 버리지 않을 겁니다!"

수자 영가는 쓰레기통에 버려진 육신은 죽었지만 영혼은 살아 있다고 말해주고 싶은 모양이다.

"키워 줄 수도 없고 안아 줄 수도 없는데 언제까지 어깨위에 있을 테냐?"

"떠날 때가 되면요!"

무경은 연화와 수자 영가가 말하는 것을 보고 많은 생각을 하며 어떻게 수자 영가를 편안하게 살 수 있도록 할수 있을까 고민하고 있다. 문득 잔디밭이 즐비하게 펼쳐진 돈암동 정릉(이성계가 총애하던 여인 신덕왕후 강 씨의 묘가 있는 곳)으로 가보고 싶다는 생각이 들어 거기로 가자고 말한다.

"우리 공기 좋은 곳에서 이야기합시다!"

"공기 좋은 곳이요?"

"정릉으로 갑시다!"

무경이 연화의 손을 잡고 돈암동 사거리 길을 건너 돈암동 동사무소를 지나 정릉 입구로 들어서는데 허름한 초가집 장독간에서 할머니 한 분이 정수 물을 떠놓고 기도를 올리고 있는 것을 엿듣게 된다.

"관세음보살님! 우리 손녀 병이 나아 학교에 다닐 수 있도록 하여 주시옵소서!"

연화는 할머니 기도소리를 듣고는 무경의 얼굴을 쳐다본다.

무경은 연화가 쳐다보는 이유를 알 것 같아 무의식적으로 할머니의 얼굴을 바라보자 연세가 주름이 많은 얼굴이지만 그래도 손녀를 위하는 마음이 고은지라 발걸음을 멈추고 담이 없는 집으로 들어가 할머니에게 말을 붙인다.

"손녀가 아픈 모양이지요?"

할머니는 장독간에서 마당으로 내려와 무경을 맞이하면서 말한다.

"우리 손녀가 아파서 일어나지 못하지 뭡니까?"

무경은 반사적으로 할머니의 말을 받는다.

"어디가 아파서 그럽니까?"

70대 할머니는 무경이 처음보는 사람이지만 아픈 사람이 있으면 소문을 내라는 옛말을 생각하며 손녀의 얘기를 소상히 말한다.

"몇 살입니까?"

"12살입니다."

연화는 어깨 위에 앉아 있는 수자 영가의 귀에다 속닥인다.

"어떻게 생겼는지 방으로 들어가 보자!"

연화가 아픈 환자를 보게 해 줄 수 있느냐고 묻자 할머니는 방문을 열며 방안으로 안내한다.

무경은 연화에게 말한다.

"진맥 한번 봐 주시지요!"

연화는 누워 있는 소녀의 손목을 잡고 맥을 짚는다.

할머니는 부엌에서 커피를 타가지고 무경더러 먹으라고 내민다. 무경은 학생의 얼굴을 살피고 연화는 맥을 잡는다.

"어떻게 아픈 것이요?"

"기가 소멸되어 실신한 것 같습니다." 라고 무경에게 말하자 무경은 소녀의 안색에서 핏기가 없는 것을 보고는 손목을 잡고 맥을 짚어 본다. 심장의 맥박은 움직이지 않으려 하고 의식은 없고 정신을 차리지 못하고 있었다. 무경은 환자의 배를 만져 보는데 말랑 말랑해야 하는 아이의 배가 뭘 먹었는지 돌덩어리처럼 딱딱하여 만질 수가 없는 것에 놀란다.

무경은 아이가 죽을 것 같은 느낌이 들어 할머니더러 참기름이나 들기름이 있으면 접시에 담아 오라고 말하자 할머니는 무경의 말대로 접시에 참기름을 담아 무경 앞에 놓는다.

연화는 아픈 환자를 어떻게 치료하여 살릴 것인지 무경에게 묻는다.

"어떻게 치료할 겁니까?"

"연화는 환자의 병명을 뭐라 진단하였소?"

"몸에 에너지가 하나 없어 그런 것 같은데 어찌 치료하면 살릴 수 있겠습니까?"

연화는 도리어 무경에게 묻는다.

무경은 할머니를 밖으로 내 보내고 연화와 상의를 한다.

"이 여학생은 어린 나이에 오르가즘을 느끼려 너무 많은 기를 소모한지라 기가 소멸되어 몸 전체의 에너지가 움직이지 않고 있는 형편이라 피가 혈관에 붙어 움직이지 않아 죽음에 임박한 것이요!"

연화는 무경을 쳐다보면서 어깨 위에 앉아 있는 수자 영가가 살 집을 찾아 주자고 눈짓한다. 무경도 연화의 속셈을 알고는 엄지손가락을 펴 보이며 아이의 주변에 귀신들이 모여 아이의 육신에 먼저 접신되려고 아우성을 치는 것을 연화가 보고 아이의 집안 조상들과 먼저 죽은 삼촌 귀신과 엄마의 귀신이 와 있고 동네에서 죽은 귀신들과 정릉 선조들의 귀신들까지 우르르 모여 떨어지

지 않으려고 아우성들이다. 그런 귀신들을 보고 연화는 귀신들을
물리치는 주문을 외운다.

"영가시여! 이 세상에 존재하는 그 어떤 것도 태어나고 생겨난 것은 없어
지지 않은 것이 없으며 삼라만상 모두 낳고 늙고 병들고 고장나서 멸하는
것이 당연한 진리이니 이것이 무상하다 하는 것이니 열반 얻는 긴 문으로
나갈 것이며 고통 바다 건너는 든든한 배에 올라 중생들은 고통바다 몸과
마음 놓아 버리고 신령한 심신 말끔히 밝혀 위없는 청정한 계를 받으소서.
영가들을 지성으로 살필 것이니 불길 타 오르고 대천세계 모두 무너지고
수미산이 쓰러지고 바다도 말라 흔적 없어도 영가의 몸이 낳고 늙고 죽으
며 근심하고 슬퍼하고 아파하거나 온갖 것들을 깊이 살필 것이니 뼈와 살
은 흙으로 가고 피와 침 습기는 물로 가고 따뜻한 몸 기운은 불로 가고 움직
이는 기운은 바람으로 가 4대가 제각각 흩어져 영가들은 어딘들 못가겠는
가? 영가시어! 그대들은 옛적부터 오늘날까지 늙음이나 죽음이 없게 될 것
이고 진실한 뜻 행하여 오는 세상 모두 성불하리라. 이 세상 모든 것은 무상
하리니 빈 주머니 시원히 벗고 위없는 청정계를 받아 지니니 유쾌하도다.
천당 불 국토 마음대로 가니 이 어찌 기쁘지 않으리. 이 마음 밝혀보니 빛나
는 성품 맑고 밝은 처소 산과 물 온천지에 진리를 펴리라."

연화의 기도가 끝나자 아이의 주위에 모인 영가들은 불 위에 올
려놓은 양푼 위의 물방울처럼 흔적없이 사라진다. 이를 본 무경
은 참기름을 아이의 배에 바르고 할머니 약손처럼 아이의 배를
만지자 딱딱하던 배가 말랑말랑해지도록 누르자 배에서 꼬르륵
소리가 들리며 장기들이 움직이기 시작한다.

무경이 아이의 장기들 하나하나에 기가 전해지도록 마사지를
해주자 아이의 혈색이 살아나고 움직이기 시작한다. 연화는 아이

의 맥을 잡고는 반가운지 어깨 위에있는 영아에게 말한다.

"수자야! 이 아이 뇌에 들어가 영원히 같이 지내렴."

무경이 아이의 코(인중)에다 바늘을 찌르자 바늘에 찔린 소녀는 순간 "아얏!" 소리를 지른다.

연화의 어깨 위에 있던 수자 영가가 순식간에 아이의 뇌로 들어가자 아이는 눈을 뜨며 말하기 시작한다.

"화장실에 가고 싶어!"

할머니는 방안에서 아이가 말하는 소리를 듣고 들어와 아이를 일으키며 화장실로 데리고 간다.

어깨위에 앉아 있던 수자 영가가 아이의 뇌로 들어가자 연화는 무경을 쳐다보며 눈물을 흘린다.

"영가를 이렇게 보내다니……."

무경은 연화의 어깨를 안으며 얼굴에 흐르는 눈물을 닦아준다.

"우리가 잘 돌보도록 합시다!"

아이는 화장실에서 많은 용변을 보자 움직이지 않던 장기들이 움직여 기가 충만하여 혈색을 찾아 아픈 사람같지 않게 보였다.

연화는 할머니에게 물었다.

"아이의 이름이 어찌 됩니까?"

"은영이라 합니다!"

은영이란 이름을 암기한 연화는 아이의 손을 잡으며 말한다.

"이렇게 만난 것도 인연인데 은영이가 아프지 않게 장기적으로 먹을 수 있는 장수 스프 만드는 법을 말해 줄 터이니 특별히 암기하여 먹이도록 하십시오!"

할머니는 머리를 쓸어 올리면서 연화에게로 다가와 앉으며 묻는다.

"어떤 것을 해 먹일까요?"

연화는 마당에 걸려 있는 여러 종류를 가리키며 말한다.

"무청 말린 것 한 주먹과 무 중간크기 1개와 홍당무 중간 것 2개와 우엉 한주먹, 표고버섯 5개를 썰어 한 솥에 넣고 끓여 그 국물을 한 컵씩 먹이면 혈액순환이 잘 되어 건강해질 것입니다."

할머니는 연화가 시키는 대로 여러 종류의 식재료를 도마에 썰어 냄비에 담고 물을 부어 끓인다.

아이는 엄마를 대하듯 연화에게 공손하게 인사를 한다.

"고맙습니다!"

"할머니가 끓여주시는 장수스프를 물이 먹고 싶을 때마다 마시도록 약속해야 해?"

소녀는 연화가 정성스럽게 말해주는 비법대로 잘먹겠다며 새끼손가락을 내밀었다. 연화도 새끼손가락을 합치면서 엄지로 도장까지 찍는다.

무경이 소녀의 손을 잡으며 눈을 맞추자 소녀도 무경의 눈을 쳐다보고 웃어준다.

할머니는 두 사람을 어떻게 대접해야 할지 몰라 허둥대며 말한다.

"신세를 많이 졌는데 어찌 갚아야 할지 모르겠습니다."

무경과 연화가 소녀를 치료하고 문을 나서는데 은영은 대문간에서 인사를 한다.

"어디를 가면 만날 수 있나요?"

인연 있으면 만나게 될 거라는 말을 남기고 수자 영가와 이별을 하고 할머니 집을 나서며 연화는 무경의 손을 잡았다.

무경은 정릉에서 돈암동으로 걸어오면서 연화에게 다짐하듯 말한다.

"다시는 헤어지는 일이 없을 것이니 상심하지 않기를 바랍니다."

무경의 말을 듣고 마음이 약해진 연화의 귓전에 바람소리가 크게 들리자 두려움을 느낀 연화는 무경의 품에 안기며 걷는다.

연화는 학교를 휴학하고 수곡사 도솔스님 곁으로 내려와 서울서 지낸 이야기를 말해주자 스님은 빙그레 웃으며 말한다.

"업장 소멸이로군!"

연화의 가슴에 쌓인 상처를 치유할 생각으로 무경거사의 앞날을 알고 싶어 묻는다.

"무경거사는 언제 내려온다든?"

사람의 마음을 속속들이 알지 못하는 것은 인생을 경험하지 못했기 때문인데 나이를 먹어 봐야 인생을 알 거라고 스님은 연화에게 귀띔해 준다.

무경거사는 그 다음날 수곡사에 도착한다.

화산 폭발

　북한과 중국 국경에 있는 백두산에서 화산이 폭발하여 그 손실은 어마어마하다. 치솟은 구름은 해를 가려 하늘은 캄캄하고 시뻘건 용암이 흐르는 것을 피해 도망가는 사람들과 짐승들은 길거리에서 숨을 쉬지 못해 죽어나고 유독가스는 백두산의 동물들과 식물들이 살지 못하게 사방으로 뻘물이 뒤범벅되어 남북 전역이 죽음의 공포로 휩싸인다.

　2006년 지진이 두만강에 발생할 때에도 백두산 아래에 저장되어 있던 마그마 에너지 20억 톤의 화산재가 분출되어 인명 피해가 컸고 백두산 근처에서 핵실험을 하여 마그마에 물이 합쳐지는 바람에 마그마가 지층을 뚫고 올라와 어마어마한 재앙이 되었다.

　하늘로 솟아 오른 뭉게구름의 재는 1m이상 쌓였고 사람이 숨을 쉬면 그 재가 코로 들어가 허파에 쌓여 굳어지는 바람에 죽을 수밖에 도리가 없다.

　북한 양광도에 홍수가 나고 중국 기린성 일대는 전기 시설과 난방 시설이 가동되지 않아 사람들은 추위를 견디지 못해 중국을 넘어 북한을 거쳐 38선을 넘어 가지 않으면 살길이 없었다. 국경을 넘어온 사람들은 배가 고파 길거리의 개나 고양이를 잡아먹고 밭에 심어진 고구마를 캐어 먹고 남의 집 마당에 놀고 있는 닭들을 잡아먹으며 힘들게 서울로 내려온 그들의 피해는 경기, 충북, 충남에까지 이르렀다.

서울을 비롯하여 공항은 폐쇄되었고 미래과학기술부, 환경부, 국토 해양부, 행정안전부, 통일부, 기상청에 이르기까지 막대한 재앙을 수습하려 하였으나 엄청난 후유증을 감당하지 못하는 사이 정박된 배를 타고 서해로 동해로 도망하는 북한 공무원들과 주민들은 남한으로 탈출하여 중국 검문소에 북한 주민들의 행렬로 북새통을 이루고 38선 지역 철조망은 수천 명이 넘는 바람에 거의 무용지물이 되었다. 철조망을 건너는 탈북민들에게 서울시민들은 온정을 베풀기도 하였다.

백두산 화산이 폭발하였다는 것을 안 도솔스님은 무경거사가 수곡사로 내려올 것을 알고 연화에게 손님 맞을 준비를 하라고 일렀다.

"어떤 손님입니까?"

연화가 묻자 도솔스님이 말한다.

"누구긴 무경거사지!"

연화는 무경이라는 말을 듣고 입가에 미소를 띠며 말한다.

"저녁 공양 준비하겠습니다."

연화가 부엌으로 들어간 사이 무경은 수곡사 법당으로 들어가 부처님께 3배를 하고 스님께 절을 올리자 스님은 다정히 묻는다.

"화산 때문에 서울은 지장이 없던가?"

무경은 담담한 표정으로 스님의 질문에 답한다.

"서울 주민이 문제가 아니고 북한 난민들이 문제입니다!"

"어째서 북한 주민이 문제인가?"

"그 보다 더 큰 이유가 있지만 말씀 드릴 수 없습니다."

무경의 섬뜩한 말에 스님은 궁금증을 느껴 반문한다.

"지구의 종말이라도 온단 말인가?"

무경은 지구의 종말이 온다는 것을 스님이 알고 있는가 싶어 눈치를 보다가 입을 다물었다. 스님은 목탁을 두드리며 아무 말씀이 없으시고 저녁공양을 법당에 올리던 연화는 무경을 바라보고 인사를 한다.

"언제 오셨습니까?"

"지금 막 도착하였습니다."

저녁 공양을 마치고 스님이 천수경을 읽자 연화도 무경도 천수경을 읽는다.

"저희에게 일심으로 염하 온 중에 이 몸으로 무량 한 몸 나타나시어 시방세계 두루 계신 삼보님 전에 빠짐없이 한이 없이 절하옵니다."

심묘장구대다라니 약 400개 글을 세 번 읽고 광명진언을 끝낸다.

세상이 어수선해질수록 성격은 급해지고 정신은 안정되지 못하고 사람이 죽어가는 순간에 할 수 있는 일이 없을 것 같은 혼미한 기분에 헤매던 무경은 절을 찾아 기도드리기 위하여 수곡사로 가고자 했던 것이고 연화를 만날 수 있을까 하여 달려갔던 것이다.

나뭇가지들이 부딪치는 소리, 지붕에 달린 요령이 바람에 스치며 내는 소리, 신묘장구대다라니를 읽으며 맘을 달래는 도솔스님은 무아의 경지에 목탁을 치고 있었다.

수곡사

저녁 예불이 끝나고 공양을 든 스님이 연화에게 "법당에 촛불을 밝혀라." 말을 하자 연화는 촛불에 불을 붙이고 밖으로 나간다.

스님은 연화에게 이른다.

"2층에 올라가 무경거사에게 참선을 가르치도록 하지!"

연화는 무경에게 석실로 올라가 방석을 깔고 앉아 2m 앞에 촛불을 켜고 촛불의 빛을 바라보다가 그 빛을 인당으로 빨아 들이다가 내뱉는 연습을 하자고 무경에게 말한다.

"촛불을 빨아 들일 때 쓰~ㅂ 소리를 내다가 숨을 뱉을 적엔 파~ 하고 소리를 내세요!"

무경에게 명령하자 무경은 숨을 들이킬 적에는 쓰~ㅂ 소리를 내다가 숨을 뱉을 적에는 파~ 소리를 낸다.

그렇게 수련을 15분동안 하고 있는데 무경의 온몸에서 뜨거운 불덩어리가 전신으로 퍼지면서 활활 타는 불덩어리 속에 자신이 앉아 있는 듯 하다. 몸의 변화가 오는 것이 궁금하여 연화에게 묻는다.

"몸이 불속에 앉아 있는 것 같은데 그래도 괜찮은지?"

연화는 무경에게 말한다.

"불구덩이에 앉아 있어도 타죽지 않으니 수련을 계속하기 바랍니다."

무경은 생전 느끼지 못하는 경험으로 불속에 앉아 있는 자신을 관(觀)을 하고 있는 것이 신통하다.(관(觀)은 도(道)를 주재자는 나 자신이고 견(見)은 생각하지 않고 보이는대로 보는 것이며, 관(觀)은 생각을 갖고 미래의 이면을 파악하는 것.)

무경이 참선을 하는 것에 만족한 연화는 기가 빨리 통하여 대뇌(大腦) 고뇌(古腦) 간뇌(間腦) 소뇌(小腦)가 하나로 모여 신통술을 부릴 수 있을 거라고 생각하여서 그런지 대박이 일어날 것 같고 불교에서 말하는 육통술(1신족통 2천이통 3타심통 4숙명통 5천안통 6누진통 : 과거, 현재, 미래, 모든 것들을 마음의 눈으로 보고, 인간의 귀로 듣지 못할 소리를 듣고, 타인의 마음을 알고, 전생의 업(業)에 의해 운명이 결정되는 것이고, 걸림 없는 공간을 왕래하며 마음대로 움직일 수 있게 되고, 마음의 번뇌가 사라지고, 공의 경지에 올라 진리를 안다는 것.)을 부릴 것이 아닌가, 기대를 건다.

무경은 참선(參禪)을 하면 우주의 기(氣)가 통하여져 자기를 바라는 마음이 간절하여지고 호흡을 흡입하고 뱉으면서 눈을 감고 내면의 세계를 바라보면 뚜렷한 물체들이 상상하는 것들에게서부터 보여지는 것이 신기하다고 느낀다. 무경은 파~ 소리를 냄과 동시에 상상하는 물체들이 내뱉는 호흡으로 인하여 박살이 나고 사방으로 흩어지는 것을 느끼며 엄청난 기(氣)란 것을 알고는 이 기(氣)를 내 몸으로 축적하면 어찌될까 염려하면서 몸속으로 기(氣)를 축적하기 위하여 회전하여 보았다.

아~ 어찌된 일인가? 엄청난 기(氣)가 몸으로 들어가 회전하더니 몸에서 가만있지 못하고 품어져 나오는 불꽃은 몸 구멍마다 품어지는 것이 신기하여 대뇌(大腦) 고뇌(古腦) 간뇌(間腦) 소뇌(小腦)가 하나로 뭉쳤던 것들이 뚫리니 불교에서 말하는 육통술(과거·현재·미래·마음 눈으로 보고·듣고·타인의 마음을 알고·전생 운명을 알고·마음대로 움직일 수 있고·번뇌가 사라지고) 진리를 저절로 알게 되는데 얼마나 기쁜지 형용할 수가 없다.

무경은 자기도 모르는 사이에 눈물을 흘리면서 알지 못하는 희열에 잠겨 즐겁기까지 하여 기쁨의 눈물을 흘리자 마음이 후련하여지고 모든 우주의 법칙이 깨우쳐짐으로 사리가 분별되고 자연의 섭리가 저절로 알게 된다. 무경은 우주의 기를 공부하는 동안 대뇌(大腦) 고뇌(古腦) 간뇌(間腦) 소뇌(小腦)가 모두 열린 것이다. 무경이 한없는 눈물을 흘리며 기쁨을 가슴에 담고 있으려니까 연화가 이 광경을 바라보고 같이 즐거워한다.

"뭐가 기뻐 눈물을 흘리십니까?"

무경은 연화가 자기를 바라보고 있다는 것을 알면서 눈감고 이승 저승 내생을 관(觀)하며 돌아다닌다.

전생에 무경은 연산군 시절 마음에 들지 않으면 사람을 칼로 쳐 죽이면서 독재자의 아집을 피우다 결국엔 죽어 투견이 되어 수많은 개들과 싸웠고 뱀으로 땅바닥을 기어 다니다가 인간의 몸으로 태어나 학창시절 영웅대접을 받다가 형무소에서 강의하던 기억들을 더듬다가 지구가 멸망하는 것을 보게되어 어떻게 말해야 될지 망설이는데 연화는 무경이 눈물을 보고 왜 우느냐고 물었으나 무경은 답할 수 없어 빙그레 웃을 뿐이다.

"왜 웃고만 있으십니까?"

"그냥 웃을 뿐입니다."

연화에게 말은 그렇게 하지만 마음은 딴 생각으로 가득하다.

"인간을 구할 수 있을까?"

목탁 치는 도솔스님은 알겠지 생각하며 무경은 스님에게 다가가 눈치를 보며 묻는다.

"인간이 핵을 만들지 않았더라면 지구의 축은 흔들리지 않았을 것이고 지구의 수명은 단축되지 않았을 게 아닌가요?"

스님은 무경의 질문을 받고 눈동자를 굴리더니 말문을 연다.

"맞는 소리를 하는군! 세계 각국에서는 날마다 사람 죽이는 도구를 만들어 전쟁을 일으키고 어른 아이 할 것 없이 살인 게임기를 시장에 팔아 돈을 벌고 사람 죽이는 자들이 재벌되어 정치판에 끼어들어 국민들의 노동을 착취하니 세계는 힘센 주먹이 판치는 세상 아닌가?"

무경이 생각하는 것과 스님이 생각하는 것들이 별 차이가 나지 않는다고 느끼며 무경은 화제를 달리하여 묻는다.

"지구의 오존층이 파괴되어 지구의 수명이 단축된답니다!"

스님은 오존층이 파괴되었던 소리를 듣고 넓은 세계로 눈을 돌린다.

"세계는 온통 전쟁하기위해 핵을 비축하고 각국의 핵 보유를 살펴보면 지구는 불바다가 될 게 뻔하지. 러시아가 핵탄두 10,000기를 보유하고 있고 미국은 8,000기, 그 외 나라는 1,000기정도 보유하였지!"

무경은 스님과의 대화에서 핵탄두 10,000기를 가지고 있는 나라가 왜 망했을까 궁금하여 질문한다.

"핵을 만들고 실험을 하지 않았더라면 지구의 축이 흔들리지 않았을 것이고 오존층이 파괴되지 않았을 게 아닙니까?"

스님은 한숨을 길게 내쉬면서 안타까운 눈초리로 말씀하신다.

"그놈들이 핵을 만들어 협박을 하다가 통하지 않으면 전쟁을 일으킬 생각뿐이었겠지, 지구를 생각했겠어?"

스님의 말을 듣는 무경은 화가 나 스님에게 묻는다.

"대지는 화공 약품으로 농사를 지을 수 없게 되고 인간들이 지구에 넘쳐나 먹을 식량이 없고 지구가 식어 화산이 폭발하고 토네이도는 날마다 몰아치고 쓰나미로 사람들이 쓸려나가는 것을 해결하지 못하자 우주선에 인간을 태우고 외계로 나갈 궁리를 한 게 아닐까요?"

"외계 행성의 소유권을 차지하려고 미국과 소련이 경쟁하겠지."

스님은 지구가 멸망하면 새로운 행성을 찾아 새로운 별로 인간을 옮겨 갈 것이라고 믿는 것이다.

무경은 기공으로 뇌를 100% 열면 우주선을 띄우지 않더라도 신을 만나 외계로 나갈 수 있지 않을까 질문을 한다.

"100% 뇌를 열면 외계 행성을 마음대로 드나들 수 있다고 말한 부처님의 말은 사실입니까?"

도솔스님은 우주론을 설명하고 싶어 그런지 큰 틀 우주를 설명한다.

"우주 변화와 형태는 성·주·괴·공(成·住·壞·空)을 끊임없이 반복하는데 1)성겁(成劫)은 지구가 형성되는 시기를 성겁이라 하는데 20소겁이 소요되는 시간을 지나야 성겁(成劫)의 세상이 오고 ②성겁 다음 세상인 주겁(住劫)의 시대가 오면 주겁도 20소겁이 소요되는 시간을 1소겁이라고 하는데, 주겁의 기간 동안 20번을 계속하여 ③ 괴겁(壞劫) 그 후 세계는 서서히 파괴되는 시대가 19소겁이 소요되는데 수(水), 화(火), 풍(風) 삼재가 발생하여 풍륜으로부터 색계 제3천에 이르는 세계를 모조리 소멸시켜 버리게 되는데 1겁이 걸린다. ④ 공겁(空劫) 괴겁의 시대가 지나면 허공만이 존재하는 공겁의 시대가 오는데 이 기간도 20소겁이 걸리게 되고. 공겁 다음에 성, 주, 괴, 공이 반복 생성되고 소멸하여 20소겁을 1중겁이라 하고 4중겁을 1대겁(大劫)이라 하므로 결국 한 우주는 1대겁(大劫)을 시간단위로 하여 생성, 소멸 성주괴공을 되풀이하는 세계는 1세계라 하는데 '1사천하'가 천(千) 개 모인 것을 '1소천세계(一小千世界)'라 하고, 그 '소천세계'를 천 개 합한 것이 '1중천세계(一中千世界)'가 되고, '중천세계'를 천 개 합한 것을 '1대천세계(一大千世界)'에 '소천, 중천, 대천' 3종(三種)의 천(千)이 있으므로 3천대천세계(三千大千世界)라 한다. 이러한 삼천대천세계가 끊임없이 성·주·괴·공이 전개되는 것이다. (2)겁(劫)은 시간을 나타내는 하루가 1겁인데 인간 세계의 4억3천2백만 년 긴 시간을 말하는 겁에는 ① 개자겁(芥子劫); 사방 40리 안에 개자씨를 가득 넣고 장수하는 천인(天人)이 3년에 한 알씩 가져가 그 수가 다하는 기간을 말하고 ② 불석겁(拂石劫); 반석겁(磐石劫)이라고도 하는데 사방 40리 되는 바위가 있다고 가정하고 장수하는 천인이 있어 3년에 한번씩 천의(天衣)로써 둘레를 한 바퀴 스쳤을 때 그 바위가 다 닳아 없어지는 기간을 말하는 것이고 ③ 증감겁(增減劫); 인간의 수명에 따른 정의인데 인간의 수명은 10세에서 8만4천세까지, 8만4천세에서 10세까지 백년에 한 살씩 증(增) 또는 감(減)하는 기간을 증겁(增劫), 감하는 기간을 감겁(減劫)이라 하며 증감을 합해 증감겁이고 ④ 진묵겁(盡墨劫); 한량없는 세월을 말한다."

스님이 장시간 불법의 우주관을 설명하자 무경은 무슨 말인지 알아 들을 수가 없어 머리만 혼란하다.

무경이 불교의 우주관이라 물을 때에는 성겁, 주겁, 괴겁, 공겁이 끊임없이 생성되고 소멸하여 20소겁을 1중겁이라 하고 4중겁을 1대겁(大劫)이고 결국 한 우주는 1대겁(大劫)을 시간단위로 하여 생성, 소멸되는 것인데 지구를 구할 수 있는가 하는 그 질문을 하는 것인데 스님은 엉뚱한 대답만 한다.

"스님! 지구가 탄생되고 소멸되는 이야기를 할 게 아니고 인간들로 인해 지구가 파괴되어 폭발하면 이 지구는 우주에서 흔적 없이 사라지게 될텐데 우리는 어떻게 인간들을 구해야 할지 그걸 묻는 것입니다."

도솔스님은 무경의 질문을 받고 목탁을 치지만 입을 닫고 염불은 하지 않았다. 무경에게 뾰족한 해결을 말할 처지는 아니라서 그런지 무경의 질문하는 취지를 눈감고 이해하려 하였다.

침묵하던 스님은 뜻밖의 얘기를 하여 무경의 심기를 거스르게 한다.

"지구인을 구할 수 있겠느냐는 물음은 신을 만나야 대답을 들을 것이다!"

무경은 스님에게서 "신"이란 단어를 듣고 뇌리를 스치는 게 있어 스님에게 질문한다.

"인간이 신(神)을 만날 수 없습니까?"

도솔스님은 무경의 질문에 한마디로 답한다.

"내가 신(神)이 될 수 있고 기(氣)가 될 수도 있고 또 너의 맘속을 들여다 볼 수 있는 귀신(魂神)도 될 수 있지."

무경은 스님에게 단도직입적으로 묻는다.

"신(神)을 당장 만날 수는 없습니까?"

"나를 비우면 신이 될 수 있지."

참 수월한 말이지만 그리 간단히 이해되진 않는 말같아 무경은 나를 비우면 신(神)이 될 수 있다는 것에 기운을 얻어 신(神)과 통할 수 있는 길이 있을 거란 기대를 가지고 다급한 마음으로 묻는다.

"신(神)을 빨리 만나고 싶습니다!"

지구를 구할 수 있는 길은 신(神)만이 알 것이다.

40년 도(道)를 공부(工夫)한 스님은 청년시절에 육신의 정욕을 채우려 숫처녀의 가슴에 상처를 입히고 고뇌하다 하초(下焦)에 작두질을 하여 피를 흘려 죽어가면서 병든 인간을 구할 수 없을까 고민을 하였던 것이다.

'과학자들은 과연 우주선을 띄워 죽어가는 지구를 구하기 위해 노력하는 걸까. 그것이 과연 인류를 구하려는 모습일까?'

스님은 무경의 질문을 받고 먼 산을 쳐다보며 생각에 잠긴다.

정신일도하사불성(精神一到何事不成). 정신을 100%로 모을 수 있다면 못 이룰 것이 없다는 생각을 한 도솔스님은 수곡사 2층 석실에서 사명대사가 우주 태양빛을 몸속으로 돌려 도를 통한 소문을 들었던 게 생각나 대뇌(大腦) 고뇌(古腦) 간뇌(間腦)를 하나로 모으려면 태양의 기(氣)를 공부하면 되지 않을까 생각하며 무경을 쳐다보며 말한다.

"사명대사(四溟大師)가 태양기공을 수련하였다고 하니 태양기공을 수련해보면 어떨까?"

무경은 스님이 말한 태양기공을 수련하려고 연화를 보면서 말한다.

"태양기공을 가르쳐 주십시오!"

스님도 태양기공을 가르칠 방법을 찾는다.

사람의 5장6부는 음과 양의 조화를 이루는 태양과 마찬가지로 우주의 물질들로 구성되어 머리의 가르마, 귀의 달팽이관, 배꼽 등에 통하고, 보이지 않는 물질 기(氣)는 몸과 마음(혼, 정신, 영)에 해당되는 철도의 레일을 통해 피 속에 산소를 60여 조의 세포에 공급하여 생명을 유지하게 한다.

우주에 순응하면서 베타파(13~30사이클/초)를 눈 감고 몸을 이완시켜 알파파(8~13사이클/초)상태에 지각과 꿈의 경계상태인 세타파(4~8사이클/초)상태가 되면 누구나 초능력을 발현시키는 방법을 개발하게 되어 우아일체(宇我一體)가 될 수 있는 정점에 도달할 수 있다. 무경이 웃옷을 벗고 태양기공 수련 자세를 잡도록 도운 연화는 사람들을 통제해서 수련에 방해받지 않도록 문을 지키며 수곡사 2층 석실에 앉아 무경의 수련에 지장이 없도록 도운다.

무경은 스님에게 묻는다.

"강한 햇빛을 받으면 눈의 광막이 타지 않을까 염려됩니다!"

"태양을 함부로 쳐다보면 망가지지."

도솔스님은 무경에게 태양기공을 수련할 적에는 눈을 감고 수련하고 해 뜰 무렵이나 오후 5시 지나 해가 붉어질 때에 수련하라고 지시를 하고 강한 열을 내 품는 한낮에는 눈을 감고 태양의 불기둥이 백회로 통과하도록 하라고 이른다.

무경은 태양기공을 수련하자 온몸을 휘감던 기가 돌아 다리 근육 사이사이로 빛 기둥이 세워지더니 단단해진다.

8분 20초 지구에 도달하는 태양의 빛으로 지구에서는 태양열 발전소를 짓기도 하고 비행기 자동차 냉·온으로 인간에게 에너지를 공급해 주기도 하고 식량을 제공하고 인간의 몸에 세균과 박테리아를 햇볕에서는 살지 못하도록 소독을 하기도 한다. 무경의 몸으로 들어온 빛은 머리카락 사이로 들어와 대뇌를 통하여 고뇌(苦惱)를 지나 간뇌(間腦), 소뇌(小腦)를 거치자 그동안 뇌 10%가 열리고 눈 렌즈의 광막 염증들을 치료하고 혓바닥에 기생하는 세균들을 살균하고 허파에 산소를 잘 돌게 만들고 간에서는 탄수화물, 지방, 단백질을 분해하고 담즙이 생성되어 담낭으로 들어가 십이지장으로 돌고, 폐는 들숨일 때 산소를 받아들이고 날숨일 때 이산화탄소를 배출한다. 코로 호흡하여 뇌를 안정시켜 우울, 불안, 분노, 피로감, 스트레스를 감소시키고 긍정적인 정서를 증가하여 창의력을 계발하면 몸은 뇌와 연결되어 척수를 통해 신경계와 연결되기에 뇌 상태를 자극 이완하여 몸이 편안해지고, 눈을 감고 조용히 자신의 내면을 바라보는 간접 효과를 맛볼 수 있다. 몸의 움직임을 내가 조절할 수 있고 생각, 감정을 조절하여 시시각각 내 안의 나를 바라보면서 위(胃)에 들어온 음식물을 저장하고 소화를 시켜 소장으로 내려 보내고 액체로 섞어 죽이 된 것을 십이지장으로 보내는지, 100조가 넘는 세균들을 필요한 물질로 바꿔주는지, 항문을 통해 배설되는 변들이 잘나오는지, 하초에 노폐물을 배출을 시키는지, 성기가 강화되고 혈압을 조절해주는지 하지정맥이 순조롭게 무릎을 거쳐 발가락 사이로 빠져 나간 태양의 기가 백회로 되돌아 와 온 몸으로 회전하는 것을 다시 회전시키자 뇌에서부터 하지에 이르기까지 채워진 기는 팽창되어져 불덩어리로 변한 기(에너지)는 땀구멍으로 품어지는데 손끝에서부터 발가락 사이로 불꽃이 피어오르자 무경의 이마에선 김이 무럭무럭 난다. 자신의 이런 상태도 모르고 앉아 있는 것을 바라본 연화는 도솔스님을 쳐다보며 무아지경에 이르렀다는 눈짓을 하자 도솔스님이 무경에게 기를 넣어 주며 말한다.

"무상무념이라야 도를 트지!"

(무상무념: 아무 것도 마음에 담지 않고 아무 것도 생각하지 않는다는 뜻으로 좋지 못한 생각은 마음에 담지 말고 물처럼 깨끗이 하고 슬프고 힘든 생각이 들면 잠시 아무 생각을 하지 말고 편한 맘으로 정진하라는 뜻.)

연화는 스님을 바라보며 무경거사가 수련이 절정에 이르렀다고 신호를 주자 스님은 연화에게도 기를 넣어 준다.

무경은 무상무념의 상태에서도 하나 만을 생각하고 있었다.

"인류를 구원해야 한다!"

수백 년 전부터 인간의 지능을 연구한 선각자들은 사람의 뇌를 하나로 통일하려 2억 개 세포를 매일 6만 번 생각하여 95% 어제와 같은 생각을 하면서 자기의 감정들을 수동적으로 하지 말고 자신이 원하는 것을 끝까지 연습을 해야 '소우주'처럼 얽힌 뇌가 최고의 가치를 누릴 수 있다는 것을 알고 가르쳐 준 태양기공을 스님이 무경에게 가르쳐 준 것이다.

무경은 100% 뇌를 열어 신의 경지에 오를 것이라 다짐하고 태양기공에 온힘을 쏟는다.

우주선

100년 전에서부터 지구의 종말을 예고해온 과학자들은 우주선 개발에 힘을 쏟아왔고 달에 탐사선을 착륙시켜 우주에 관한 연구를 하여 외계 행성에서 인간이 살 수 있는 별을 찾으려고 노력해 왔다. 미국과 소련은 이러한 연구에 막대한 자금을 투입하며 서로 경쟁을 하였다.

수많은 UFO가 나타나는 것을 고기잡이하는 선원들이 보았고 우주 비행사들이나 우주를 관찰하던 과학자들이 보았다. 미국, 이탈리아, 스웨덴, 한국, 일본, 러시아, 나사, 터키, 세계 각국 과학자들은 UFO를 직접 목격한 사진을 들고 UFO를 관찰하여 연구해 보고 싶은 마음들이 간절하다.

우주선 개발의 목적은 이제 대륙간 탄도미사일과 인공위성 발사용 로켓 우주개발 군사 장거리 정찰기를 대신하여 인공위성의 가치를 높이고 국력 과시용이 되었다.

스푸트니크 1호나 보스토크 1호의 발사 성공으로 우주개발 첨단기술이 구사되는데, 이러한 기술은 다시 각 방면으로 파급되어 로켓의 기체용(機體用)으로 개발된 고장력강, 로켓 탄두나 재돌입시를 위한 세라믹의 개발기술, 인공위성용 전원(電源)의 응용, 원거리 통신기술의 발전, 무중력상태의 여러 가지 활용 등이 있다. 또 우주개발에 의한 국제협력의 추진도 빼놓을 수 없는 점인데, 우주 평화이용 조약이 생겨나고 관측 결과를 서로 이용하거나, 우주계획을 국제협력에 따라 진행하려는 움직임이 활발해지고 있다.

1946년 가을, 지상에서는 관측할 수 없는 태양으로부터 단자외선이 방출되고 있다는 것을 밝혔고 인공위성의 궤도가 연장됨에 따라 태양으로부터 방출되는 태양풍이 지구를 입체적으로 둘러싼 자기권이 지구를 보호하고 있다는 것이 판명되었다.

지구의 인력을 벗어나 태양 주위를 도는 인공위성이 출현하여 달, 금성, 화성, 수성, 목성, 토성을 탐사하기 위하여 1962년 8월에 발사된 미국의 매리너 2호는 금성으로부터 3만 4000㎞ 떨어진 곳을 통과하며 금성의 표면온도를 측정하여 자료를 전송해 왔다.

1964년 11월 발사된 매리너 4호는 화성으로부터 약 9600㎞까지 접근하여 표면사진 21장을 전송해 왔지만 기대하였던 운하(運河)는 없었다.

달의 연착륙(軟着陸)에 처음으로 성공한 것은 소련의 루나 9호(1966년 1월 발사)로서, 달 표면의 사진을 보내왔다.

소련의 베네라 4호(67년 6월 발사)에 의해 최초로 이루어졌고, 금성의 대기 및 기상을 측정 소련의 마르스 3호(71년 5월 발사)에 의해 시도 미국의 매리너 10호로서, 1973년 11월에 발사되어 다음해 3월 수성으로부터 640㎞까지 접근, 수성 표면이 달 표면과 유사하다는 것을 관측하였다. 미국은 1972년 3월 파이어니어 10호를 발사하였고 이듬해 12월 목성의 위성 가니메데의 기괴한 모습을 전송해왔다.

파이어니어 11호(73년 4월 발사)도 1974년 12월에 목성, 1979년 9월에 토성에 최근접하여 각각 관측에 성공하였다.

1977년 9월에는 미국에서 보이저 1호가 발사되어 1979년 3월 목성에 접근하였고, 1980년 11월에는 토성에 접근하여 토성고리의 미세구조 및 토성의 위성 타이탄을 관측하였다.

보이저 1호보다 약간 앞서 1977년 8월 보이저 2호가 발사되었는데, 그것은 1981년 8월 토성에 최근접하여 토성 고리보다 미세한 구조를 밝혔다.

천왕성에 접근한 것은 1986년 1월로, 천왕성의 자세한 상과 어두운 고리와 5개의 주요 위성을 관측하였고 1989년 8월에는 해왕성에 최근접한 후 태양계행성 탐사를 종료, 보이저 2호는 태양계를 벗어난 최초의 인공물이 되었다.

1983년에 미국에서 발사한 적외선관측위성(IRAS) 및 우주의 기원을 밝히기 위해 발사된 우주배경복사탐사기 COBE 등 우주에 대한 의문점들을 밝히고 인간이 살아갈 수 있는 지구와 닮은 유사한 환경의 별이 있는가는 찾지 못했다.

간뇌(肝腦)를 열면

사람의 뇌를 30% 하나로 모으면 벽속을 통과할 수 있고 바위를 통과할 능력도 가지게 되고 물속에 들어 갈 수도 있고 태양 빛이 통하지 못하는 곳까지 생각은 들어가고 나올 수 있는 것이다.

무경은 여러 날 수곡사에서 태양기공을 하여 30%를 열었고 40% 뇌를 열었을 때는 지구의 생물들의 소리를 들을 수 있고 식물들의 과거가 보였으며 동물들의 변천사가 한눈으로 보였다. 60%를 열었을 적엔 사람의 전생을 보게 되고 미래가 어떻게 변할 것인지 눈으로 보게 되었다. 수행자들은 번뇌를 끊고 초자연의 힘 태양의 에너지를 뇌 속을 채우자 낮과 밤구별이 없어지고 지구의 미래를 생각하자 지구의 5대양 바닷물과 강물이 말라버리고 6대주가 쪼개져 지구가 우주 블랙홀로 흔적 없이 사라지는 것을 보고 무경은 한없이 눈물을 흘리며 지구가 멸망이 되면 인간들은 누가 구할 것인가, 그 방도를 찾기 위해서 신을 만나야 한다고 다짐을 한다.

무아의 세계에 꿈을 꾸다 우는 무경을 연화가 깨워 물었다.

"울고 있습니까?"

무경은 온화한 미소를 지으며 연화를 바라보다가 눈을 감는다.

"조금만 더 부탁드립니다!"

연화는 무경의 따뜻한 대화에 안심을 하였는지 고개를 끄덕인다.

또다시 수련에 들어간 무경이 드디어 대뇌(大腦) 고뇌(古腦) 간뇌(肝腦) 소뇌(小腦)를 모두 열어 통일하니 뇌(腦) 100%가 열리게 되어 무경의 몸은 사라져버린다. 무경이 없어진 것을 보고 연화는 급히 스님에게 고한다.

"스님! 무경거사가 없어졌습니다!"

스님은 무경거사가 종적없이 사라졌다는 말을 듣고 빙그레 웃으시며 연화의 긴장한 얼굴을 보고 말한다.

"걱정 할 것 없네! 곧 돌아 올 거니까!"

도솔스님은 무경거사가 수련의 경지에 올랐다는 것을 감지하고 목탁을 두드리며 유체이탈에서 마귀에게 해코지를 당하지 않기 바라는 주문을 외우고 목탁을 친다.

무경은 초저녁에 석양이 지는 황홀한 들판을 가로질러 남극의 구름위에 올라 하늘을 바라보고 지구의 아름다운 광경을 구경하였고 밤중에는 네팔 히말라야 8000m 이상 되는 산들에서 등산하는 사람들과 달리 구름을 타고 다니는 동안 그 높은 산들이 우르르 소리를 내며 무너지는 것을 보고 또 한 번 지구가 사라질 미래를 눈으로 목격하고는 수곡사 석실 본래의 자리에 앉아 땀을 흘리며 중얼거린다.

"북한 주민을 살려야 한다!"

무경을 연화가 지켜 주지 않을 것을 알기에 연화의 아문 혈을 짚어 움직이지 못하게 하고 다시 입정하여 7일이 되는 날 대뇌(大腦) 고뇌(古腦) 간뇌(肝腦)가 100% 합쳐지는 것을 알게 된 무경은 기쁨과 동시 슬픔을 느낀다. 화산 폭발로 북한 주민들이 죽어 가는 것을 보았고 독재자의 행동으로 기관포로 사람을 죽이는 것을 보았기 때문이다.

지구의 인간을 구해야 하는 막중한 임무를 완수하기 위하여 뇌를 열어야 신들을 만날 수 있기에 마음을 육신에 얽매이지 않고 하나로 전진하는 것이다.

무경은 별들 사이로 왕래하는 죽은 영혼들이 하생계, 중생계, 상생계로 나뉘어 뭉쳐 다니는 영혼들을 7일 동안 보면서 천국과 지옥 우주를 다녔다. 또 다른 별 무아의 빛 블랙홀 속으로 빠져 무경의 몸이 이동되어 하늘 저편 안개와 수증기가 산봉우리를 감싸고 있는 신비스러움이 펼쳐지는 수미산 봉우리에 도착한 바위에는 수정들이 널려있고 또 다른 바위는 푸른빛 에메랄드 돌들이 있는 평평한 곳(100,000평이 되는) 오목한 분지에 여러 신들이 모여 있는데 제석천(帝釋天) 신의 우두머리로 그를 둘러 앉아있는 용은 물속에 있고 비를 내리게 하고 몸은 사람이고 아홉 마리 용의 얼굴을 하고 야차(夜叉)는 사람을 해치는 귀신으로 나중에 불법을 수호하는 신이 되어 제석천을 바라보고 있다. 천야차는 하늘을 날아다니는 신으로 전차를 몰고 얼굴은 셋으로 손에는 기를 들고 무경을 반기고 건달파(乾達婆)는 어린 아이를 보호하고 음악을 좋아하는 신으로 노래를 불러 여러 신들에게 향기를 주는 신으로 상반신은 사람 하반신은 말의 얼굴을 하였고 아수라(阿修羅)의 손에는 칼을 들고 아름다운 여성의 모습을 하면서 이상한 호흡소리를 내고 가루라(迦樓羅)는 새 중의 왕으로 두 날개를 펼치며 앉아 있고 긴나라(緊那羅)는 사람, 새, 짐승 모습을 하고 노래와 춤을 추고 마호라가(摩呼羅迦)는 뱀의 몸에 사람의 얼굴을 하였다. 무경이 다가가 앉자 가루라가 날개를 퍼덕이며 구름을 모이게 하고 천야차는 무경을 환영한다고 말하였다.

"당신을 기다렸소!"

무경은 천야차가 자기를 바라보고 환영한다고 말하는 것을 듣고 신기하게 느끼며 바라본다.

"당신이 수미산으로 올 것을 알고 있었습니다!"

신들이 나의 마음을 알고 있어서 자기를 환영하느라 모여 있었구나 생각을 하니 무량함을 느낀다.

무경은 신들과 대화하기 위하여 죽을 고비를 넘기며 7일 동안 물 한 모금 마시지 않고 무상무념으로 대뇌, 고뇌, 간뇌를 하나로 통일하는 수련을 하였기에 결국 대뇌 고뇌 간뇌 소뇌를 통했기에 신들을 만날 수 있었고 신들이 수미산에서 무경 자신을 맞이해 주는구나 생각을 하자 감개가 무량하다.

무경은 신들이 자기를 존경하며 도움을 주겠다고 하니 더 이상 기쁠 수가 없는 느낌을 받게 되고 지구의 인간들을 구원할 수 있는 방법을 찾겠다고 무경은 천야차를 바라보고 말한다.

"인간을 구할 수 있는 방법을 가르쳐 주소서!"

여러 신들은 자기와는 아무 상관이 없는 질문이라고 딴청을 부리는데 가루라(새의 신)가 날개를 뻗어 무경의 몸을 감싸 앉으며 날개를 뻗으면서 기(氣)를 넣어 주며 말한다.

"인간을 구원하려면 신들의 기를 받아야 우주(외계)를 갈 수 있기에 기(氣)를 넣어주는 것이라네."

무경은 외계를 왕복하려면 엄청난 에너지가 필요하기에 신들의 기(氣)를 받게 된다.

맨 처음 천야차의 하늘을 나는 기(氣)를 받았고 두 번째 건달바의 기(氣)로 상대를 웃게 만들고 기분 좋게 하는 기(氣)를 받았고 가루라(새의 신)에게는 새가 되고 말이 되는 기(氣)를 받았고 마호가라(뱀의 신)에게는 뱀의 모습을 하게 되는 기(氣)를 받았고 아수라에게서는 아름다운 여자로 변장하는 기(氣)를 받게 되니 자유자재로 모습을 바꾸게 되는 기(氣)를 받게 된 것이다. 그러나 이런 기는 사용하지 않을 것이라 우주 외계로 날아갈 수 있고 지구의 자기장을 뚫고 나아가도 힘들이지 않고 날아다니는 그럴 수 있는 기(氣)를 받기 원한다고 천야차를 바라보고 말한다.

"외계로 갈 수 있는 기(氣)를 원합니다!"

천야차는 무경의 심정을 아는 것처럼 말한다.

"우리가 넣어 주는 기(氣)라면 외계행성으로 갈 수 있으니 염려하지 않아도 될 것이구먼!"

무경은 천야차에게 다그쳐 묻는다.

"인간이 살 수 있는 지구와 같은 행성이 있나요?"

여러 신들이 모여 한동안 떠드는 소리가 들리더니 조용해지면서 천야차가 무경 앞에 나서며 말한다.

"여러 신들이 인간이 살 수 있는 곳이 있다고 하는군!"

무경은 다급하게 물었다.

"그곳이 어딥니까?"

천야차는 손가락으로 한 별을 가리키며 말한다.

"저 별에서 살면 되겠네!"

천야차가 가리키는 별을 무경이 쳐다보자 지구와 흡사하게 닮아 보인다. 무경의 마음은 이미 그곳을 향해 달려가고 있었지만 갈 수 있는 곳이 아니라 천야차에게 다시 묻는다.

"저 별에 갈 수 있습니까?"

천야차는 무경의 질문을 듣고 가루라에게 말한다.

"가루라! 당신이 무경씨를 태우고 다녀오구려!"

천야차가 말하자 가루라는 망설임없이 무경에게 다가와 무경을 날개에 태우고 어둠의 빛 블랙홀 속으로 날아간다. 인간이 가려면 30년 걸리는 거리를 눈 깜짝할 순간 '글리제' 별에 도착한다.

"글리제 별은 섭시 0~40도이고 지구의 1.5배 크기이며 지구와 닮아 계곡이 있고 산이 수정으로 이루어져 다이아몬드가 나고 사방 천지에 보석들로 가득한 별에는 아름다운 여러 꽃들이 만발하고 꽃들이 수박향이 나며 숨쉬기가 편하고 마음이 안정이 되고 하늘은 무지갯빛들이 비치고 태양은 덥지 않고 그리 높지 않은 산들과 수정언덕과 유리로 된 아스팔트에 먼지가 나지 않고 바람이 산들거리고 낮과 밤이 있는데 낮엔 태양이 비쳐 18~20도이고 밤은 군청색인데 보통 18도이다."

가루라는 무경을 평지에 내려놓으며 말한다.

"인간들이 살 수 있는 별에 도착하였습니다!"

외계인과의 전쟁

　무경은 이토록 아름다운 별에 인간들이 편안히 살 수 있을까 의심이 들어 가루라를 쳐다보았다. 이 때 비행접시(UFO) 7대가 소리 없이 무경이 서있는 곳으로 다가와 무경을 감시하고 그중에 커다란 비행선 한 대가 무경이 서있는 앞에 멈추더니 비행기 문이 열리고 얼굴이 고양이처럼 생긴 우주인 30명이 무경의 주변을 살피다가 그중 우두머리 격인 하얀 수염 우주인이 무경에게 다가와 무서운 얼굴로 쳐다보며 심상찮은 분위기로 죽일 기세를 취한다.

　무경은 험한 분위기를 감지하고 도와달라고 가루라에게 눈치를 주자 가루라는 그들을 물리칠 수 있다고 안심을 시킨다.

　"천용이 우리 뒤에 따라왔으니 걱정할 것 없습니다."

　어느새 무경의 옆에 천용이 나타나 무경을 호위하자 하얀 수염 우주인은 거만한 음성으로 소리를 친다.

　"어디서 온 누구인가?"

　키가 1m50cm 정도의 우주인은 낙지 머리를 하고 얼굴은 고양이처럼 생겼고 몸엔 털이 나지 않았으나 얼굴엔 하얀 수염이 5cm

나 나있고 상대를 쳐다보는 눈동자는 빛이 나고 입술은 사람과 같이 생겼는데 푸르스름한 이빨은 가지런하고 목에 주름이 잡혔고 긴 팔에 네 개의 손가락이 있고 허리는 기다랗고 무릎은 볼록하고 발가락은 4개가 달려있다. 그들 중 두목격인 우주인이 무경에게 말한다.

"이 별에 어떻게 왔는가?"

하얀 수염 우주인이 물으며 자기를 소개한다.

"내가 이 별의 주인이다!"

무경을 지키던 우주인은 반딧불처럼 사라졌다 나타났다 흩어졌다를 반복한다. 외부인을 감시하는 비행접시(UFO)들은 서에 번쩍 동에 번쩍 요상한 행동을 한다.

다른 별에서 '글리제' 우주인들을 공격하여 전쟁을 치러 가까스로 물리친 경험이 있어 감시를 하는 것이다.

침략자로 왔다면 전쟁할 기세로 나올 것인데 앞에 서있는 무경이 나쁜 외계인처럼 보이지 않자 하얀 수염 우주인은 긴장을 풀고 무경을 바라보았다. 그러나 주위에 큰새와 여러 혐오스런 얼굴들이 함께 있는 것을 보고는 적군인 줄 알고 레이저 총을 쏘려고 하자 여러 신들은 침략하러온 적군이 아니라며 안심하라고 웃음을 지어 보였는데 용왕은 눈을 째려보며 우주인들이 실수를 저지르면 용서치 않겠다고 긴장을 늦추지 않았다.

그 때 글리제 우주인이 탄 UFO에서 레이저 총이 발사되는 것을 보고 천용과 가루라가 입에서 불을 품어내었다. 비행기에 탄 우주인은 불에 그슬려 죽게 되고 이를 본 7대의 UFO에서 일제히 레이저 총으로 용(龍)에게 공격을 하자 용(龍)과 가루라는 사정없이 UFO를 덮치며 불세례를 퍼 붇는다.

가루라가 커다란 날개로 덮치자 UFO는 땅위로 떨어지고 흙에 파묻히면서 동체가 쪼개지고 불세례 받은 UFO는 고층건물에 묻히고 건물은 폭탄에 맞은 것처럼 폭파되자 UFO 비행기들은 산발적으로 흩어져 재주를 부리지만 용(龍)과 가루라에게는 상대가 되지 않았다. 이를 지켜보던 하얀 수염 우주인은 양손을 저으며 큰소리를 쳐 전쟁을 말린다.

"싸움 중지!"

우주인 두목의 신호로 용(龍)과 가루라는 싸움을 중지하였고 먼거리에서 이를 지켜본 UFO 편대는 불을 품는 용(龍)과 가루라에게 덤비지 못한 채 주춤거린다. 허공에 떠 있는 부하들에게 손을 흔들어 싸움을 말리는 하얀 수염 두목은 몇 안 되는 용(龍)과 새한 마리를 이기지 못하고 여러 대의 비행기가 부서지는 것에 탄식하며 화해의 제스처로 웃으며 말한다.

"잠깐 중지하시오!"

두목의 제스처에 모두 싸움을 중지하고 지시를 기다린다.

무경을 태운 용(龍)을 바라보고 새의 왕 가루라를 바라보며 궁금한지 하얀 수염 두목은 묻는다.

"우리 별에 어찌 온 것이요?"

무경이 용의 몸에서 내려 하얀 수염에게 다가가 손을 내 밀어 악수를 청하자 하얀 수염은 무경이 내민 손을 잡으며 묻는다.

"어쩌자는 것이요?"

하얀 수염의 질문에 무경은 말한다.

"친구하자는 몸짓입니다!"

하얀 수염은 다시 묻는다.

"우리 별에 왜 왔냐고 묻지 않소?"

무경은 우주인들이 사는 곳이라면 인간이 살아도 되겠다고 생각하며 우주인들에게 겸손히 말한다.

"인간이 이별에 와서 살아도 될까요?"

"우리와 같이 살겠다고?"

하얀 수염 우주인이 손짓을 하자 주변에서 경계하던 우주선 입구가 소리 없이 자기장의 빛을 내품더니 용과 가루라만 남겨두고 무경을 우주선 안으로 빨아들인다.

가루라가 날개를 퍼덕이며 낙지머리 우주인 하얀 수염에게 말한다.

"우리 일행들에게 잘못을 저지르면 가만 두지 않을 거야!"

가루라는 자기가 하는 말이 거짓이 아니라는 것을 증명이라도 하듯 커다란 날개로 UFO 한 대를 품속에 가두자 하얀 수염 두목이 말한다.

"우린 전쟁을 하려는 게 아니야!"

"그렇다면 우리 일행을 UFO에 왜 잡아가는가?"

"신체검사를 하여 균이 없다면 석방시킬 거야!"

가루라는 하얀 수염 우주인이 거짓말 하지 않을 것이라 믿고 기다려 보다가 행동을 옮기기로 한다. 비행기 외부에서보니 무경의 일행을 UFO비행기에서 풀어 준다.

가루라는 UFO에 빨려 들어간 무경과 여러 신들이 석방되는 것을 보고 안심한다. 이 때 우주인들은 가루라에게 달려가 등에 올라타고 날개를 만지고 부리를 잡아당기고 발톱을 만져보고 수십 명이 올라 타도 넓은 날개가 신기하다고 탄복을 한다.

무경이 우주선에 감금되어도 걱정하지 않는 것은 여러 신들을 믿기 때문이다.

우주선에 흡입되어 들어온 무경과 여러 신들은 하얀 수염의 안내로 검사실에서 옷을 갈아입고 의자에 앉혀져 자기장단파로 검사를 한다.

자기장은 눈에 보이지 않는 N극과 S극이 1초에 50~60회 초고속으로 바뀌며 발생하는 자기장파로 천연자파(지구자기, 태양자기)와 같은 500~600만m의 파장을 가지며 어떠한 물체라도 관통하며 우주 사이에 긴 자기장이라 하여 초장파 자기장파라 한다.

무경은 검진을 끝내고 한곳을 바라보니 산소 공급 호수가 연결되어 있고 실내는 조명을 설치하여 밝은 가운데 나이든 외계인이 누워있는 것이 보인다. 하얀 수염 두목에게 누구냐고 묻자 하얀 수염은 무경을 쳐다보며 말한다.

"우리 아버지, 치료 중이야!"

지구에서는 UFO 한 대 갖기를 소원할 정도인데 그러한 비행기를 많이 가진 나라에서 병든 환자를 왜 살리지 못하는지 궁금하여 묻는다.

"어디가 아픈가?"

"우주 박테리아가 점염된 게 아닌가 싶어!"

지구인간이나 첨단을 걷는 우주인들도 박테리아나 세균을 앞지르지 못하고 죽음을 방어하지 못하는 것이다.

무경은 지구의 인술을 연구한 경험으로 혹시 자기가 진맥하여 고칠 수 있다면 치료해주고 싶어 묻는다.

"진맥을 해보고 싶은데 허락해 줄 건가?"

하얀 수염 우주인은 무경의 얼굴을 뚫어지게 바라보더니 아버지를 해치지 않을 것이라 믿고 안내를 한다.

병실엔 컴퓨터 모니터가 달린 스크린 벽걸이가 병풍처럼 둘러져 있고 화면엔 병자의 맥박이 움직이는 모니터가 실시간 중계되고 거실 중앙엔 하얀 수염의 노인이 누워 있는데 키는 1m50cm 정도이고 얼굴은 고양이처럼 생겼으나 털이 없고 눈동자는 검고 눈썹은 하얗고 입술은 사람처럼 생겼으나 이빨은 가지런하고 목엔 주름이 잡혀 있고 팔과 허리가 길며 두 발에는 양말이 신겨 있다.

무경은 여덟 분의 신으로부터 기를 받지 않았는가. 천야차의 하늘을 나는 기(氣)를 받았고 건달파의 기(氣) 상대를 웃게 하는 기를 받았고 가루라(새의 신)에게 천리를 보고 나는 기(氣), 마호가라(뱀의 신)에게 독을 품어내고 제거 하는 기(氣)를 받았고 아수라에게서는 아름다운 여자로 변장하는 기(氣)를 받아 자유자재로 모습을 바꾸는 기(氣)를 받았다. 사람이나 우주인의 Xray나 자기장으로 힘들이지 않고 뚫는 기(氣)도 받았기 때문에 무경은 누워 있는 노인에게 다가가 머리에서 발끝까지 투시하자(觀) 사람처럼 허파가 있고 그 밑으로 심장과 간장이 있고 그 다음으로 식도에서 큰창자를 내려가는 십이지장 소장이 있고 큰창자에서 소장으로 내려가는 길목에 딱딱한 종양이 통로를 막아 협착으로 아픔이 있고 숨쉬기 곤란하여 일어나지 못했던 것이다.

하얀 수염은 무경에게 환자를 치료를 할 수 있겠느냐고 물었고 무경은 하얀 수염우주인을 안심시키며 환자의 몸을 진단하여도 되겠냐고 묻는다.

하얀 수염 우주인은 무경의 엄숙한 얼굴에서 위엄을 느꼈는지 고개를 끄덕이며 그러라고 허락을 한다.

"옷을 벗고 누우시죠!"

옆에서 지켜보던 가루라(새의 왕)는 무경의 속셈을 아는지 마호가라(뱀의 신)에게 뱀독을 환자의 몸속으로 넣어 환자의 몸 안에 생긴 종기를 녹이자고 눈치를 준다. 마호가라는 뱀독을 아무도 모르게 환자에게 주입시켜 주려하자 무경은 그리하지 않아도 손의 기(氣)로 종기를 녹일 수 있다고 하였다. 이를 지켜보던 천야차가 너털웃음을 웃으며 그렇게 해보라고 하자 무경은 투시(觀)하여 환자의 몸에 종양이 어디쯤 붙어 있는지 확인하고 그곳을 훑어 내리며 기(氣)로 종양이 해체되도록 용을 썼다. 종양이 떨어지고 나자 그 장소에 아무렇지도 않게 본래의 상태로 만들어 주었다. 환자는 정신이 맑아졌는지 일으켜 달라는 몸짓을 한다. 이를 본 하얀 수염 우주인은 노인을 일으켜 화장실로 데리고 가더니 시원하게 변을 보는데 변에 피가 섞여 나오는 것도 모르고 속이 시원하다며 무경의 손을 잡고 "고맙습니다!" 라고 인사를 한다.

하얀 수염 우주인은 아버지가 일어나는 것을 보고 눈이 둥그레지면서 도대체 무슨 일을 했기에 저렇게 좋아졌는지 기쁜 마음으로 아버지를 살피며 말한다.

"어떤 병입니까?"

하얀 수염 우주인이 무경에게 묻자 무경은 우주인에게도 암 덩어리를 고치지 못하는 것이구나 생각하며 젊은 하얀 수염우주인에게 말한다.

"암 환자라도 우리는 고칠 수 있습니다!"

하얀 수염 우주인은 무경의 손을 잡으며 우리 같이 글리제 별에서 살면서 병자를 고쳐주는 일을 공동 연구하자고 제안한다.

하얀 수염 우주인은 인술을 베푸는 위인을 만난 것을 기뻐하는 표정을 짓는다.

하얀 수염 우주인은 기뻐하면서도 눈치를 살피며 주위에 무경을 보호하고 있는 신들을 없앨 수 있는 방법을 모색하고 있다. 지구인들로 하여금 글리제 행성을 돕도록 유도하고 나서 신들을 죽이기로 계획을 세운다.

천야차는 무경이에게 하얀 수염을 재촉하라고 조른다.

"같이 살아도 되냐고 어서 물어 봐요!"

무경은 천야차의 재촉하는 소리를 듣고 글리제 별에 온 목적을 이야기 하려고 하얀 수염 우주인에게 묻는다.

"우리가 여기서 살아도 될까요?"

하얀 수염 우주인은 아버지께 의논을 한다.

"지구인과 같이 살아도 괜찮겠습니까. 아버님이 결정하십시오."

노인은 하얀 수염 아들에게 넓은 땅에 같이 살면서 도우는 것도 나쁘지 않다고 고개를 끄덕이며 무경을 쳐다보고 말한다.

"같이 살도록 해야지. 나를 살리지 않았는가?"

하얀 수염 우주인은 아버지가 칭찬하는 소리를 듣고서 무경에게 말한다.

"아버님이 같이 살아도 된다고 하였으니 허락합니다!"

무경은 글리제 별에 살아도 된다는 소리를 듣고 펄쩍 뛰듯이 좋아하며 수곡사의 도솔스님과 연화와 그리고 은영이 모든 사람들의 얼굴을 떠올린다. 죽지 않는 곳에 와서 살게 된다니 얼마나 다행한 일인가?

무경은 양손을 흔들며 고맙다는 고함을 질렀다.

"감사합니다! 저 새도 살아도 됩니까?"

하얀 수염 우주인은 가루라의 큰 몸집과 날쌘 동작을 보고 탐이나 같이 살도록 허락을 하였다.

무경과 여러 신들은 글리제 별에서 서로를 모르기 때문에 전쟁이 날 뻔하였으나 하얀 수염 우주인 노인 한분을 살리는 바람에 실력을 인정받아 같이 살아도 되겠다는 허락을 받자 모두 박수를 치고 환호성을 지른다.

"대박! 대박! 만세! 만세! 무경 씨 만세!!"

천야차도 건달바도 마호가라(뱀의 신)도 아수라도 무경의 손을 잡고 환호를 하고 우주선 밖에 있던 가루라(새의 신)도 날개를 퍼덕이며 소리를 지른다.

"무경 만세!"

우주선 밖에서 큰새 가루라가 소리치자 무경의 일행을 감시하던 우주비행기(UFO)에서 큰 소리가 음악이 되어 나왔다. 비행기에서는 불빛을 비추어 쇼를 하는데 형용할 수 없는 우주의 멜로디가 감동으로 다가 오자 천야차는 자기도 모르는 춤을 추고 건달파는 마호가라 몸을 붙들고 춤을 추고 아수라는 여자처럼 가냘픈 허리를 돌리고 우주선 바깥에 가루라는 날개를 접었다 폈다 주둥이를 벌렸다 다물었다 두 다리로 뜀박질하며 UFO에서 내는 멜로디에 박자를 맞춘다.

무경은 너무 기분이 좋아 목에 건 목걸이 만자가 새겨진 것을 하얀 수염의 목에 걸어 주자 하얀 수염 우주인은 자기 목에 걸린 수정 목걸이 둥글게 깎은 돌을 무경의 목에 걸어 준다.

무경은 수정을 받고 하얀 수염 우주인에게 고맙다고 인사하자 하얀 수염 우주인도 무경에게 인사를 한다.

"아버님을 살려주셔서 고맙습니다!"

무경은 다시 약속을 받는다.

"우리의 약속은 지켜야 합니다!"

무경은 하얀 수염의 허락을 다시 한 번 받는다.

"당신의 친구들이면 얼마든지 와도 됩니다!"

무경은 이보다 더 좋은 대답은 이 세상천지엔 없을 것이다. 하얀 수염의 대답을 듣고 너무나 기뻐 하얀 수염을 포옹하자 하얀 수염 우주인도 무경의 기를 받아 무경을 안아 준다.

무경은 다시 약속한 것을 확인한다.

"우리 두 사람 약속을 저버리면 안 됩니다!"

하얀 수염도 무경의 손을 흔들며 말한다.

"우주인은 거짓말 안합니다! 약속하였습니다!"

여러 신들과 가루라도 날개를 퍼덕이며 우주선 바깥에서 환호를 한다.

무경은 이 사실을 지구인들에게 알리면 얼마나 좋아할까 생각을 하다가 지구인들은 지구가 멸망하는 것을 알지 못하고 당파 싸움에 혈안이 되어 서로 잡아먹지 못하여 안달하는 것들을 보면서 답답함을 느낀다.

천벌을 받을 놈들. 신들도 지구인을 도우려 목숨바쳐 일 하는데 사람을 죽이려 날마다 살인 전쟁을 일으키고 지구는 몸살이 나

지진, 화산, 토네이도, 가뭄, 폭우, 폭설에 의해 사람이 죽는 것을 보고도 살인을 부추기는 게임기를 만들다니. 돈은 벌겠지만 죽어 가는 자신을 바라보지 못하고 사는 것이 한심스러울 뿐이다.

무경이 여러 신들과 지구로 돌아가기 위하여 우주선에 오르자 가루라는 우주선 바깥에서 기다리고 있다가 무경을 환영한다.

"수미산으로 갑시다!"

이 때 하얀 수염 우주인이 무경에게 말한다.

"비행기(UFO)에 태워 드릴까요?"

하얀 수염 우주인이 비행기에 태워 주겠다는 소리를 듣고 무경은 천군 만마를 얻은 기분이 든다.

가루라의 등에 여러 신들을 태우고 캄캄한 블랙홀로 빠져든 지 얼마 되지 않아 수미산에 도착하고 무경은 UFO를 타고 수미산에 내렸다가 지구로 돌아갈 준비를 한다.

수미산에 내린 여러 신들에게 도와주어 고맙다고 인사를 하는데 천야차가 무경 앞에 나서며 말한다.

"무경님을 기다리는 보살이 있습니다."

수국사 2층 석실에서 기공 수련에 들어간 지 7일동안 신선들과 시간 가는 줄 모르고 유체 이탈되어 노닐고 있었는데 문득 신들이 연화를 소개하는 바람에 자기를 기다리는 사람이 있다는데에 생각이 미쳤다. 신들에게 하직인사를 하였는데 귀를 찢는 듯 큰 소리가 들려 정신을 차려보니 수곡사 기도 방에 앉아 있었다.

"뗑~ 뗑~ 뗑~"

수국사 종소리는 무경의 혼을 불러 들여 무아의 세계에서 현실로 돌아 오게 했다.

무경이 정신을 차리고 눈을 떠보니 연화는 눈을 감은 채 정신이 유체 이탈 상태에 유영하다가 종소리에 눈을 뜨고 무경의 기공을 도왔다는 사명감으로 무경을 바라보고 웃으며 반긴다.

무경이 태양기공 수련을 하는 동안 머리가 길게 자란 것이 안쓰럽다고 말한다.

"곡기를 채우고 목욕을 하시는 것이 도움될 것입니다!"

연화가 7일 동안 꼼짝없이 자신의 수련을 도와 자리를 지켜 준 것에 감사한 마음이 들고 감격해한다.

연화는 공양간에 들어가 수련자들이 먹는 미숫가루를 컵에 따라와 마시기를 권한다.

"천천히 들도록 하세요!"

무경은 곡식가루 선식을 마시며 생각한다.

수미산에 신들이 가르쳐 준 신통술을 부릴 수 있을까? 이런저런 생각을 하다가 글리제행성에서 받은 수정이 생각났다. 무경은 자기의 손안에 수정처럼 맑고 반짝이는 돌이 있는 것을 보고는 꿈이 아니라고 생각을 하며 기(氣)로 수정을 반으로 나누며 생각한다.

목숨 바쳐 자기를 지켜준 고마움에 연화에게 뭐라도 보답을 해야겠다고 생각했던지라 수정에 구멍을 뚫어 목에 걸 수 있게 실로 꿰어 연화의 목에다 걸어 준다.

연인이라면 누구나 고귀한 선물을 해 주고 싶었을 것이지만 무경은 그럴 시간이 없어 여태까지 선물하나 해주지 못하다가 아름다운 수정을 반 자르고 구멍을 내어 실을 끼워 목에다 걸어 주자 연화는 아름다운 선물을 받았다고 좋아한다.

연화가 선물받은 돌은 글리제 별에서 희귀한 천연 다이아몬드로 지구의 다이아몬드보다 더 값진 보석이고 강도가 높은 외계 수정이기에 지구상에서 가장 큰 다이아몬드보다 좋은 것이었다.

연화는 기분 좋은 얼굴로 무경을 바라보고 말한다.

"값이 얼마나 될까요?"

무경은 도를 구하는 사람이라 돈을 모르는 연화인 줄 알았는데 돈의 기준을 말하는 걸 보고 연화도 여자구나 생각을 한다.

"고맙다는 선물로 생각하면 될 거구만."

연화는 무경에게서 처음 받아보는 선물이라 눈물나게 고맙다는 인사를 하고 싶다.

무경은 연화의 목에 걸린 선물을 보고 빙그레 웃으며 말한다.

"이 우주에 하나밖에 없는 돌입니다!"

야광주처럼 빛나고 가치 있는 돌, 연화는 목에 걸린 돌을 만지자 기분이 좋아지는 느낌이 든다고 말한다.

무경은 연화를 믿었기에 태양의 기를 받는 수련을 함으로 무아의 세계에 들 수 있어 신들과 만날 수 있었고 외계 글리제 행성에서 만난 하얀 수염 우주인에게서 인간들을 글리제 별에서 같이 살아도 된다는 확약을 받았던 게 아닌가? 무경은 연화를 뒤돌아 앉게 하고 연화 뒤에서 기(氣)를 넣어 준다.

무경이 기(氣)를 모를 적에 연화가 기(氣)의 운행을 도와 신들을 만나게 되었고 신들의 기(氣)를 받아 오늘에 무경이 외계 행성에 다녀 올 수 있었던 게 아닌가? 그 인연을 나누어 주고 싶어 신들이 전수해준 기(氣)를 전해주는 것이다.

천야차의 하늘을 날게 되는 기(氣), 건달파의 웃고 기분이 좋게 되는 기(氣), 긴나라의 기, 신통술의 기(氣), 가루라의 기(氣), 아수라의 기(氣) 등등 연화에게 모두를 전수해 주어 마침내 같은 신통술을 펼 수 있는 능력을 가지게 된다.

"인류를 위해 연화가 도와주길 바라오!"

무경과 연화는 수곡사 석굴에서 정다운 대화를 나누고 있었다.

난국

국정원 실장 최태호는 몇 년 전 형무소에서 정치범으로 들어온 무경을 만나려고 여러 방면으로 수소문했으나 찾지 못하다가 수 곡사에서 도(道) 공부를 한다는 소문을 듣고 부하들을 동원해 헬 리콥터를 타고 무경이 묵고 있는 절로 찾아 간다. 최태호는 종북 파들이 남한의 정부를 흔들고 현 정권을 무너트리기 위해 남해안 으로 침투한다는 정보를 입수하고 이들을 대처할 인물을 찾던 중 무경을 만나볼 생각으로 내려 온 것이다.

수곡사 절 마당에 헬리콥터에서 내린 실장은 무경을 만나 악수 를 하면서 반긴다.

"당신을 만나고 싶었습니다!"

무경은 실장의 얼굴을 보며 누구냐고 묻는다.

"누굴 찾습니까?"

실장 최태호는 무경이 자기를 알아 볼 것이라고 생각하였다가 무경이 자기를 몰라보는 것에 당황하며 무경을 바라보는데 옛날 에 비해 어른스럽고 신비를 간직한 중년으로 변해 있었다.

"당신은 정치범으로 감방에 들어왔던 무경씨 아닙니까?"

무경은 정치범이란 말에 거부감을 느끼는지 다시 묻는다.

"누굴 찾아 왔습니까?"

"국정원 실장 최태호라 합니다!"

무경은 자신을 찾아온 사람이 형무소 소장 곁에 서있던 국정원 실장 최태호로 간첩을 잡으러 왔던 사람이라는 것을 알고는 웃으며 말한다.

"날 잡으러 왔습니까?"

최태호는 커다란 소나무 둥지 아래 모여있는 부하들이 눈치 채지 않게 무경의 가까이 다가와 귀에 대고 말한다.

"현 정부를 무너트리려는 북괴 간첩 5,000명이 일반인 복장을 하고 침투했는데 그들과 접선하기 위하여 남해를 통해 잠수정이 들어온다는 정보를 듣고 의협심 강한 사나일 찾아 도움 받을 생각입니다!"

무경은 실장의 말을 듣고 놀라 반문한다.

"백두산 화산 폭발 때문입니까?"

실장은 무경이 아직도 자기 말을 파악하지 못하는구나 생각을 해서인지 다시 말한다.

"잠수정으로 침투한다는 정보를 입수했기에 당신의 지혜를 빌리러 왔습니다!"

"해군은 어디 쓸려고…?"

실장과 절에 다니는 사내가 무슨 대화를 하는가 궁금하여 엿듣던 상규라는 부하직원은 실장 가까이 다가가 무경을 소개해 달라고 옆구리를 찔렀다. 실장은 그때서야 무경에게 부하를 소개한다.

"아~, 내 소개하지!"

실장은 상규를 쳐다보며 무경을 가리킨다.

실장 옆에 있던 상규가 무경에게 악수를 청하며 인사를 한다.

"김상규라 합니다!"

"김상규?"

어디서 많이 듣던 이름이다. 무경이 상규를 쳐다보는데 그는 다름 아닌 고등학교 동창으로 연화를 사랑한 인물이며 무경을 영웅으로 만든 장본인이다. 그가 국정원 직원이라니 반갑기도 하였다.

연화는 헬리콥터 사나이들이 무경씨와 무슨 얘기를 하는가 궁금하여 녹차를 접시에 담아왔다.

"녹차를 가져 왔습니다!"

상규는 녹차를 가지고 온 연화를 보자 옛 추억을 더듬으면서 연화가 무경과 같이 있을 거라고 생각을 못했는지 연화에게 악수를 하며 인사를 한다.

"마산 사람 상규입니다. 잘 지냈습니까?"

연화는 무경의 인상을 살핀 뒤 인사를 한다.

"연화입니다!"

무경의 옆에 서있던 잘생긴 직원들은 서로 먼저 연화에게 인사를 하고 실장 최태호는 무경을 만나서 다행이라며 웃는다.

무경의 얼굴이 많이 말라 힘든 일을 하는가 묻는다.

"무슨 일을 하나요?"

"참선을 하고 있습니다."

실장은 형무소 미결수들에게 참선시키던 것을 생각하다가 무경에게 가까이 귀속 말을 한다.

"의논할 게 있습니다!"

"어떤 일…?"

무경은 학생 때 의협심으로 데모를 하고 형무소에서 싸움을 하다 유명세를 타는 바람에 무기수들을 모아 놓고 최면술 강의도 하고 영혼에서 미지의 세계에서 자기를 바라보라 강단에서 강의한 열정이 아직도 건재하다는 것을 실장이 알아 줄 것 같지 않았다. 무경은 그의 부하들 앞에서 진화된 기술을 보여 주고 싶은 마음이 발작하여 절에 은거한 사람이 어떤 공부를 하고 있었는가를 보여 주면 놀라겠지 싶어 눈치를 연화에게 주자 연화가 금새 알아채고 깜짝 쇼를 한다.

연화는 순간 이동을 이용하여 실장이 차고 있던 권총을 흔적 없이 빼앗고 부하의 허리에 차고 있는 권총까지 모두 뽑아 버린다.

무경은 실장에게 말한다.

"당신이 차고 있는 권총이 있나 만져 보시오!"

실장이 자신의 허리에 차고 있는 권총을 찾았으나 권총은 이미 연화의 손에 들려 있는 것을 보고 아연실색한다.

부하들은 자기에게는 아무 탈이 없을 것이라고 생각하고 허리춤을 만졌으나 이미 자신들의 권총도 여자의 손에 들어가 있는 것을 보고 놀라면서 그가 펼친 기술이 평범하지 않다고 탄성을 지른다.

"부라보!"

"훌륭하십니다!"

실장은 정중히 허리굽혀 연화에게 협조를 구한다.

"아가씨! 협조해주실 것을 우리는 믿습니다!"

연화는 무경이 가는 곳이라면 지옥이라도 갈 준비가 되어 있다.

무경이 실장에게 묻는다.

"어디로 가는 겁니까?"

실장은 큰소리로 말할 수 없는 입장이라 소근거리며 말한다.

"따라오면 알게 될 것입니다!"

무경은 상규를 쳐다보면 연화를 짝사랑하던 감정들이 불쾌하지만 그때와 지금 서로 가는 길이 다르기 때문에 그의 기를 죽일 필요가 있어 말한다.

"연화 씨가 상규 씨보다 한수 위입니다!"

무경의 말에 상규가 연화를 쳐다 보는 순간 연화는 상규가 차고 있는 총을 빼앗아 버렸다. 상규는 자신의 허리에 찼던 권총이 연화의 손에 들려 있는 것을 본다.

연화가 상규에게 말한다.

"적군에게 권총을 뺏겼다면 죽음이지요!"

상규는 옛날 짝사랑한 여인에게 망신을 당하자 실장의 눈치를 보며 멋쩍은 웃음을 흘리며 엄지손가락을 치켜세운다.

무경이 실장에게 묻는다.

"남해바다에 엄청난 일이 벌어질 모양이지요?"

"북괴잠수정이 침투해 들어오는 것은 남한을 위협하는 작전이기에 현재 남한에 침투한 간첩들과 연계되면 국가가 위험에 처해질 수 있어 우리가 이를 막아야 합니다!"

실장의 설명을 듣고 무경은 실장에게 반문한다.

"우리가 그들을 막는다는 게 무리가 아닐까요?"

실장은 우리끼리 이를 막아 보겠다고 상부에 보고하여 허락받았다고 안심하라며 설명을 한다.

무경은 한참 생각에 잠기더니 묻는다.

"……잠수 장비들은 구했습니까?"

헬리콥터에서 부하들이 잠수 장비를 내리는 것을 보고 말한다.

"우리 인원으로 될까요?"

실장은 많은 인원을 동원하지 않은 이유에 대해 말하였다.

"잠수정에 특공대 7인이 타고 있어 우리들의 인원으로 충분하다고 생각합니다!"

무경은 연화의 잠수복을 가지고 왔는가 묻는다.

"여자 것도 준비했나요?"

상규가 실장의 말을 가로채어 말한다.

"작은 사이즈가 하나 있는 데 여자가 입어도 될 것입니다!"

상규는 고등학생 시절 연화를 처음 보았을 때 관세음보살처럼 순수하여 말 걸기가 어색하여 몸을 비비꼬은 적이 있었다. 그런데 지금의 연화는 감히 말을 걸지 못할 정도로 위엄이 하늘을 찌를 정도이다.

'절에서 무슨 일을 하고 있기에 이리도 실력이 비범할까?'

여러 생각을 하면서 연화가 입을 작은 옷을 연화에게 내민다.

연화는 상규가 내미는 슈트를 받고 헬리콥터에서 옷을 갈아입는다.

국정원 직원과 무경과 연화, 이렇게 5명은 헬리콥터를 타고 남해로 날아가기 전 스님에게 인사를 한다.

"다녀오겠습니다!"

스님공양을 걱정하는 눈치를 연화가 보이자 스님은 눈치 채고 말한다.

"어서 다녀오게!"

스님이 손을 흔들자 실장 일행도 스님을 향해 손을 흔든다.

남해 바다에 도착하여 국정원 실장과 부하들은 바다에 들어간다.

한편 5,000명의 북한 첩자들은 잠수정이 남해로 침투해 오는 것을 현 정부에서 눈치채지 못하도록 횡포를 부리기 위하여 중앙 컴퓨터 CCTV 감지 장치를 끊는 작업을 하였고 살인을 감행하여 뉴스로 눈을 돌리게 하였고 수십 명의 폭도들이 보석을 훔쳐 달아나는 사고가 TV에 방영되어지도록 유도하고 정류장에 서있는 버스를 불질러 민심을 자극하여 폭도들을 앞세워 촛불 시위를 벌이도 했다. 국민을 혼동시켜 정신을 혼란스럽게 만들면 남해에 잠수정이 들어온다는 것에 신경쓸 겨를이 없을 것이기 때문이다.

잠수정

국정원 직원과 무경과 연화는 물개처럼 바다로 헤엄쳐 들어갔다. 바다는 검은 참 우럭들이 여러 마리 헤엄쳐 놀고 붉은 감성돔과 고등어들이 노닐고 광어들은 모래 속으로 자신을 숨기고 먹이를 찾고 전복들은 바위틈 해초 사이로 들어가고 해초들은 자연스럽게 놀 뿐이다.

바다 생물들이 자유로이 노는 것을 구경하는데 멀리서 희미하게 잠수정 한 대가 소리 없이 다가왔다. 이들을 목격한 무경은 어떻게 대처해야 할지 대책을 세우지 못하는 실장을 대신하여 손짓으로 여러 대원들에게 숨어서 기다리라고 지시한다. 일행들이 바위 뒤에 몸을 숨기자 잠수정이 모습을 드러낸다. 북한 특공대원들은 남한 군인들이 지켜보는지 발각되지 않게 공기 흡입구를 도료로 칠하고 10km 속도로 유유히 다가오는데 30m 지점 잠수정에서 내린 호위병 7명이 동태를 살피며 다가오다가 무경일행과 마주하게 되자 작살 총을 쏘면서 죽을 각오를 하고 덤벼든다.

실장과 무경 일행은 잠수정을 기다린 보람이 있었다. 북괴의 잠수정에 관한 상식을 알고 있어 실장은 부하들에게 수신호를 주면

싸울 채비를 하도록 준비하고 있었다.

북괴 특공대원들은 수심 40m 지점에 일반인이 나타날 줄 예상 못하다가 사람들이 있는 것을 보고 놀라 잠수정 상관에게 보고를 한다.

"훼방꾼이 나타났습니다!"

"뭐라?! 훼방꾼이?"

"일반인 5명입니다!"

"생포하여 데리고 오라우!"

잠수정엔 남한에 잠복해 있는 간첩들에게 줄 공작금(5,000명 지원금) 순금과 달러를 준비하여 오다가 국정원 일행과 마주치게 되자 북괴 잠수 요원들에게도 공격을 하라고 명령하였고 국정원실장도 부하들에게 공격하라는 수신호를 준다.

남한 정부의 전복을 꾀하여 잠수정 함장은 지령을 하달하여 많은 사람들을 죽여 정부를 공격하고 국민들에게는 좌익 세력들이 공격하여 국민들이 대통령을 비난하는 입장이 되도록 첩자들에게 독촉하였으나 남한 국민들이 동요되지 않자 미국에 있는 간첩들에게 살아있는 백색가루 탄저균을 남한에 보내어 국민 전부를 몰살하려 하였으나 발각되는 바람에 중동에서 유행하는 메르스균(피부, 호흡기, 소화기를 통해 감염되어 패혈증을 일으키는 치명적인 탄저균. 인구밀집지역에 퍼지게 되면 500만 명이 몰살되는 세균.)을 퍼트려 국민들이 동요케 하고 위험 국가로 지정받으면 경제가 파탄나도록 유도해 현 정부의 전복을 노린 북괴는 그게 실패하자 서울을 비롯하여 지방 도시에 첩자들을 풀어 메르스를 전염시키면서 정부가 무능해서 못살겠다고 시국이 어수선한 때를 맞춰 남한 해안으로 잠수정을 침투시켰던 것이다. 잠수정을 호위하던 특공대들은 검은 옷에 검은 모자 수경을 쓰고 작살 총을 들고 오기도 하고 맨손으로 오기도 하여 산소통에서는 공기가 하늘로 솟아오른다.

심해 40m 지점에서 12명이 싸우는 산소통에서 품어져 나온 거품들은 요란스런 소리를 낸다.

무경의 앞에 다가온 북괴의 건장한 사내가 살수를 펼치자 무경은 건장한 사내가 뻗는 권법을 피하며 옆으로 빠르게 돌아 다가오는 사내의 호수를 뽑아 버리자 뒤에서 이를 본 북괴의 특공대가 무경에게 작살을 쏜다. 날아오는 작살을 맨손으로 잡은 무경은 실장에게 다가간 북괴 특공대의 수경을 향하여 꽂아 버리자 피를 흘리는 특공대는 전투 의욕을 상실했는지 고래 같은 고함을 지르며 수면 위로 올라가고 건장한 사내에게는 천주혈을 짚어버리자 실신하여 하늘로 올라간다.

연화에게도 실장에게도 국정원 직원에게도 각자 한사람씩 붙어 작살 총을 쏘기도 한다.

특공대 한 사람이 연화에게 다가가 공기 호수를 뽑으려 하자 이를 본 국정원 상규는 연화를 지키기 위해 특공대의 공기 호수를 뽑으려 했다. 특공대는 상규의 공격을 피해 작살을 쏜다.

상규가 작살을 맞고 피를 흘리며 뒹구는 것을 본 무경이 민망하여 특공대의 수경을 향해 수지로 뻗자 수경 사이 눈을 찌른다.

또 다른 특공대 한사람이 무경을 향해 작살을 쏘자 무경은 회전하여 손으로 작살을 잡아 특공대의 목덜미에 박아 버렸다. 특공대원은 사지가 마비되는지 팔 다리를 떨면서 북괴 잠수정으로 도망간다.

힘께나 쓰는 북괴군 4명은 국정원 실장에게 덤벼들고 직원들과
한판 어울렸다. 무경과 연화가 앞으로 나서며 작살 총을 뺏기도
하고 권법으로 급소를 찌르자 전신이 마비를 보이며 도망을 가기
도 하고 호스 연결선을 뽑아버리자 피를 토하며 도망을 친다.

　　무경은 도망가는 특공대원들을 따라가 죽이진 않았다.

　　심해 40m 지점에서 서로를 죽이는 것은 철천지원수가 아니고
서는 있을 수 없는 싸움이다. 피가 같은 형제끼리 서로 죽여야 하
는 것은 이념전쟁이 아니고서야 있을 수 없는 일이기에 죽이진
않았다.

　　연화도 무경의 뜻을 알고는 살수를 펼쳤으나 죽이지는 않았다.
의욕을 상실한 북괴 특공대원들은 잠수정으로 도망을 가고 잠수
정은 물에 떠있는 대원들을 태우고 도망을 친다.

금괴

남해 바다에 총알받이가 된 특공대원들을 태운 잠수정은 제대로 공격다운 공격을 하지 못하고 도망가기에 바빴다. 그러나 잠수정 꽁지 프로펠러에 밧줄을 감아 잠수정은 꼼짝 못하고 엔진 소리만 크게 낸다. 과열된 잠수정이 심해 바다 밑으로 가라 앉아 버리자 상처를 입은 특공대원들이 잠수정 밖으로 나가려 했으나 싸움에 진 특공대원들을 한자리에 모아 놓고 잠수정 조장은 총을 꺼내 부하들을 죽이려 했지만 부하들이 오히려 조장을 살해한다.

잠수정이 움직이지 못하는 것을 보고 고장난 것으로 착각한 북괴 잠수 요원들은 잠수정을 버리고 헤엄쳐 도망을 간다.

국정원 실장이 다친 상규를 해군 헬리콥터로 병원으로 후송하는 사이 무경과 연화는 잠수정 안으로 들어가 10kg 가방을 들고 나오는데 멀리서 UDT 대원들이 잠수정 가까이 물개처럼 헤엄쳐 온다.

연화가 가방에 뭐가 들었는지 UDT 대원들에게 넘겨주지 않고 바위 사이 돌무더기에 가방을 숨기자 무경은 묻는다.

"그게 뭐요?"

궁금하여 묻자 연화는 대답한다.

"공작금인데 UDT 대원들에게 넘겨주지 않을 겁니다!"

연화는 귀중한 보물인양 가방을 바위 뒤에 숨긴다.

무경은 걱정스런 얼굴로 말한다.

"좋은 일 해놓고 나쁘게 취급받아선 안 될 것이오!"

연화는 무경을 달래며 말한다.

"나중에 쓰일 물건이니 안심하세요!"

연화는 UDT 대원들이 가까이 오는 것을 보고 무경에게 손가락으로 입술을 막으며 조용히 하라고 신호를 보낸다.

UDT 대원들은 잠수정을 끌고 진해 해군 사령부로 돌아가고 무경과 연화는 상규가 입원한 병원에 문병을 갔더니 상규는 정신을 차리지 못한다. 국정원 실장은 무경에게 악수를 하면서 말한다.

"국가에서 포상이 있을 겁니다!"

"제가 한 게 뭐가 있다고……."

실장이 엄지손가락을 펴들고 최고라 칭송하자 그의 부하들도 아쉬워 손을 흔든다.

남해바다는 백두산에서 화산재가 날아오지 않아 푸르고 맑아 기분 좋은 날씨였다. 거대한 함대 한 척이 남해바다에 그 위용을 자랑한다.

"군함이 떠나면 우리도 물건을 가지고 떠납시다!"

연화의 말을 듣는 무경의 심장은 착잡하지만 '연화가 잠수정에 실린 금괴를 어찌 알았을까? 그 금괴를 찾으러 올 첩자들은 접수할 물건이 없다는 것을 알면 찾으러 나설까?' 막연한 걱정을 하고 있는 무경의 심정은 편치 않다.

이 넓은 바다 무경과 연화는 바다 물을 살피는데 갈매기들은 자맥질하고 철새들이 바위에 알을 품으면 애비 새는 먹이를 물고 새끼들에게 날아와 먹인다.

바람은 거세지 않아 파도가 바위에 부딪쳐도 물보라는 크게 일어나지 않아 물밑에 감성돔들이 새끼 돔에게 먹이 먹이는 모습까지 보인다.

연화가 잠수복을 입고 물속을 헤엄치는 것을 보고 묻는다.

"잠수복을 돌려주지 않았소?"

"잠수복은 제가 입겠다고 말했더니 입으라던데요?"

연화가 무경에게 묻는다.

"또 그들이 오지 않을까요?"

무경이 연화의 말을 받아 설명한다.

"북한의 해군력은 30년 전 소련에서 구입한 낙후한 장비들 뿐이라 남한의 첨단으로 무장된 해군이 격파할 겁니다!"

남해 바다엔 플랑크톤이 많아 안개가 낀 것처럼 바닷속이 자욱하지만 연하는 용케도 바위틈에 묻어둔 가방을 찾아 어깨에 메고 나온다.

"무겁지 않소?"

무경이 묻자 연화는 생긋 웃으며 별거 아니라고 들어 보인다.

"약 30kg 정도?"

무경과 연화가 여관방으로 들어가 가방을 풀어 헤치자 금괴와 돈뭉치가 나왔다. 무경은 긴장하며 금괴를 만져본다.

연화는 2kg 금괴 10개를 나란히 펼치며 무경을 바라보고 말한다.

"지구를 떠날 때 쓰일 것이니 무경씨가 보관하도록 해요!"

황금빛이 나는 금괴를 연화가 무경에게 건넨다.

금괴 2kg짜리 5개씩을 둘이 나누고 현금 100달러짜리 100장은 무경에게 준다.

두 사람은 시골 버스를 타고 수곡사로 향한다.

버스에 나란히 앉은 무경이 연화에게 말한다.

"스님이 당뇨 있는 것 압니까?"

무경은 도솔스님의 얼굴에 병색이 짙은 것을 보고는 연화에게 묻는 것이다.

"그리 보셨습니까?"

무경이 말하자 연화는 걱정스러운 마음이 들면서 자신의 하초를 작두로 절단했다는 이야기를 듣고 마음이 아팠던 생각이 났던 것이다.

"어떤 음식이 스님에게 좋을까요?"

두 사람을 태운 시골 버스는 산을 끼고 해변을 돌아 수곡사로 향하고 무경은 연화에게 말한다.

"운동도 좋지만 잡곡밥이 건강에 도움될 것입니다."

연화는 무경의 어깨에 얼굴을 묻으며 다정히 묻는다.

"어떤 밥이 당뇨에 좋기에 그리 말씀하시는 겁니까?"

"당뇨병때문에 인슐린을 맞으면서 10년 고생하다 4개월 동안 신비스러운 밥을 먹고 완치되었다는 식단을 말할 터이니 머리로 외우도록 하세요!"

"검은쌀과 보리, 찰 현미, 서리태(껌은 콩), 율무를 1:1로 넣고 표고버섯 5개, 시래기 한줌 썰어 밥솥에 끓여서 먹는 것입니다."

연화는 스님의 건강이 걱정스러워 눈물을 글썽거리며 다짐한다.

"제가 열심히 공양해 드리겠습니다!"

무경은 연화에게 말한다.

"불자들중에 중풍으로 뇌경색이나 고혈압이 있고 당뇨가 있는 분들에게 도움될 수 있는 신기한 밥상을 소개해 주구려!"

"어떻게 지은 밥이기에 마비된 것을 풀어준다고 자랑합니까?"

"메모를 해서 공양간에 붙여놓고 가르치면 되겠네."

무경은 귀에 박히도록 설명한다.

(1) 귀리(오토밀) 50% (2) 백미 30% (3) 수수 20% (4) 팥 10%를 넣고 매일 밥을 지어 쭉 먹으면 한쪽 마비가 풀어진다.

연화는 메모지를 꺼내 무경이 불러주는 재료들을 볼펜으로 기록하며 말한다.

"어려운 것도 아니네요."

"우리의 병은 주변 음식에 그 답이 있습니다!"

"그런 신기한 밥상을 누가 알아냈을까요?"

연화가 묻자 무경이 연화에게 말한다.

"병원에서 포기한 사람들이 4개월 동안 잡곡밥을 먹고 얻은 결과를 가지고 말하는 것을 TV에서 보았답니다."

"당뇨가 나아졌다면 얼마나 신기했겠어요?"

"당뇨로 10년 전 인슐린까지 맞았던 사람의 혈당이 정상으로 돌아왔다지 뭡니까?"

연화는 무경이 해주는 이야기를 듣다보니까 덜컹대는 시골 버스는 어느덧 수곡사 입구에 도착해 있었다. 연화와 무경은 도솔스님께 인사를 하고 무경은 선방으로 들어가고 연화는 공양간으로 들어가 스님께 드릴 밥을 짓는다.

부엌 솥에 검은 콩과 율무가 충분히 익도록 불을 때다가 솥에서 김이 나자 물에 불린 검은 쌀과 보리쌀 찰 현미를 솥에 붓고 표고버섯 5개를 잘게 썰어넣고 솥뚜껑에서 김이 나도록 기다린다.

한국 정세는 어둡다. 북괴가 핵폭탄 2차 실험을 하고 소형 폭탄을 제조했다고 큰소리치면서 남한국민들을 불안케 하고 얼마 가지 않아 일월 호가 침몰하여 400여명의 학생들이 수장되자 한국 정부의 무능을 규탄하며 거의 무정부 상태를 만들었다. 또 다른 분란을 일으킬 소재를 찾다가 메르스 병균을 한국인들에게 퍼트리고 정부를 무너뜨리려 첩자들을 병원마다 돌아다니게 하여 병균을 옮겨 전국병원이 마비되도록 만들었다. 그 원성이 대통령에게 돌아가도록 소문을 퍼트리고 여행객들이 한국땅을 밟지 못하게 되면 경제는 IMF 때보다 더 나빠지는 것을 첩자들이 노리고 있는 것이다. 연이어서 원전 사고를 내고 화학공장에 불을 지르고 산불, 자동차 사고를 내게 하고 5,000명의 첩자들이 살인을 하고 대학교수들에게 지령하여 학생들을 성폭행하게 하여 학생들이 정부를 규탄하도록 거리로 내몰아 촛불 데모를 하게 하고 좌파 지도자들은 국회를 장악해 대통령이 미국 대통령과 협상하지 못하도록 분위기를 만들어 한국국민을 불안공포에 떨게 하였다.

(메르스란: 중동 지역의 낙타와의 접촉으로 전염되고 사람 간 밀접접촉에 의한 전파 증상은 발열, 기침, 호흡곤란, 숨 가쁨, 가래 등 호흡 불안증상을 보이며 두통, 오한, 콧물, 근육통, 식욕부진, 메스꺼움, 구토, 복통, 설사 등 소화기 증상도 나타남.)

시기 모략이 판치고 세계 각국에서는 전쟁을 일으키려 혈안이 되는 것을 보면서 무경의 심경은 무겁기만 하다.

그렇잖아도 지구가 멸망으로 가고 있는데 사람들은 왜 정신을 차리지 못하는지 답답할 뿐이다.

북한은 소형 핵을 미사일에 탑재하여 미국을 불바다로 만들 것이라 공갈하여 전쟁분위기는 갈수록 험악해진다.

미국과 세계 전략가들은 북한이 오만하여 남한을 침공할 것에 대비해 그것을 방위하기 위해 키리졸브 독수리 훈련을 한다. 도발을 억제하는 합동훈련을 보고 북한은 미국이 전쟁을 일으키려 한다고 트집을 잡고 한국의 종북세력들은 제일 야당이라 표시를 내고 있었다.

우상 숭배하듯이 70년 이상 북한 군인들에게 독재자를 신격화하였던 후유증이 일어나고 말았다.

상부의 지령을 받지 않았는데도 자살특공대 최씨는 구식 소형 전투기에 소형 핵폭탄을 탑재하고 미국 핵 항공모함 니미츠호(9만7천 톤급) 갑판을 향해 돌진하여 자살하고 만다.

레이더 기지라 불리는 니미츠 호에는 조기 경보기 E-2C 2대가 날개를 펴고 앉아 있다. 위쪽에 있는 대형 조기 경보기는 컴퓨터와 레이더 통신기를 갖추고 먼 거리의 적기와 지상 상황탐지분석으로 지상의 전투부대에 지휘, 통제를 하고 조기경보기 옆의 미 해군최신 전투기 슈퍼 호엣과 호넷 프라울러는 전자전을 담당하여 적의 레이더를 교란시킬 방해전파를 발생시켜 적의 전자정보를 수집하는 SH-60F(시호크) 다목적 헬기로 해상 수식구조 및 특수전 헬파이어(인공위성에서 지상을 달리는 IS 차를 포착 엘파이어 미사일로 명중시키는 미사일을 장착해 수상과 지상을 공격할 소형 핵을 탑재하고 있던 항공모함)에 북한 공군 최씨가 소형 전투기에 핵을 싣고 축구장 3배 크기나 되는 니미츠 함대에 가미가제로 돌진하여 함대는 핵 공격을 받는다.

니미츠 함교 위에 엄청난 핵우산이 퍼지면서 함교위에 탑재되어 있는 비행기들과 여러 장비들이 파괴되고 5,000명이 시력을 잃어 죽고 전자 장비들도 쓸모없게 된다.

니미츠호 상판에 비행기들과 전자 장비들은 쓸모없게 되고 함상 위에나 아래 아무리 장비가 출중하다 하더라도 미리 방비하는 것이 상책인데 잠시 여흥을 즐기는 사이 레이더에 걸리지 않는 비행기로 자폭하였기에 전자 장비들이 즐비하였던 니미츠 호는 핵 폭격을 받은 것이다. 이 사실을 통보 받은 일본에 거주하던 조지워싱턴함(떠다니는 군사기지로 미국 핵추진 항공모함 Washington은 9만 7000톤 미 7함대 70기동 부대(CTF70)소속)의 승무원 6,000명 장병들이 전쟁에 가담하게 된다.

함교 높이가 81m로 20층 빌딩이고 5조원으로 만든 항모 내부는 원자로 2기가 외부 원료 공급없이 20년간 운행할 수 있고 축구장 3개의 넓이를 갖춘 조지워싱턴함은 전투 장비만으로 어지간한 나라 한곳의 전투력을 갖추었다고 말할 수 있다.

갑판과 격납고에는 전폭기 슈퍼 호넷과 호넷 조기경보기 E-2C(호크아이2000) 전자전투기(EA-6B) 대잠수함 초계헬기 시호크(SH-60F) 등 70여대 탑재 순항미사일 토마호크 수 백기를 싣고 순양함과 구축함 잠수함 이지스 순양함 구축함 등 수상함의 지원과 원자력 잠수함 패키지 작전을 펼치는 조지워싱턴함과 이지

스함과 구축함 등 10여척 안팎의 함정들을 이끄는 작전 반경은 100Km이다.

구축함 등은 육상 타격 능력이 있고 40Km 밖의 목표물을 탐지 추적할 수 있는 항모를 호위하는 이지스함은 1,000여개의 표적 탐지 추격이 가능하고 표적물을 동시에 공격할 수 있는 순양함을 데리고 다니는 조지워싱턴 핵추진함(9만 7000톤)의 (길이 360m, 폭 92m) 전투 승무원 6,000명은 니미츠 호(9만 7천 톤급)가 핵공격을 받았다는 통지를 받고 북한 영토를 향해 70여대 순항미사일 토마호크 수 백기는 불을 품었고 슈퍼 호넷 전투기를 호위하며 공중급유, 정밀타격 임무를 띠고 공격하고 조기 경보기 호크 아이 2000 전자전투기와 대 잠수함 초계헬기 시호크 70여대가 동시에 발진하여 하늘을 새까맣게 날아오르고 인공위성에서 추적 지시를 받고 북한의 핵 공장과 무기제조 공장을 폭격한다.

미국은 전쟁이 나면 30여개 핵무기를 사용할 것이라고 사전에 계획했던 터라 어쩌면 북한이 공격해오도록 기다렸던 것이 전쟁을 일으켜도 세계에서 비난받지 않을 것이기에 세계 평화의 질서를 유지하기 위해 본토에서 북한까지 핵 공격을 하였고 한국 군산 기지에서는 B61에 핵탄두를 탑재하여 F16C와 D48대가 북한으로 직접 날아가 핵 공장을 파괴하였다.

65년 전에 맥아더 장군이 한반도를 통일하려면 핵을 써야 한다고 투르먼 대통령에게 허락받았더라면 통일이 되었을 것인데 북한은 미국에 의해 핵공격을 당하는 것이다.

북한 전역은 미국함대로부터 핵공격을 받아 견딜 재간이 없다.

지구가 핵으로 공격당하리라는 것을 예고한 사람은 많다. 그 상황이 북한에서 일어나리라고는 상상하지 못해 북한을 감싸고 돌던 소련은 한국전에 재미를 보았고 소련이 북한을 도와 미국 본토를 핵 공격하여 3차 전쟁이 일어나게 된다.

지구의 인간들은 힘이 센 사람이 대접받아 태초에 인간들은 뺏고 죽이지 않으면 안 되는 DNA가 있어 내일에 일어날 일들을 생각지 못하고 죽일 생각만 하는 것이다.

불교 석가의 사상에는 '베풀어라' 유교의 3강5륜에는 '아들은 아버지를 섬기고 신하는 임금을 섬기고 아버지는 아들을 보살핀다!'고 가르친다. 불교의 사상이 세계로 전파되었으면 오늘의 불행은 없었을 것이고 이 땅에 인간을 죽이는 일은 없었을 것이다.

대국은 소국을 침범하고 소국은 핵을 만들었다고 대국을 협박하는 사이 우주에서는 UFO가 지구의 사람들을 잡아가고 짐승들을 잡아가 실험을 하고 지구의 종말이 오는 데도 인간들은 한치 앞을 내다보지 못하고 있다.

미군이 남한군과 합동하여 북한 하늘에 비행기들이 편대로 떠다녀도 북괴는 이를 막지 못하고 북한 마산동 미사일 기지를 미국의 인공위성 KH-12에서 지적하여준 대로 폭격을 하고 신음리 탄약기지를 초토화되도록 공격하고 향촌 탄약 기지를 폭격하자 버섯구름이 일고 사리원과 지하리 탄약저장소를 타격하자 그곳은 땅 덩어리 전체가 지상에서 사라진다. 이지스 순양함미사일 함대에서 쏘아올린 토마호크미사일이 북한 상공을 날아 대영리 미사일 기지를 강타하자 북한은 불바다가 된다.

북한 최씨는 소형 비행기로 소형 핵 한방이면 미국이 손을 들줄 알았는데 잘못 선택한 그들의 대가가 죽음을 몰고 오는 꼴이 되었다.

우상숭배하던 주민들은 핵폭탄이 터지자 지하시설 철도로 피신하여 목숨을 부지하였고 정은정도 지하로 숨어 핵공격의 위험에서 살아남았다.

소련은 중국과 합세하여 미국을 향하여 핵미사일을 날렸고 미국은 날아오는 핵들을 공중 분해하기 위하여 사드 미사일을 쏘았다. 이로 인해 하늘은 온통 핵구름으로 가려져 해를 볼 수가 없다.

북한 지도자 정은정은 핵공격에도 끄떡없이 지하에 거주하면서 세상이 거꾸로 돌아가기를 바라는지 항복은 않고 여자연예인들을 모아 춤을 추고 폭탄으로 망가진 나라를 보상하기라도 하려는 듯 망각의 세계로 빠져 마약을 하고 술을 마시며 딴 정신으로 싱글벙글 부하들과 잔치판을 벌이며 횡설수설하고 있었다.

3차 전쟁이 끝날 기미가 보이지 않는 지구에는 핵폭발이 일고 하늘에서는 용트림하는 구름이 바다로 연결되더니 바닷물들이 하늘로 올라가 바다가 마르고 화산 폭발로 땅이 갈라지고 강물이 마르고 하늘엔 햇빛이 없어 식물이 자라지 못해 기상 이변이 일어난다.

강대국들은 인간들이 굶어 죽을 판이 되고 동식물들이 전멸될 것을 걱정하여 각국 과학자들은 대통령에게 비상시국을 선포를 하고 UN에서는 아수라장이 되는 세계에 휴전제의를 하여 각 나라들은 살길을 찾기 바쁘다. 그 와중에서 IS종교 전쟁이 일어나 날마다 사람들이 죽어나가고 UN에서는 각국의 이해관계에 얽매여 힘을 쓰지 못했다.

핵전쟁을 대비하여 만들어 놓은 지하에 5년 놀고먹고도 남을 양식을 비축해 놓은 정은정 일가는 어려움이 없었으나 전쟁으로 인해 수 없이 죽은 북한 주민들의 원성이 하늘을 찔러 수미산 신들에게까지 전해졌다.

용신은 가루라를 앞세우고 천야차가 수곡사에 기공을 수련하는 무경에게 달려왔다.

"천야차입니다!"

무경은 '어쩐 일인가?' 하고 묻는다.

"용신과 가루라 모두 잘 계시지요?"

"용신과 가루라 두 분을 모시고 무경님을 뵈러 달려 왔습지요."

"두 분들은 어디 있답니까?"

"수국사 법당에 계시고 전 무경님을 뵈러 왔습니다."

"무슨 일이 있어 왔습니까?"

천야차는 세계정세를 설명하면서 무경의 눈치를 살핀다.

"정은정이 아직도 항복하지 않고 있는데다가 북한 주민들의 기도소리가 어찌나 눈물겹든지 이참에 그를 없애는 것이 평화질서를 위하는 길이 아닐까해서……."

사람 죽이는 것을 밥 먹듯 하는 정은정이 모든 업보는 결국 자신에게 돌아가는 것임을 모르는 것이 한심하게 생각되던 무경이 묻는다.

"그를 어떻게 응징하면 될까요?"

무경이 무거운 마음으로 천야차께 묻자 천야차는 무경의 심정을 아는지 자랑삼아 이야기한다.

"북한에 100년 만에 가뭄을 주면 어떻겠소?"

하지만 가뭄이 오면 또 백성들이 고생할 것이므로 천야차는 무경에게 하소연한다.

"독일에서 사용하였던 독가스, 아프가니스탄에 사용하였던 독가스로 남한을 공격하여 사람을 죽일 준비를 마쳤다는데 그걸 사용하면 세상이 전멸할 것인데 그대로 볼 수 없는 처지입니다."

난장판 전쟁만 생각하는 그가 밉다.

독가스를 퍼트리면 음식을 먹어도 죽고 공기를 통해서도 죽고 세상은 아비규환으로 변하게 될 것이다. 이러한 독가스를 사용하기 일보직전에 천야차가 수곡사 법당에서 바둑을 두고 있는 신들에게 무경을 데리고 왔다고 인사를 시킨다.

무경은 글리제 별에서 번개같이 하얀 수염 우주인을 무찔러 준 두 분께 인사를 한다.

"무경이 인사드립니다."

"어서 오시게!"

용과 가루라는 큰 몸으로 무경의 절을 받고 말한다.

"결정했는가?"

무경은 신들을 바라보고 묻는다.

"무엇을 결정했나 묻는 것입니까?"

"사람과 가축 식물들까지 고사시킬 화학 독가스를 사용 못하게 하면 될 거 아닌가?"

무경은 여러 신들이 걱정하는 이유를 알 것 같았다. 사람들이 지구에서 없어지면 신들도 존재하지 못하기 때문에 사람이 생존하기를 바라는 마음으로 참견을 바라는 것이다.

무경은 독가스를 만드는 곳에 직접 가보고 싶다며 그곳으로 안내해 달라고 한다.

"저를 그곳으로 안내해 주겠습니까?"

용과 가루라 천야차 신들은 무경의 말을 듣고 빠르게 몸을 움직인다.

무경은 용의 등에 오르고 연화와 은영을 가루라 등에 오르게 하여 날아간다.

도솔스님은 가부좌를 틀고 법당에 앉아 목탁을 치며 염송을 한다.

"석가모니불, 석가모니불, 석가모니불, 나무 석가모니불……."

무경과 연화가 은영이를 데리고 간 것은 신들의 세계를 알리기 위한 것이지만 북한의 실상을 알리고 왜 신들이 인간을 도와주는지 신들의 협조를 구할 수 있다고 보여주기 위해서이다.

은영은 할머니를 따라 수곡사 도솔스님에게로 왔다. 공양일을 하며 불법을 공부한 게 1년이 되도록 매일 108배를 올리며 공부를 한 은영을 무경에게 소개했다.

무경은 소녀의 얼굴을 바라보면서 소녀의 육신에 연화의 영혼을 불어 넣어 죽어가는 소녀를 살릴 수 있는 것이 기특하여 만나고 싶은 마음 간절하였다. 그리고 글리제 별에 가면서 딸을 삼지 않았던가? 꿈이 현실이 되는 게 미덥지 않아 은영을 바라보며 묻는다.

"이름이 뭔가?"

"은영이라 합니다!"

글리제 별을 떠나면서 은영이에게 신통술 부리는 기($氣$)를 넣어 주었고 은영은 기($氣$)를 운행할 수 있었고 몸을 단련하였던 것이다.

부모와 자식 간의 결의를 할 적에 하얀 수염 우주인이 준 목걸이를 지금도 걸고 있는지 묻는다.

"글리제 별에서 받은 목걸이를 아직 걸고 있나?"

"여기 있습니다."

은영은 목에 건 수정을 꺼내 보인다.

꿈같은 일들이 현실임을 확인한 무경은 은영이 아버지라고 부르고 연화를 어머니라고 따르기에 가루라 등에 태우고 가게 된 것이다.

북한의 하늘 평양거리 한 곳을 뚫어지게 내려다보는 무경은 용(龍)에게 묻는다.

"이렇게 허물어진 건물 속에서 어떻게 지낼 수 있나?"

용은 무경에게 상세히 설명한다.

"이곳의 지하는 중국과 연결되어 있고 지하 3층에는 정은정이 머무는 별장인데 해안으로 연결되어 있고 전쟁이 나도 해저 관광을 할 수 있으며 실내 풀장엔 중앙5과에서 뽑아온 기쁨조 젊은 여성들과 밤을 새며 파티를 열고 있으며 코냑을 마시고 히로뽕을 피우며 성적 환락에 취해 몽롱한 정신 상태로 지낸 답니다."

설명을 들은 무경은 그들의 실상들이 보고싶어 지하로 들어가자고 말하자 용(龍)은 변장 술법을 펴 용과 무경 둘다 보이지 않게 된다.

지하 그곳엔 많은 여성들이 있고 술에 취한 당 간부들과 정은정은 환각에 취해 전쟁이 일어났는지 주민들이 죽었는지 평양의 건물이 파괴되었는지 알 필요를 느끼지 못하고 소녀들이 웃어주는 입술에 몸을 맡기고 있었다.

무경은 가루라 등에 탄 연화에게 말한다.

"술에 취한 당 간부를 신봉하는 어린아이들이 불쌍하군."

"당신은 우리의 신입니다!"

"몸 바쳐 충성맹세하겠습니다!"

주변에서 받들어 모시니 정말 신이라도 된 것처럼 정신이 돌게된 것이고 주민들에게 우상 숭배를 강요했기에 그게 습관이 된 주민들은 도둑질을 해서라도 공출을 바치고 있었다.

중국 농부들에게 몸을 팔고 있는 주민들이 꽃제비 노릇을 하는지, 노예를 자청하고 시집가는지, 소똥을 뒤져 옥수수를 골라먹고 배탈이 나 죽어가는지, 명령만 내리면 빌딩이 서고 말만하면 야외 수영장, 스키장, 경마장이 지어졌다. 주민들은 굶어 죽어도 그만이다.

먹을 게 모자라 탈북을 하고, 죽음을 피하려 충성하는 척, 군(軍) 간부들이 도둑질하고, 충성하지 않으면 총살하고, 밀수하여 돈을 벌어들인 자본가들이 주민들에게 사채놀이를 하는 실정이다.

귀를 막아 못듣는 정은정은 돈의 노예가 되어 아편을 팔고 외화벌이를 못하면 죽이겠다고 공포를 조장하는 등 악행이 날로날로 극에 달하게 되자 신들은 그가 그 땅에서 없어지면 자유가 올 것이라고 생각한다.

지하 통로를 둘러보던 무경이 가루라에게 묻는다.

"뭘 만들기에 사람들이 흰 가운을 입었습니까?"

가루라가 무경에게 말한다.

"원래는 요덕 수용소인데 지금은 생화학 무기를 만들고 있습니다.”

가루라가 덧붙여 무경과 연화에게 설명한다.

“평양을 비롯하여 청징, 정주, 신의주 함천(평남) 문천(강원도)에서 생화학 무기를 생산하지요!”

연화는 화가 난 어투로 식식거리며 말한다.

“배 곯아 죽는 주민들은 신경쓰지 않고 기쁨조와 아편을 하고 비싼 술 마시며 정신 못 차리는 걸 보고 가만히 있으란 말입니까?”

무경도 너무나 어처구니가 없어 연화의 말에 대꾸를 하지 않고 침묵하자 이번엔 은영이가 나서며 말한다.

“유엔에는 알려야 하지 않겠습니까?”

“알려서 어쩌자고? 유엔에서 인권 문제를 거론하자 북한은 핵으로 공격하겠다고 협박하는 판국인데……”

연화가 은영의 말을 받으면서 아래를 내려다보라 하여 모두가 아래를 내려다 보는데 사람들이 아편을 피워 문 상태로 여기저기에 쓰러져 죽은 사람들이 보인다.

지하 3층방에는 300명이 하얀 수건을 머리에 두르고 질서정연하게 기계에 매달려 작업을 한다.

“저곳에서는 무엇을 만듭니까?”

“에이즈 바이러스와 에볼라 바이러스를 혼합한 균을 만들고 있습니다.”

가루라가 설명하는 것을 듣던 연화가 궁금하여 묻는다.

“감염되면 살 가망성은 있습니까?”

가루라가 설명한다.

"에볼라에 걸리면 열, 구토, 설사, 근육통, 내출혈과 외출혈이 있고 89%의 치사율을 보입니다. 잠복기는 15일~20일 정도인데 혈압의식이 떨어지고 피부 점막에 출혈이 있고 얼굴과 목 고환 안구 인후통이 있는데 운이 좋아 치료가 되더라도 재발확률이 높고 재발되면 치료되는 약은 없으며 본인이 손을 씻고 성관계를 조심해야 합니다."

가루라의 설명을 듣던 연화는 무경의 눈치를 살피더니 가루라에게 부탁한다.

"생바이러스를 구할 수 없습니까?"

가루라는 연화를 바라보고 무경은 연화가 어떻게 쓰려는지 알기 때문에 연화의 눈치를 본다.

가루라가 말한다.

"구해주면 어쩌시려구요. 사람들에게 먹이려는 생각입니까?"

무경은 생바이러스를 지하에 풀면 아수라장이 될 게 뻔하기 때문에 연화가 그런 말을 했다고 짐작한다. 그러나 지하 파티장에 모인 장군들과 기쁨조 아가씨들과 생화학 만드는 300명의 노동자들에게 생바이러스를 풀면 그들 뿐 아니라 북한 전역에 바이러스가 퍼지게 될 것이고 그렇게 되면 면역성 없는 주민들만 죽게 분명하다. 간단한 일이 아니라는 것을 알자 무경은 얼굴을 두 손으로 쓰다듬으며 가루라를 바라본다.

가루라는 무경의 눈치를 보며 독재자가 어떤 모습을 하고 있는지 보라며 정은정 방으로 안내를 한다.

정은정은 헤로인을 탄 술을 여러 장군들에게 마시라 권하면서 악기를 연주하는 아가씨들에게 다가가 멋진 노래를 부르라 권하고 연회장에 모인 충성을 맹세하는 악단을 거느리는 당 간부는 기쁨조 아가씨들에게 나체로 춤을 추라 소리를 친다.

아코디언을 켜고 기타멜로디에 노래를 부르고 나체로 춤을 추는 소녀들을 보는 정은정은 돌아다니며 소녀들의 엉덩이를 만지고 가슴에다 술을 부어 흘러내리는 술을 입으로 빨아 먹고 황홀경에 빠져 발광하듯 미쳐 날뛰다가 취해 잠이 든다.

독재자가 잠자는 틈을 이용하여 당 간부들은 홀랑 벗은 몸으로 약에 취한 소녀들의 몸을 취하고 약에 취한 혼들은 극락에서 꿈을 꾸듯 남자의 성기를 사타구니 속으로 집어넣고 쾌감하여 얼굴을 들고 고래 같은 고함을 지른다.

벌린 다리 사이로 들락거리는 소리가 요란하고 간큰 당 간부가 흥분에 취해 옆 아가씨의 엉덩이를 만지자 아가씨가 간지럽다고 눈을 흘긴다. 그러자 당 간부는 아가씨 따귀를 때리며 말한다.

"내가 누군 줄 알고…?"

이 곳에 들어온 소녀들은 정은정이 좋아할 수 있는 신체와 균형이 잡힌 얼굴들로 엄격한 심사를 통과한 이들이다. 성은을 입으면 출세하는 것은 시간문제이다. 기쁨조로 지하별장에 들어 올 수 있는 신분이라면 평양시내 아파트에 부모 형제가 살 수 있게 되고 배를 굶지 않게 정부에서 돌봐준다.

당 간부의 술주정에 뺨을 맞는 게 문제가 아니고 만약 예술 감독의 비위에 거슬렸다면 악기를 연주할 수 없게 되고 감독은 해고를 시킬 수 있다.

대기실 아가씨들은 연회장에 들어와 정은정에게 순정을 바칠 각오가 되어 있고 자기에게 다가온 기회를 온몸으로 유혹하듯 연주를 하여 정은정이 신입아가씨의 젖가슴에 술을 붓고 빨아도 신입아가씨는 연주에만 집중한다.

무희 20명이 추는 모습은 태국 나이트클럽을 능가하고 50명의 나체들은 환상적인 갓 피어난 꽃송이처럼 우윳빛 목덜미 아래로 볼록한 유두와 갸름한 허리, 그 아래 꿈틀거리고 갈라진 계곡을 바라보는 독재자 눈은 환상에 젖어 입을 다물지 못한다.

광기에 젖은 정은정은 3일을 지하 별장에서 누드 아가씨들과 몸을 포개며 추태를 부렸다. 뚱뚱한 몸에 힘이 빠지자 정은정은 총 감독을 부른다.

"총감독! 힘센 젊은 사내놈과 소녀를 결혼 시키자고……!"

총감독은 눈치 빠르게 실오라기 하나 걸치지 않은 젊은 남자와 여자를 불러 정열적인 섹스를 하게한다. 그 구경을 하는 정은정이 섹스하는 남자와 여자의 몸부림치는 모습을 즐기는 것을 보고 특별실로 정은정을 안내하여 의자에 앉힌다. 경쾌한 음악을 연주하는 중앙에 잘생긴 남자와 섹시한 여자에게 2m 앞에서 섹스를 하라고 말하자 두 남녀는 몸을 포개는 춤을 추더니 여자가 벌린 다리사이로 젊은 남자의 힘 있는 페니스를 음부 속으로 집어넣고 수백 번 오르고 내리게 한다.

구경하던 정은정은 남자와 여자의 달구어진 몸놀림과 입술에서 내뱉는 소리는 천국의 멜로디보다 더 환상적이고 중독성 있어 아무리 들어도 싫증나지 않는다고 흥분하여 말한다.

"공연 끝나면 아파트 한 동 결혼선물이라고 주어라!"

남녀의 공연이 끝나기도 전에 정은정은 술잔을 내밀며 말한다.

"술을 따르라!"

무회들은 돌아가며 술잔에 술을 채운다.

연화는 가루라에게 말한다.

"저기 저 악독하고 뚱뚱한 사람만 없앨 수 없을까요?"

천야차가 언제 나타났는지 무경의 옆에서 하얀 종이에 싸인 자그마한 병을 내밀며 말한다.

"이 균을 정은정에게 먹입시다."

"어디서 구한 것이오?"

"어디긴? 바이러스 만드는 곳에서 슬쩍 했지"

정은정이 술잔을 돌리며 악기가 연주되는 그곳에서 왕 노릇하는 것을 보고 무경의 눈동자는 어둡기만 하다.

무경은 균을 가지고 오자 걱정이 앞선다. 백신을 연구하지 않고 균을 먹으면 살아날 가망은 없다. 정은정이 죽는 것은 문제가 아니지만 균이 전염되어 죄없는 사람들이 고통 받지 않을까 염려되는 것이다.

정은정은 여러 장군들 앞에서 거만을 피우다 나체의 여인의 가슴에 안기더니 움직이지 못한다.

무경은 천야차를 찾아 동태를 살피는데 천야차는 엄지손가락을 세우며 성공했다고 하면서 무경의 곁으로 다가 온다.

"술에 균을 타 마시게 하자 쓰러지더군."

아가씨는 꼼짝하지 않는 독재자를 안고 총 감독을 부른다.

"감독님! 감독님!"

용(龍)과 가루라가 천야차와 무경, 연화와 은영이를 태우고 지하 별장에서 위급해질 것을 대비하여 나왔다. 천야차가 묻는다.

"지하별장 견학은 잘 했는가? 이제 평양시내 구경이나 합시다."

용과 가루라 천야차 일행이 지하 별장을 물러나자 심각하고 어수선한 분위기가 조성되어 연예를 감독하였던 간부를 비롯하여 그의 비서는 헬리콥터에 정은정을 태우고 긴급 파견된 담당 의사가 인공호흡을 시키고 어디론가 사라진다.

독재자가 응급처치를 하여도 깨어날 기미가 없자 또 다른 지하 병원으로 입원시키고 철통 같은 경계를 편다.

지하별장에서 파티를 연 장군을 비롯하여 당 간부 지휘관을 막론하고 기쁨조 아가씨들과 악사들과 접대 음식을 만든 사람들 모두를 한 곳에 모아 사건의 흑백을 가리지만 알 길이 없다.

그가 쓰러지고 30일이 지나도 깨어나지를 않자 당 고위 간부들은 실질적인 권세를 누가 잡을까 눈치를 본다.

북한 주민들은 수령에게 각국 대통령들이 선물한 보물들을 전시하는 전시장 유물들을 훔쳐 달아나는 사건을 빌미로 너나할 것 없이 도둑질을 하고 혼란이 가중된다.

정은정이 죽었다는 불길한 소문은 꼬리를 물지만 누구도 확실한 말을 해주는 사람은 없다.

핵전쟁으로 거리는 파괴되고 지하실에 식량들이 비축되었으나 배급 제도를 폐기하자 주민들은 누구를 의지해야 할지 갈피를 못 잡고, 처량한 신세타령만 내뱉는 주민들은 아무런 소식을 전해 듣지 못하는 죽음의 도시에서 살아남기를 바란다.

주민들은 죽지 못해 먹을 것을 찾아 방랑생활은 시작된다.

얼어붙은 밭에 심어진 감자를 캐 먹기도 하고 거리에 닭이나 개를 잡아 불에 그슬려 먹는 사람들은 방사능(방사능 오염에는 미역, 파래, 다시마, 녹차, 우유, 브로콜리, 매실, 감자, 천일염, 바나나, 양배추가 좋다.)으로 죽어 나갔다.

70년 동안 충성해서 돌아오는 것이 고작 도둑질을 하지 않으면 살지 못하는 세상이 되었고 그들의 아이들은 우물가에서 물배를 채우다 죽어가야만 했다.

기생충 보다 못한 대접을 받는 주민들은 억울함에 국가청사를 불 지르고 IC 회로를 불 지르고 만수대와 의사당 인민 문화궁전 유경호텔 등을 닥치는대로 불 질렀다.

군인들은 군용전차와 비행기를 타고 남쪽으로 내려와 항복을 하고 잠수정을 타고 동해로 내려와 항복을 하자 남북을 막았던 38선은 저절로 무너졌다.

분단된 지 70년 만에 북한 주민들이 남쪽으로 탈북하는 것을 막을 자가 없게 된 것이다.

매일 핵전쟁을 일으켜 세계를 불바다로 만들겠다고 큰 소리치던 북한은 핵 방사능으로 죽음의 도시가 되더니 결국 나라 자체가 무너지게 된 것이다.

북한 첩자들은 중국 관광객 비자를 내고 남한으로 들어와 민심을 교란시켜 남한 정부를 붕괴하려던 목적이 사라지자 탈북자들이 부모 형제를 만나도록 브로커 역할로 겨우 연명하게 된다.

서울을 비롯하여 경기도, 충청남북도, 전라남북도, 경상남북도, 제주도, 해외 동포를 비롯하여 많은 사람들이 남북통일을 원했지만 북한자체의 붕괴로 결국 통일은 이루지 못하고 세계는 핵전쟁으로 지구의 종말을 맞이하게 된다.

지구의 수명

무경이 연화와 은영이를 데리고 수곡사 도솔스님을 만나러 가자 용(龍)과 가루라 천야차 여러 신들이 따라오며 말한다.

"시간을 허비하면 안 됩니다!"

수곡사 법당에서 천야차는 무경과 도솔스님을 쳐다보며 묻는다.

"지구의 수명을 알 수 있습니까?"

도솔스님은 용(龍)의 얼굴을 쳐다보며 되묻는다.

"인간들보다 신(神)들이 알게 아닙니까?"

도솔스님이 용(龍)에게 묻자 용(龍)은 신들이 알고 있는 지구의 운명을 어떻게 설명해야 무경이 알아들을 수 있을까 고민한다.

연화는 무경과 은영에게 미숫가루를 마시라고 권하고 스님은 무경거사가 아직 어려 우주법계의 질서를 모르는가보다 생각하여 음성을 낮추고 말한다.

"우주에서 처음 지구로 형성되는 시기를 성겁(成劫)이라 하고 지구에 동물들과 식물, 인간들이 협동하여 살게 되는 시기를 주겁(住劫)의 시간이라 하고 지구의 자연환경이 오염되어 파괴되어 무너지는 시기를 괴겁(壞劫)이라 하고 지구가 우주에서 사라지는 시기를 공겁(空劫)이라 하는데 우주 허공에 먼지에서 다시 미립자들이 모여 지구가 형성되는 시기를 성겁(成劫)이라 하니 원시 지구는 겁(劫)의 단위가 된다.

1겁(劫)의 수리는 4억 3200만 년의 시간이 되고 20겁(劫)의 긴 시간이 소모되어야 성겁(成劫)이 되고 그 성겁(成劫)의 시간이 지나가면 우주로부터 쌓이는 시간 864,000만 년이 흘러가면 주겁(住劫)의 시간이 오고 그 20겁(劫)이 소모되어야 공겁(空劫)의 시간이 오고 그 20겁(劫)이 소모되어야 다시 원점에서 성겁(成劫)이 성립되는 것이다."

은영은 스님의 설명이 너무 어려워 지구의 수명이 얼마나 남았냐고 묻고 싶어 질문한다.

"지구의 수명은 얼마나 남았습니까?"

지구의 종말(지구의 멸망)을 말할 때 과학자들은 지구의 자기장이 파괴되어 지구가 식어 간다느니 미래의 지구가 우주에서 폭발한다고 예언하며 환경오염이 심각하다고 하였으나 오존층을 살리기는커녕 산소 저장소이던 아프리카를 벌목하고 세계 방방 곳곳에 화공 약품을 풀어 양식장과 식물 재배로 토지는 죽어가고 인간들은 돈이 된다면 수천미터 땅속 석유를 캐고 강이 백사장이 되고 사람을 죽이기 위해 핵으로 6,000도 열로 인해 지구는 단명한다.

스님은 연화에게나 은영에게나 알기 쉽게 설명을 한다.

"지구가 생겨나는 시기가 성겁(成劫)이라면 그 다음에 주겁(住劫)이 있고 그 다음 괴겁(壞劫) 그 다음 공겁(空劫)이 있다는 걸 알 것이다. 성겁(成劫)이 지나가는 동안 부처님 열 분이 왔으며 주겁(住劫)의 시대에도 부처님 열 분이 오시는데 석가모니불께서는 4번째 오신 분이고 다섯 번째 부처님은 오지 않았으며 주겁(住劫)의 기간 동안 여섯 분의 부처님이 오실 것이고 괴겁(壞劫)이 되면 열 분의 부처님이 오시게 되었다면 앞으로도 많이 오실 분이 남았네!"

"우와~! 주겁(住劫)이 지나갈 동안 여섯 분의 부처님이 더 오신다면 45억 년 전에 지구가 탄생했다면 아직 3분의 2가 남았군요!"

은영은 궁금하여 스님께 묻는다.

"그런데 왜 1겁이 43억2천만 년이라 합니까?"

도솔스님은 은영을 쳐다보며 빙그레 웃으시며 이야기를 해주어도 알아들을 것인지 은영의 얼굴을 바라보면서 설명한다.

"1겁(劫)은 43억2천만 년 우주의 하루의 반이며, 우주의 새벽 세계가 창조되고 그 해가 질 무렵 파괴되는 시간이 엄청난 최소·최대의 시간 찰나와 겁(劫)으로 개자성겁(芥子城劫)과 반석겁(盤石劫)이 있다."

스님의 말을 듣던 연화는 개자성겁 반석겁이란 말을 자주 들은 적이 있지만 왜 우주의 수리를 말하는데 개자성겁이니 반석겁이라는 단어를 써야 하는지 몰라 묻는다.

"스님! 반석겁(盤石劫)은 뭐고 개자성겁은 뭐길래 자주 말씀하십니까?"

스님은 나이가 어려 경험하지 못하면 알지 못하고 배우지 못한 철학을 설명하여도 이해 못하는 척하기 좋아하는 것이 인간이기에 상세히 가르쳐 줄 필요가 있어 설명하고 묻기도 한다.

"눈을 가려 해를 보면 나는 어떤 존재로 보이는가?"

"해가 쌀알보다 작게 보이는 게 인연인데 우연으로 이루어질까?"

스님은 1겁을 설명하기 위하여 인연이란 단어를 사용하면서 반석 겁을 이해시키려 말한다.

"반석겁이란? 단단한 바위에 천상의 선녀가 백 년에 한 번씩 세상에 내려와 선녀의 옷자락이 스쳐서 그 바위가 다 닳아 먼지가 되는 순간 그 시간을 1겁(劫)이라 한다네."

"개자겁(芥子劫)을 말할 때 사방 상하로 1유순이란 말을 쓰는데 1유순이란 얼마입니까?"

"천의 세계 천의 해와 달, 천의 수미산(須彌山:불교 세계관에 나오는 산. 사천(四千)의 천하(天下), 사천 대 천하, 사천의 바다, 해와 달을 비추는 세계가 천(千) 개 있으면 천의 세계 해와 달이 있는 것을 소천세계(小千世界), 즉 은하계이고 소천세계가 천 개 있으면 중천세계(中千世界)이고, 중천세계 천 개 있으면 삼천 대천 세계(大千世界)우주이다.) 삼천 대천세계(大千世界)보다 넓은 세계에 겨자씨를 가득 채우고 100년마다 한 알씩 끄집어내어 그 겨자가 다 없어질 때까지 다 꺼내도 1겁은 끝나지 않는 법이지. 본래의 사람 수명은 8만4천살이었는데 지은 죄업이 많아 그 수명이 백년에 한 살씩 줄어서 10살이 되는 동안을 감겁(減劫)하여, 여기에서 죄를 뉘우치고 선업을 쌓아 백년에 한살씩 다시 나이가 늘어나서 8만4천살이 되는 기간을 1겁이라 말하는 것이다."

은영은 지구의 탄생에 대하여 전혀 모르다가 언제부턴가 지구의 종말에 관하여 심각하게 고민해본 적이 있어 묻는다.

"지구는 언제 탄생되었습니까?"

스님이라고 지구가 언제 탄생되었는지 정확히 알지 못한다. 다만 불법 경전을 공부하다 아는 것뿐 경험하지 못하여 망설이다 말한다.

"45억 년 전에 지구가 탄생되었다고 과학자들이 말하지만 확실하게 설명 못하는 것 같더군! 나 역시 확실히는 모르지."

은영은 수미산에 살고 있는 신들이 궁금하여 스님께 묻는다.

"인간은 신(神)을 의지합니까?"

"신이란 인간이 믿고 의지해야 하는 존재인 게지."

무경으로서는 감당 못할 우주의 힘을 빌리기 위해 믿어야 하고 마음에 신(神)을 찾은 것은 무경이 뇌를 100% 열어 수미산 신(神)을 만나게 되기를 바라고 신(神)의 힘을 빌려 외계 글리제 행성의 별로 갈 것이기에 신(神)의 능력을 알기 때문에 우주에서 살기 위하여 신(神)을 의지하였던 것이고 신(神)의 능력은 무한한 것이라 본다.

대화를 주고받는 동안 법당에 있어야 할 신(神)들은 일본으로 북한으로 우주로 안 다니는 곳이 없이 바쁘다.

삼천대천세계(三千大千世界) 우주는 성겁(成劫), 주겁(住劫), 괴겁(壞劫), 공겁(空劫)이 되풀이 되는 오랜 시간이 걸린다는 것을 알고는 은영이 질문을 한다.

"삼천대천세계는 존재합니까?"

"상상적인 산 수미산이 있는데 수미산 중심으로 네 개의 큰 바다 그 둘레에 아홉 개의 산과 여덟 개의 바다 우리가 사는 세계를 소세계(小世界)라하고 이 소세계가 천 개 모이면 소천세계(小天世界)라 부르고 소천세계가 다시 천 개 모이면 중천세계(中天世界)

가 되고 중천세계가 다시 천 개 모이면 대천세계(大天世界)가 되는데 이 소천세계 중천세계 대천세계를 다 합쳐 삼천대천세계라 한다!"

삼천대천세계(三千大天世界)는 항상 성겁(成劫), 주겁(住劫), 괴겁(壞劫), 공겁(空劫)의 네 시기를 되풀이하고 있다고 하며, 이 사겁(四劫)은 우주의 생성과 소멸의 과정을 시간 단위로 설명한다.

이 사겁(四劫)을 1주기로 하여 되풀이하는 1단계마다 20소겁(小劫)의 시간이 걸려 4단계 80소겁의 긴 시간이 되어야 1주기가 끝나는 이 기간을 1대겁(大劫)이라 한다.

우주선 개발

100년 전에서부터 미국과 소련은 우주선 개발을 서둘렀고 지구의 종말에 대비하여 우주를 개척하려 하였으나 하루아침에 이루어지는 것이 아니었다. 많은 자금을 들여 우주선을 개발하였으나 지구 언저리에 우주선을 띄워 놓았을 뿐 인간의 능력은 신의 경지를 넘볼 수 없듯 자연 법칙을 알 수 없는 것이기에 우주 법계를 침범하지 못하는 것이다.

그러는 동안 외계에서는 UFO가 날아들고 어제와 달리 바다는 마르고 강바닥은 거북등처럼 갈라지고 하늘의 구름은 용트림과 회오리바람으로 나무들이 쓰러지고 식물들은 말라죽어 인간이 살 곳이 점점 줄어들게 된 것이다.

인간들은 권력과 자본에 욕심을 부려 전쟁을 일으키고 전쟁 무기를 팔기 위하여 수천km 산을 파헤쳐 우라늄을 파내고 지구의 오존층은 파괴되고 황폐하여 종말을 고하게 되는 것을 보고 인간들은 후회를 했으나 되돌아 갈 수 없는 처지가 된다.

따듯한 봄이 되면 아름다운 꽃들이 피어나고 벌과 나비들이 날아들어 꿀을 선물해 주고 산에는 나무들이 자라 산소를 내어주고 병든 마음을 어루만져 주었고 먹을 과일들과 식품들로 인간들을 배불리 먹도록 해 주었고 바다에 고기들을 살찌게 하였고 하늘에 태양은 지상 모든 동식물들에게 에너지를 공급해 주었고 강물은 인간들에게 양식이 되게 하였지만 인간들은 지구의 생태계를 파괴하여 그 고마움을 외면하여 지구가 멸망으로 가게 되었던 것이다. 이제는 외계로 가지 않으면 안 되는 시점에 미국과 소련은 손을 잡고 우주선 개발을 하게 된 것이고, 미지의 UFO가 지구로 자유롭게 왕래하는 것을 보고는 UFO를 탐하게 된다.

1492년 10월 콜럼버스(이태리)가 스페인 함대를 이끌고 바하마 제도 와틀링섬을 발견, 아메리카 인디언을 몰아내고 그 곳의 주인 행세를 한 것처럼 인간의 DNA는 끊임없이 자신의 욕구를 충족시키려는 것이다. 이 같은 인간의 욕구가 사람이 살 수 있는 행성을 찾아나서게 된다.

사우디아라비아에서 나는 석유 베네수엘라 석유 이란에서 나는 석유 지구의 광물질과 석유를 무한대로 파내게 되자 지구의 대기권이 얇아지고 자기장이 파괴되어 지구가 식어가는 것이 강대국들의 횡포 때문이라고 과학자들은 알았으나 우주선을 개발하여 사람을 태우고 외계 행성으로 날아가기를 바랐다.

1986년 미국에서 챌린저 우주선을 발사하여 7명의 승무원이 사망하게 되자 우주개발을 중지하였으나 우주 농장, 우주 도시, 우주 제약소, 우주 공장을 짓고 인간이 우주로 날아갈 목표는 포기하지 않았다.

유인 우주선을 우주로 쏘아 올린 16개국이 우주기구 창설멤버가 되었고 보잉 747기는 축구장 2개의 크기로 600명이 탈 수 있고 20년간 사용될 국제 우주정거장은 400km 거리에 체류할 수 있었다.

돈 있고 경제력을 지닌 세력가들은 외계로 떠나가기 위해 돈과 권력을 앞세웠으나 지구의 육대주가 쪼개지는 판국에 우주선 개발을 게을리했다는 것을 후회하고 북한 핵개발을 막지 못한 것을 뼈저리게 한탄하였다.

살생의 업을 저지른 원혼들이 태풍이 되고 지진이 되었음을 일본은 알지 못했다. 순진한 소녀들을 끌고 가 군인들의 노리개로 만든 원한을 해결하지 못한 일본이 조선의 국보까지 훔치는 것을 본 하늘의 용(龍)과 가루라와 천야차 신은 일본에 강진(9.0)을 발생케 하고 쓰나미로 그들을 죽였다고 무경이에게 자랑을 한다.

하늘에선 화약 냄새를 풍기고 구름은 햇빛을 가려 어둡고 산들이 무너지는 소리와 땅이 갈라지는 소리 건물들이 무너지는 소리에 사람들은 갈팡질팡 어디로 가야 하는지 알지 못한다. 우주선으로 몸을 피해야 살 것이라고 하지만 보통의 사람들은 우주선이 어디에 있는지도 알수 없다.

기후의 변화로 비가 폭설이 되고 지구는 얼음으로 덮여 앞을 내다 볼 수 없게 된 어느 날 무경과 연화는 목탁치는 스님에게 다가가 절한다. 스님은 걱정스런 얼굴로 무경에게 묻는다.

"전쟁이 난 건가?"

무경은 스님을 바라보고 말한다.

"전쟁이 아니라 재난으로 지구엔 사람이 살 수 없으므로 지구를 떠나야 합니다!"

"어떻게 지구를 떠난단 말인가?"

무경이 그동안 입버릇처럼 지구를 떠나야 한다는 말을 했지만 인정하려 들지 않던 스님은 무경의 진지한 얼굴에 비장함까지 느끼게되자 다시 무경에게 묻는다.

"인공위성이라도 준비를 했단 말인가?"

빈정거리듯 묻는 스님을 본 무경은 목줄에 걸린 수정을 만지며 연화에게 스님의 손을 잡으라고 말한다. 연화가 스님의 손을 잡자 무경이 입속으로 주문을 외우고 방안에 앉은 세 사람은 눈 깜짝할 동안 안개가 덮인 수미산으로 날아가 수정으로 덮인 정상에 내린다.

수미산에 도착한 도솔스님은 어리둥절하여 연화에게 묻는다.

"여기가 어딘가?"

무경은 스님에게 미리 말씀드리지 못해 죄송한 마음으로 고개 숙이고 말한다.

"신들이 사는 수미산입니다!"

(수미산: 상상의 산으로 지구의 중심에 솟아 있는 거대한 산을 말하고 그 높이는 물위로 팔만 유순, 물속으로 팔만 유순(유순이란 바다 물의 깊이가 끝이 없다는 뜻)

수미산은 북쪽은 황금, 동쪽은 은, 남쪽은 유리, 서쪽은 파리로 되어 있고, 그 주위는 해와같이 보광이 허공을 비추는데 일곱 금산 사이에 일곱 바다를 지나 도착한 시간은 실제로 존재하지 않고 변화가 빠르다고 느끼면 빠르게 생각되고, 느리다고 느끼면 시간이 느리게 간다고 느끼며 도달한 수미산에 도착한 무경은 큰 기쁨의 소리 지혜의 소리로 말하니 많은 하늘·용·신들이 도리천궁으로 모여 있다가 무경을 맞이하며 인사를 한다.

"어서 오시구려!"

무경은 제석천, 용(龍), 천야차, 가루라, 건달파, 긴나라, 마호가라, 아수라와 여러 신들에게 인사를 하고 도솔스님과 연화를 가리키며 소개를 한다.

1)제석천은 수미산을 관장하는 신 2)가루라는 날개 길이가 3백6만 리이고 사람 몸에 새 머리의 신. 3) 긴나라 머리는 말 사람의 몸에 악기를 다루는 신. 4)마후라가는 사람의 몸에 뱀의 머리를 가진 음악의 신. 5)천야차는 하늘을 날고 중생계(衆生界)를 수호하는 신 도리천을 수호 치료나 퇴마사 신. 6) 건달파는 천상에 음악을 연주하는 신 7) 아수라는 전쟁을 하는 신 8) 용은 물속에 살면서 비를 내리게 하는 신.

무경이 도솔스님과 연화를 쳐다보며 "소개합니다!" 라고 인사를 하자 가루라는 "무엇을 도와드릴까?" 라고 말한다.

도솔스님은 입을 다물고 연화도 얌전히 손을 모우고 서있는 것을 보고 무경은 여러 신들에게 하소연하듯 공손하게 말한다.

"지구의 인간을 구해야 합니다!"

가루라 신이 나서며 무경의 말을 받는다.

"지난번 글리제 행성에 인간이 와서 살아도 괜찮다고 했으니 하얀 수염 우주인에게 비행기(UFO)를 보내 달라고 하면 되지 않겠소?"

도솔스님은 가루라가 무슨 말을 하는지 도저히 분간하지 못해 어리둥절한 표정이다. 무경이 그사이 우주를 왕복하여 '인간이 외계 행성 글리제 별에서 살 수 있도록 허락을 받았나?' 생각을 하자 무경이 존경스럽게 느껴져 무경을 바라보고 말한다.

"정말 큰 일하였구려!"

무경은 도솔스님께 그동안 신들을 만나 우주 글리제란 별의 하얀 수염 우주인과 협약한 사실을 얘기하지 않아 연화도 모르고 있었다.

"용서하시구려! 그동안 얘기하지 못했지만 지난 번 수곡사에서 뇌를 100% 열면서 유체 이탈되어 신들을 만날 수 있었고 수미산 여러 신들과 만나 외계 행성을 다녀왔습니다!"

무경은 가루라에게 부탁한다.

"하얀 수염 우주인에게 UFO를 보내 달라고 전해주십시오."

가루라는 무경의 말을 듣고 성급히 하늘을 날아가며 말한다.

"금방 다녀오리다!"

오래지 않아 수미산 정상에 번개보다 빠른 UFO 한 대가 도착하고 하얀 수염 우주인이 내리며 무경에게 말한다.

"당신을 만나려고 저 혼자 먼저 도착하였습니다!"

UFO에서 내리는 하얀 수염 우주인과 무경은 반갑게 악수를 하고 무경이 우주인을 안아 주자 우주인도 무경을 포옹한다.

"오시어 고맙구려!"

UFO는 무경과 도솔스님 그리고 연화를 태우고 수곡사로 돌아와 일행을 내려주었다.

하얀 수염 우주인이 무경에게 말한다.

"수미산에서 기다리겠습니다!"

연화 납치

한편 미국과 소련의 과학자들은 레이더에도 잡히지 않는 UFO를 누가 조종하여 지구로 날아왔을까? 궁금하여 헬리콥터를 타고 수곡사로 날아온다. 하지만 무경은 과학자들에게 어떠한 설명도 해주지 않고 냉담하게 돌려보냈다.

무경은 지구인을 데리고 글리제 행성으로 가려면 우주복을 만들어야 했으므로 연화에게 우주복을 만드는 임무를 맡겼다.

연화는 남해 잠수정에서 탈취한 금괴를 녹여 우주복을 만들계획을 세웠다. 우주복에 금을 코팅하여 X선을 빨아들이고 태양열이 흡입되지 않는 여러 사이즈의 우주복으로 고열과 냉기에 견딜 천으로 제작하는데 금을 투자하여 모두 성공한 것이다.

우주복 제작에 성공한 연화는 기쁜 마음에 무경에게 전화를 걸면서 차를 타려고 큰길에 나오는데 두 명의 괴한이 연화에게 마취 총을 쏘았다. 괴한들은 쓰러지는 연화를 안아 헬리콥터에 태우고 날아가 버렸다.

연화는 무경이 우주복 제작에 성공했다는 말을 들으면 좋아하겠지 생각을 하며 들뜬 마음으로 전화를 하다가 괴한들이 쏜 총을 맞고 정신을 잃었다.

무경은 연화의 전화가 끊어진 것을 대수롭지 않게 생각하다가 연화를 납치한 사람에게서 전화를 받고는 당황하여 정신을 잃는다. 무경은 전화를 받는다.

"UFO를 넘겨주면 당신 애인을 죽이지 않겠다!"

너무나 황당한 소리에 무경은 연화가 괴한들에게 납치되어 협박받는다는 것을 알고는 화가 머리 끝까지 치밀어 오른 무경은 연화를 누가 감금하였는지 궁금해 하다 눈을 감고 염력을 해본다.

머리 위 370km 우주선에 연화가 잡혀있다는 것을 알고는 흥분한다.

무경은 전화기에 대고 소리를 질렀다.

"인류를 구하고자 애쓰는 사람을 납치를 해?"

"우린 여자를 죽이진 않아! UFO를 한번 보고 싶어 그러니 무례를 용서하구려!"

무경은 그들이 연화를 납치하는 대신 다른 길을 택하였다면 UFO를 구경시켜 주었을 수도 있었을 것이라 생각하였다. 화가 머리끝까지 치밀어 오른다.

"당신들 누구인지 밝히지 않으면 가만두지 않을 게다!"

전화를 거는 동안 수화기 너머로 헬리콥터 소리가 들린다.

무경이 최태호 실장에게 연화가 납치되었으니 범인을 잡으러 가자고 말하자 최 실장은 두말 않고 나선다.

최 실장에게 다람쥐 날개 달린 옷을 입히고 무경은 실장의 손을 잡고 우주정거장 370km 거리로 날아간다.

무경은 태양에너지로 단련한 몸이어서 우주복을 입지 않아도 되었으나 최 실장은 일반인이라 우주복을 입힌 것이다. 무경이 최 실장의 손을 잡고는 하늘로 오르자 실장은 의아한 표정으로 무경에게 묻는다.

"손만 잡으면 되는 겁니까?"

무경은 실장에게 안심하라는 듯 눈을 찡긋해 보였다.

무경은 실장의 손을 잡고 우주정거장에 도착했다. 선체가 모두 유리로 된 창으로 들여다보니 치올코프스키 후예들이 연화를 문초하는지 의자에 묶어 놓았다.

무경은 실장에게 지구를 쳐다보라고 손짓했다. 실장이 지구를 쳐다보자 아름다운 지구의 모습은 어디가고 화산폭발로 연기가 가득하고 산에선 용암이 흐르고 바다가 사라져 볼품사나운 모습으로 사람이 살지 못할 곳이라는 생각이 든다.

무경이 정거장으로 들어가기 위해 손바닥으로 철판을 밀자 구멍이 뚫렸다. 뚫린 구멍으로 무경이 먼저 들어가자 실장도 따라 들어간다.

몇 안 되는 사람들이 티셔츠를 입고 의자에 앉아 컴퓨터 키를 누르며 화산이 폭발하고 있는 지구를 관찰하면서 연화를 정성으로 접대하였으나 연화는 불쾌하다고 욕하는 소리를 질러댄다.

"나를 괴롭힌 너희 놈들, 얼마 안가 죽을 것이야!?"

그들은 연화가 소리치는 것은 거들떠 보지도 않고 자기 네들끼리 대화를 주고 받는다.

"세계적 인물을 구해야 되지 않겠어?"

연화는 그들의 소리를 듣고 크게 말한다.

"어떤 놈이 세계적인데?"

연화는 화를 억누르며 무경이 오면 가만두지 않을 것이라고 치를 떤다.

그 때 백인이 연화의 손에 묶인 줄을 풀어주려고 하자 흑인이 그냥 두자고 하여 풀어 주지 않는다.

"우주선 개발에 투자한 사람을 구하고 싶단 말이야!"

"네놈들이 땅차지하기 위해 우주선을 만들지 않았어?"

연화는 생각나는 대로 소리를 질러댄다.

"남의 나라 석유를 빼앗고 남의 나라를 점령해 주도권 행세를 하기 위한 행동이 아니던가? 부처님께서는 6,000년 전 지구의 멸망을 예고하고 인류를 구하기 위해 살생하지 마라, 도둑질하지 마라, 사음하지 마라, 거짓말하지 마라, 꾸며 말하지 마라, 이간질하지 마라, 악한 말하지 마라, 탐욕부리지 마라, 성내지 마라, 어리석은 일 하지 마라 라는 사상을 펴셨는데 너희 과학자들은 전쟁에 이기기 위해 로켓을 만들다가 지구를 이 지경으로 만들었지 않은가. 게다가 나를 납치까지 했으니 용서를 받을 수 없을 게야."

연화의 말은 틀리지 않았으나 과학자들은 연화의 말을 들으려 하지 않고 말머리를 돌린다.

"시간이 없다!"

연화는 그들에게 말대꾸를 한다.

"인류를 구하려는 것이지 나 한 사람 UFO에 태우기 위해 외계에서 날아 온 줄 아느냐? 땅을 뺏기 위해 수많은 인디언을 죽이고 납치하여 시장에 팔아먹던 놈들이 인류를 구하기 위해 우주선을 만들었다는 말을 믿을 것 같으냐?"

연화와 과학자들이 말다툼 하는 동안 무경이 그 곳으로 난입하자 제지하려고 달려오던 과학자 2명이 무경에게 맞아 쓰러진다. 사무실 귀퉁이마다 불빛은 어지럽게 반사되고 비상벨이 울리고 경호하던 두 사나이가 연화가 있는 곳으로 달려온다.

무경이 손바닥 무영풍을 쏘자 달려오던 경호원 2명이 힘없이 쓰러진다. 보고 있던 실장은 권총을 꺼내 경계를 한다.

무경이 연화의 포승줄을 풀어 주면서 말한다.

"수고 많았습니다!"

연화를 부축하고 나와 허공으로 뛰어 내리자고 말하자 연화가 무경의 손을 붙잡으면서 말한다.

"오실 줄 알았습니다! 어디로 갑니까?"

연화가 무경의 가슴에 포근히 안기자 무경은 "수미산으로 가자"고 말한다.

"저분도 같이 가는 것입니까?"

연화가 뒤따라오던 최 실장을 보면서 묻자 무경은 새처럼 가볍게 하늘을 날면서 고개를 가로 흔든다.

졸도한 2명의 과학자들이 의식을 차리고 보니 한 여자와 건장한 남자가 맨몸으로 하늘을 날아가는 것이 보인다. 과학자들은 자신의 눈을 의심하며 '저들은 무슨 재주로 새처럼 날 수 있나?' 놀란다. 도망가는 세 사람을 잡으려 대기권 밖에서도 탈 수 있는 소형 헬리콥터를 타고 추격하여 쫓아온다.

우주에선 수많은 우주 쓰레기들이 흉기가 되어 날아다닌다. 무경의 일행에게도 날아오는 쓰레기(지구에서 쏘아올린 고장 난 인공위성 부서진 파편 쓰레기)들에 부딪치면 위험한 파편들이다.

무경을 뒤쫓아 오는 일행들은 소형 헬리콥터를 타고 오면서 총을 쏘아 댄다. 붙들리지 않으려는 무경의 일행들이 직각으로 하강하여 위기를 모면하는 사이 우주 쓰레기들이 위협적으로 다가온다.

무경 일행이 간신히 우주 쓰레기들을 피하자 헬리콥터에서 무경 일행에게 총을 쏘던 과학자들은 우주 쓰레기가 다가오는 것을 보지 못하여 우주 쓰레기와 충돌하게 된다. 커다란 충격 소리가 들리면서 헬리콥터는 폭발하여 사방으로 퍼지면서 또다른 우주 쓰레기가 된다.

헬리콥터에 탔던 사람들이 허공으로 사라지는 것을 목격한 세 사람은 합장하며 묵념을 올린다.

세 사람이 새처럼 날면서 지구를 바라보자 몰라보게 회색빛으로 변해 있었고 화산으로 용암이 흘러내리고 엄청난 산들이 소리를 내며 무너지는 것이 보인다. 한시가 급하게 돌변하는 처참한 지구의 모습을 본 무경은 수미산 신들에게 인간을 구해야 될 시점이 되었다고 말한다. 용(龍)과 여러 신들은 글리제 행성의 하얀 수염 우주인에게 급히 비행기(UFO)를 지구로 보내 달라고 요청하고 얼마 되지 않는 시간에 UFO들은 지구로 날아든다.

세계 각국으로 UFO가 내리는 것은 석가모니 부처께서 직접 관장을 하였고 한국에는 가루라와 천야차가 강원도 상원사, 법흥사, 정선 정암사에 UFO가 내려 구원받을 사람들을 선별한다.

가루라는 무경에게 묻는다.

"글리제 행성으로 사람들을 실어 나를까요?"

무경이 고개를 끄덕이자 도솔스님이 주도하여 우주로 보낼 사람들에게 우주복을 입힌다.

모두에게 우주복을 입힐 수 없으므로 어떻게 하는 것이 좋을지 연화가 묻는다.

"어떤 사람들에게 우주복을 입힐까요?"

"UFO에 탄 사람들은 자기장의 열과 태양열의 피해를 견딜 수 있어 우주복을 입지 않아도 되지만 노약자와 어린아이들은 입어야 합니다!"

인간을 태우고 우주로 날아가는 순간에도 정치를 하는 사람들은 당파 싸움을 하였고 일본은 독도를 자기 땅이라고 우기며 그게 안되면 핵으로 폭발시키자고 우겼다.

지구의 자기장이 파괴되었기에 태양열은 바닷물과 강물을 증발시켜 허공으로 날아가고 여섯 동아리로 나눠지고 쪼개진 지구의 땅들은 높은 산 높은 집들이 요란한 소리를 내며 무너져 내리기 시작한다.

지구 폭발

인간이 인간을 죽이려고 만든 핵들은 지하에서 바다아래서 산 등성이에서 폭발이 되고 바다는 8,000m 깊은 계곡으로 변해 히말라야 산보다 깊게 파이게 되고 각국의 핵들은 기능을 잃어 폭발하고 만다.

육대주가 쪼개져 높은 건물들, 특히 아랍에미레리트 두바이 브루스칼리파(818m)빌딩은 엿가락처럼 무너지고 타이베이 509m 101층 빌딩이 무너지고 상하이금융센터(492m) 홍콩국제상업센터(484m) 파트로 나이스타워(425m) 그린란드 파이낸셜 콤플렉스(450M)빌딩도 무너지고 시카고 웰리스 타워(443m) 미국의 트럼프 호텔타워(423m) 뉴욕 엠파이어 103층 마오타워(421m) 중국 스틱 플라자(391m) 페루 마추비추도 무너진다.

마야 유적(멕시코) 페트라 유적(요르단) 그랜드 캐년(미국) 네팔의 히말라야 바위들은 괴성을 지르며 땅속으로 사라지고 파타고니아 보르네오 화산 섬들은 용암을 내품다가 갈라져 땅 속으로 사라지고 킬리만자로 우후루피크(5,895m) 산도 허물어지고 티베트 카일라스 코라(8,000m) 에베레스트 안나푸르나도 천지를 진동하는 소음과 함께 땅 속으로 흘러들어가고 인도네시아 13,700개 섬들과 수마트라 섬 보루네오 섬 발리 섬 브로모 화산도 하늘로 치솟다가 땅 속으로 흘러내리더니 먼지가 되어 사라진다.

아시아대륙 아프리카 유라시아의 거대한 땅덩어리는 갈라지고 유럽의 산과 백두산 중국의 만리장성 황산 장가계 쑹산은 화산으로 무너지고 수에즈 운하, 다르다넬스 바다, 마르마라 바다, 보스포루스 바다, 흑해바다, 코카서스 카스피 바다와 우랄 강물이 마르고 우랄 산맥이 꺼지고 노바야제 몰랴 섬들도 회오리바람으로 가라앉는다.

인도양 및 태평양 군도 바람에 날려 중심 잡기가 어려워 낙마하여 죽는 사람을 진광대왕과 초강대왕이 구해 주고 바다가 깊은 계곡으로 변해 떨어지는 사람을 구해 주고 있다. 유럽 구주 유라시아의 5분의 1에 해당하는 서쪽 대서양 북쪽 북극해는 사막으로 변하고 동쪽 우랄산맥은 모래사막으로 변하고 우랄강 남동쪽 카스피 바다와 캅카스 산맥 흑해 남쪽 지중해 동쪽 아시아 남쪽으로 아프리카 그 주변의 섬들은 물이 말라 언덕이 된다.

7억 3천백만 명 46개국 사람들이 죽어 가는 것을 보고 송제대왕과 오관대왕이 사막을 헤쳐 나오지 못한 사람들을 살리려고 안간힘을 쓴다.

아이슬란드 서부 그린란드 북아메리카 대륙 및 동시베리아 지시마 열도에서부터 동 일본에 걸친 대륙판들이 뒤집어져 일본 혼슈는 사라지고 북쪽 쓰가루 해협을 경계로 하고 있는 홋카이도 남으로 세토 바다 사이에 시코쿠 남서쪽 간몬해협 규수 세계에서 7번째 큰 섬들이 계곡이 되고 중부 포사 마그나 지역 동해 동부

타타르 바다 베르호얀스크 산맥 체르스키 산맥 북극해 그린란드 바다와 아이슬란드 대서양 중앙 해령에 걸친 유라시아 판과 일본 부근 판이 충돌하여 물이 사라지고 계곡으로 흘러 들어가다 사라진다.

아소르스 제도에서 북회귀선 부근 아프리카 판과 접하는 북회귀선 부근에서 리워드 제도 부근까지의 남아메리카판과 대앤틸리스 제도에서 유카탄 반도 부근 카리브 판과 접하여 빠르게 쪼개지고 멕시코 남안의 중앙아메리카 해구에서는 북 아메리카 판 아래로 염라대왕과 변성대왕과 아미타불 지장보살이 강물이 마른 계곡으로 사람이 들어가지 못하게 막았으나 미쳐 버린 사람들은 계곡에 떨어져 죽고 만다.

코코스 판이 갈라지고 캘리포니아 반도에서 알라스카 반도 알류산 열도 캄차카 반도 지시마 열도에 걸친 태평양 연안 전역의 판이 갈라지고 밴쿠버 섬 주변 후안데 푸카판으로 태평양이 마르고 아메리카 판 아래로는 바다가 말라 사막이 되었다가 계곡은 갈라진다.

남아메리카 대륙과 사람들은 대부분 행방불명되고 죽는다.

핵폭탄이 터지는 바람에 집들이 무너지고 자동차들도 휴지 조각처럼 날아다니는 것을 본 부처는 10대 마왕들에게 사람이 죽는 것을 중지시키라 명령하자 십대 대왕들은 세계 방방곡으로 흩어져 사람을 살리려고 노력하지만 하늘번개의 신이 번개를 치자 태산대왕이 달려와 번개를 막고 바다가 변해 계곡이 되어 미끄러져 죽는 사람을 평등 대왕이 막아서지만 죽을 사람은 죽고 만다.

도시대왕과 야광여래가 이집트 이라크 사막에 살던 사람들이

산에 돌이 무너져 깔려 죽게 되자 그들을 구하려고 애쓴다.

중앙아시아로 도망간 사람과 동남아시아 인도로 도망간 사람, 중국을 거쳐 만주로 내려온 사람들은 바다가 갈라지는 바람에 죽게 된다.

오세아니아 오스트리아 대륙 뉴질랜드 태평양 섬과 동부 산지 중앙 평원 서부 고원 뉴질랜드 환태평양 조산대의 높은 산에는 전륜대왕이 산사태를 막지만 바위가 구르고 북방구 남동부 온대 시드니 멜버른 중앙 서부 사막과 초원이 모두 무너져 사람들이 압사한다. 아시아 태평양 교역 국가가 허무하게 무너지고 지구가 폭발하여 산이 갈라지고 산사태가 나면서 순식간에 집들이 땅 속으로 흘러들어갔다.

인간들이 파 놓은 재난으로 인간들이 죽어나가는 지구의 종말을 맞이하였다. 부처는 십대대왕을 동원하여 인명을 구출하려 했으나 여의치 못해 1080억 인구 중 십 분의 구가 죽었다. 십대왕 진광(秦廣)대왕 초강(初江)대왕 송제(宋帝)대왕 오관(伍官)대왕 염라(閻羅)대왕 변성(變成)대왕 태산(泰山)대왕 평등(平等)대왕 도시(都市)대왕 석가의 원불이신 전륜(轉輪)대왕이 나서 구명에 동참하였으나 인간이 심어놓은 핵이란 재난 때문에 감당할 수 없이 죽고 만다.

지구는 사라지고

지구에 살던 사람들은 전멸하다시피 하고 간신히 살아남은 사람들을 UFO에 태우고 외계 글리제 행성으로 이송하게 되었다. 이들은 진정 선택받은 사람들이다.

그들은 핵폭발로 부모를 잃어 슬퍼하였고 부모는 자식을 잃어 슬펐다.

구원되어 외계로 간다고 UFO를 타고 가지만 지구에 집과 논밭을 두고 간다는 아쉬움과 함께 죽은 사람들을 위해 두 손 합장하고 기도를 드린다. 또한 대부분의 사람들은 처음 생판 모르는 곳으로 떠나가는 무서움으로 서로 붙들고 위로하고 토닥거리고 노래 부르며 창문으로 지구를 바라본다. 사람들이 큰 소리로 말한다.

"지구가 쪼개지고 있습니다!"

자기가 살던 푸르고 아름다운 지구는 간 곳이 없고 연기로 덮혀져 불꽃이 이글거리고 황폐하고 흉측하게 변해 버린 모습을 보면서 모두들 두려움에 떤다. 지구는 이제 제 기능을 잃어 6대주로 갈라지면서 조각나 우주로 사라지게 된다.

"펑~!! 버버버 펑~그르르 퍼펑~파바박 팡!!"

지구가 우주에서 사라지는 장면을 보던 무경은 연화와 은영, 도솔스님과 종교 지도자들과 손을 잡으며 서로를 위로 해 준다.

"큰일 날 뻔 했습니다!"

도솔스님은 목탁을 두드리며 "관세음보살! 관세음보살! 관세음보살!"을 암송한다.

스물 여덟살인 눈알이 파란 미국인 찰스는 검은 눈동자를 지닌 애인 글라라에게 말한다.

"뉴욕의 리버티 섬에 세워진 자유의 여신상이 파괴되는 것이 안타깝군."

글라라는 "조지 워싱턴, 토머스 제퍼슨, 아브라함 링컨, 루즈벨트 대통령의 얼굴들이 사라졌어요." 라고 말한다.

무경은 눈을 감고 고뇌(古腦)를 작동시켜 미국인에 대한 생각을 정리한다.

1492년 유럽인 콜럼버스가 처음 아메리카에 도착한 이후 스페인, 멕시코, 프랑스 인들은 멕시코 북아메리카 내륙을 자신들 영토라 주장하고 1607년~1634년에 뉴잉글랜드에는 10,000여명의 청교도들의 혁명으로 50,000명의 죄수들을 영국령으로 아메리카로 이송하고 네덜란드인들이 맨해튼 섬으로 이주해온 청교도들과, 프랑스와 스위스의 위그노와, 아프리카 노예로 이주해온 중남미 아프리카 미국인 식민지 뉴잉글랜드와 버지니아를 중심으로 한 남부로 이주해 온 자들이 미국인이 된다.

아메리카인들이 우주 행성에 이주를 하면 마피아의 피가 흐르는 죄인들로 사람을 죽이고 땅을 뺏는 k.k.k단 백인들의 사고를 버릴 것인가?

우주선 안에는 외국인들이 많이 있으므로 무경이 연화에게 묻는다.

"캐나다 인과도 잘 지낼 수 있어?"

고개를 끄떡이면서 연화는 캐나다 인의 조상은 누구인가? 하고 궁금해 한다.

진시황이 불로초(不老草)를 구하려 어린아이(童男童女) 500인을 배에 태운 서복이 맨 처음 간 곳이 북미(초기 인디언) 일부는 그리스 바다(에게 해, 아드리아 해 당시는 상당 부분 평원)로 세계로 인디언들 자신을 캐나다 인이 아니고 조상 대대로 살아온 거북이 섬의 추운 북쪽 지방 1만4천 년 전 인디언이 시베리아에서 이동해 온 북아메리카 지역 인디언의 작은 마을에서 시베리아를 거쳐 북미로 간 사람들이 캐나다 인이 된다.

세계 제1의 폭포 나이아가라가 사라진 것이 안타깝다고 말하는 캐나다인을 바라보면서 어쩌면 그들은 동양 사람과 닮은 것이 아닐까 생각하며 같은 형제라는 느낌을 갖는다.

연화와 캐나다 사람이 말하자 브라질 남자는 몸을 흔들며 리우 데자네이루 해안 나폴리와 시드니 3대 미항이 사라진 것을 안타까워한다. 브라질인은 어느 종족에 속했는가? 무경은 고뇌(古腦)를 열어 본다.

아르헨티나 인구 3,800만 명중 5%인 약 200만 명이 조상의 흑인 피 4.3%에서 아프리카 흑인 유전자가 발견되었고 아르헨티나 사람들은 편견 없고, 인종차별도 없는 사람? 아르헨티나 정부는 흑인노예들에게 자유를 주는 대신 몇 년간 군복무로 수많은 흑인군인들이 죽어 흑인여자가 많았다. 유럽에서 돈 벌려고 아르헨티나에 이민자들 대다수가 미혼남자들이고, 백인여자들은 적다. 세월이 흐르면서 흑인은 사라지고 백인만 남은 것처럼 보인 것이다.

쿠쿨칸 신전 365개 돌계단이 사라진 것을 안타까워 하는 멕시코인을 보며 아메리카 신대륙의 조상은 누구인가 궁금해진다.
빙하기에 시베리아에서 출발해 얼어붙은 베링 해협을 건너온 사람들이 동남아시아에서 호주와 남태평양 섬들을 거쳐 온 사람들이고 현재 아메리카 원주민의 조상은 남태평양 섬들을 거쳐 온 아시아에서 베링 해협을 넘어 아메리카 원주민의 직계 조상이 신대륙 이주자 아시아인과 유럽인의 유전자가 서로 섞였다.

뉴질랜드 청년도 오클랜드 시내 빅토리아가와 페더 란가가 사라진 것을 안타까워하고 20세 청년은 자기들 나라는 전쟁으로 침략당하지 않았다는 것에 자부심을 가지고 혓바닥을 내 보이며 웃는다.
뉴질랜드는 쿡 선장에 의해 발견 미국 백인들에게 정복당하지 않았던 마오리족은 천 여 년 전 바다 저편에서 카누를 타고 왔다는 '쿠피나 마우이' 할아버지를 시조로 고유의 언어와 토착 종교를 가지고 있다.

칠레의 모아이 석상은 사람 얼굴 모양의 석상으로 크기는 3.5m에, 무게는 무려 20톤가량 되는데 큰 것은 20m에 90톤까지 되는 것도 있다. 섬 전체에 600개가 한 방향만 바라보고 서있었는데 이 모든 것들이 사라진 것이다.

칠레의 국토면적은 756,626Km이고 인구는 15,400,000명 세상에서 가장 긴 나라이다. 남북의 길이는 북쪽의 아리카에서 남쪽의 마젤란해협 아래 오르노스 곶까지 4,200Km 대부분 산악지대로 동쪽 칼마의 북부에 세계최대의 노천광산이 있다. 최초 인간들은 아프리카에서 전 세계로 퍼진 것이다. 2,000년 전 소수의 동부 아프리카인 집단이 남부 아프리카로 이주하여 사냥 채집하던 원주민에게 유목문화를 전파하고 그들과 어울려 살았다. 2,000여 인종집단들이 존재, 그 중에서 DNA에서 해독된 집단이다.

　알래스카 매킨리 산 킬리만자로가 무너지는 것을 안타까워하는 파벌로 피카소는 스페인 사람으로 1881년 10월 25일 아프리카에 인접한 정열의 나라 스페인 남부의 말라가시에서 작품들 아티스트 조각 작은 부동산 페인트 오일 그림 캔버스 벽장식 그림 나무 롤러 블라인드 그림들을 가져 오지 못한 것을 안타까워하였다. 따스한 햇볕을 품고 있던 풍경 속의 이집트 사막에 스핑크스 무덤들이 사라지는 것을 안타까워하는 모나코 사람들, 우주의 어느 별에서 볼 수 없는 주마바위, 외계에서 볼 수 없는 소코트라 섬의 아데니움 나무가 사라지는 것이 안타까운 소말리아 사람들. 5.947m의 알파마요산을 산행해보지 못한 것이 안타깝다고 말하는 탄자니아사람들, 빅토리아 폭포가 보고 싶다고 말하는 남아프리카인, 핑크호수와 바오바브나무가 잊히지 않을 것 같다는 세네갈인. 이 모든 세계사람들 틈에서 은영은 기죽지 않고 대한민국이 자랑스럽다고 말을 한다. 세계적인 K-POP이 있고 미모의 아가씨들이 있으며 예술을 사랑하는 곳이 대한민국이라고.

　조선민주주의 인민 공화국에는 공포 정치를 하여 인민재판으로 사람을 죽인다고 말하면서 그렇지만 아름다운 금강산이 있다고 자랑하는 남자를 쳐다본 무경은 26세 남자에게서 부모를 모시고 오지 못함을 미안하게 생각하는 것을 보고 마음이 아렸다.

아베는 전범의 후손으로 침략전쟁으로 상처받은 사람들에게 사과를 하지 않고 중화인민공화국에서 온 청년은 만리장성과 장가계의 자연의 신비를 느끼지 못하는 것을 안타까워한다. 천안문 광장이 파묻히는 것을 안타까워하는 중화민국 청년도 지진 때 사람들을 구한 인연이 있어 구원되었던 사람이고 개척되지 않은 많은 산과 들에서 뛰어노는 말들을 볼 수 없다는 것을 가슴 아파하는 몽골 처녀도 불교를 전파하여 구원받은 것이다.

그리스 청년은 절벽 위의 수도원 메테오라와 고린도 운하를 볼 수 없다는 게 아쉽다고 말한다. 독일 처녀는 나폴레옹 전쟁 이후 영국과 러시아의 주도로 프로이센, 오스트리아를 포함한 39개의 국가들이 모인 "독일 연방"이 세워졌다가 제1차 세계대전을 일으켜 결국 패배하고 경제난 책임을 유대인에게 전가한 아돌프 히틀러는 1933년 나치 독일을 선포, 베르사유 조약을 폐기하고 오스트리아 체코슬로바키아 등을 점령하여 동유럽을 지배하기 위해 일본, 이탈리아와 제2차 세계 대전을 일으켜 수백 만 명 유대인을 학살. 1945년 나치 독일은 멸망하고 서독과 동독은 재통일되었다고 말하면서 우주로 나가면 잘 살 것인가? 연화는 궁금하게 여긴다.

현재의 영국은 잉글랜드, 스코틀랜드, 웨일스, 북아일랜드로 이루어져 있고 1707년 웨일즈 및 잉글랜드와 스코틀랜드가 그레이트브리튼 왕국이 되었으며 1800년 아일랜드 왕국과 연합되어 그레이트브리튼 아일랜드 연합 왕국 이후 1922년 아일랜드 독립전쟁의 결과 아일랜드 공화국이 독립하여 북아일랜드만이 영국에 속하게 됨으로써 현재의 그레이트 브리튼 북아일랜드 연합왕국이 되었다고 말하는 영국의 청년은 전쟁 때 사람들을 살리는 직업을 했기에 구원받은 것이다.

이탈리아 숙녀가 영국 사람에게 기원전 9세기 무렵 고대 이탈리아는 로마제국 붕괴 이후 이탈리아 반도와 부속 도서에는 여러 국가가 세워지고 사라졌지만 1861년 이탈리아 왕국으로 통일되었으며 1946년 공화국이 되었다고 자랑을 하자 이태리 청년은 "로마의 명소 콜로세움 광장이 사라지는 것이 안타깝다"고 말하였다.

이를 옆에서 듣던 프랑스 청년은 말한다.

"파리의 에펠 탑, 몽마르트 언덕이 사라지는 것이 안타깝다"

IS 테러를 이 지구상에서 몰아내자고 한 사건인데 부자 나라가 빈곤한 나라를 없이 여기게 되는 것에 알라신을 믿는 이슬람 무장 단체들이(지하디스) 종교 전쟁으로 간주한 사건으로 프랑스가 악몽에 시달렸던 것을 생각해 낸 것이다.

이 말을 듣고 있던 미국청년이 말을 거든다.

콜럼버스로 시작, 영국 이주민이 세력범위를 넓혀 13개의 식민지를 만들었고 조지 워싱턴은 원주민 인디언을 몰아내고 신세계의 내부에 남북의 대립 1861년 남북 전쟁 북부의 승리, 제1차 세계 대전 때 얻은 땅을 뺏길까 독일에 선전포고하여 승전국이 되고 제2차 세계대전 이후 미국은 참전국 중에서 전화를 입지 않은 나라이며, 경제력은 비약적으로 확대되었기 때문에 전쟁 후에는 피폐한 여러 나라의 부흥과 후진국 원조 등에 적극적으로 관여 소련과 냉전 체제에서 급부상 베트남 전쟁에서 대패한 뒤, 1900~2000년대에는 이라크 아프가니스탄 등과 전쟁을 하고 2001년에는 이슬람 테러리스트에 의해 세계 무역센터가 테러를 당했다. 2008년 최초의 흑인 대통령 오바마가 당선되어 인종 차별 없는 나라라고 말하고는 플라이 간헐천, 그랜드가 명소라고 말한다.

미국의 심장부에 빈라덴과 알카에다를 주동자로 테러를 한 "피의 복수"를 다짐하고 4대의 비행기가 쌍둥이 빌딩을 테러한 것이 중동지역에 전쟁이 휘말리고 아프가니스탄에 이어 이라크까지 피로 얼룩진 비극의 사건을 떠 올린다.

칠레 파타고니아 대리석 동굴, 터키 파묵칼레 온천, 중국 계단식 논(허난성 위안양시) 우크라이나 사랑의 터널(클레반) 미국 그랜드 프리즈매틱 온천, 미국 맨텔로프 캐니언, 중국 루디 옌 동굴 등을 다시는 볼 수 없다는 게 아쉽다는 사람들에게 우주에 가면 또 다른 상상의 세계가 있다며 연화는 그들에게 이야기 해준다.

오대양 태평양의 바다물은 우주로 날아가고 인도양 바다물도 하늘로 사라지고, 대서양 바다물도 태양볕에 사라지고 남극해, 북극해의 얼음도 모두모두 사라진다. 46억 년 전 거대분자로 형성된 태양은 지름이 140만km를 핵융합으로 방출되는 온도가 6천도 ~ 1500만 도이지만 이런 태양도 25살을 먹으면 수명을 다하는 것이다. 태양의 한 살은 지구의 2억 년으로 50억 년 후에는 별로서의 일생을 마치고 죽을 때 백색 왜성으로 삶을 마감하며 폭발될 때 온몸을 우주 공간에 뿌리면서 장엄하게 생을 마치게 된다.

태양의 중력에 붙잡혀 있던 천체 태양계 바깥쪽 큰 행성 화성 옆을 인간을 태우고 가는데 돌들과 같은 소행성의 무리가 지나가고 화성이라는 별엔 구멍이 뚫어진 것이 보이고 사막과 같이 보이기도 하고 소행성들이 충돌되어 넓게 파이기도 하고 얼음이 얼은 것처럼 푸른 곳도 보이고 지구처럼 연기가 나는 곳이 보이고 바위와 땅이 갈라진 사이로 흙들이 모여 있기도 하고 모래가 물결처럼 밀려 주름되어 진 것도 보인다. 화성을 뒤로 하고 목성이 육안으로 보이는데 목성은 엷은 고리를 지니고 있는데 지구보다 훨씬 큰 남반부 반대방향으로 움직이고 있는 두 개의 대기 띠 사이에 대기는 반시계방향으로 순환하며 목성의 고리는 세 부분으로 가장 안쪽의 고리와 중간의 고리 가장 바깥쪽의 얇고 희미한 고리로 되어있고 이 고리들은 목성 지표면에서 22만km 먼 곳까지 분포하는 운석이 충돌할 때 발생하는 먼지로 채워져 있었다.

UFO가 토성을 지나치는데 수많은 고리로 이루어진 작은 것에서 큰 얼음으로 되어 있고 분화구가 많은 것이 보이자 연화는 무경에게 묻는다.

"저 별은 무슨 별인데 아름다운 고리가 달려 있습니까?"

무경은 연화를 바라보며 말한다.

"지구 전쟁을 하지 않고 사람을 죽이려 하지 않았더라면 오늘의 비극은 없었을 것이고 태양계가 수명이 다할 때까지 지구는 아름다운 별로 남아 있을 게 아닌가?"

연화는 무슨 생각을 하는지 말없이 바깥을 바라보고 있고 은영이가 가리키는 곳에는 천왕성이 지나가는데 천왕성은 토성처럼 고리가 없고 토성의 바깥쪽에 있는 푸른 별 행성이 지나가고 혜왕성은 얼음으로 되어 있고 바람의 속도가 2,100km/h이고 최저 온도가 -218도나 된다. 사람이 살 수 없는 곳으로 태양빛이 도달하는데 5시간 27분 걸리는 태양계 변두리에 위치해있는 명왕성은 가장 큰 위성으로 지름 1,208km로서 지금까지 태양계에서 발견된 해왕성 너머에 있는 그 어떤 천체보다도 크다. 시속 4만 9,600km 달리는 우주선이 명왕성에서 1만2,500km떨어진 곳을 통과하고 있다.

우주선에 탄 사람들은 자기 업보에 의해 다른 별로 가지만 우주선(UFO)에 타고 가면서 가족을 그리워하고 혼자 살아남았다는 것을 미안하게 여기기도 하고 민족이 다르고 종교가 다르고 혈색이 다른 사람들은 어깨를 두들기며 위로를 하지만 자식을 두고 온 부모는 주문을 외우고 노래를 부르며 하소연한다.

"우린 잘 살 수 있겠지요?"

누군가 질문을 한다.

"우리가 구원받을 수 있었던 것은 부처님의 은공입니다. 그분이 없었다면 구원받을 수 없었을테니 우리 모두 부처님을 찬양하여야 합니다!"

무경은 비행기 안에서 진정으로 기도를 하였다.

"중생을 이끌어 주시는 부처님! 저희들을 인도하여 주시고 우리들을 바른 길로 인도하여 주시고 원만하게 소원하는 일 모두 이루게 하여 주소서."

연화는 무경의 마음을 이해하는지 손을 잡더니 자기 손 위에 포개면서 말한다.

"억만 겁 사랑해야 합니다!"

무경은 연화의 손을 감싸며 말한다.

"이 세상에 누가 우리 사랑을 논할 수 있겠소?"

도솔스님과 은영은 무경의 소리를 듣고는 박수를 친다.

무경은 연화 옆에 은영이 서있는 것을 보고 어떤 연고로 같은 비행기에 탔는지 궁금하여 도솔스님을 바라본다.

　도솔스님은 무경이 은영을 쳐다보는 것을 이해하는 듯 은영의 손을 잡더니 연화의 어깨위에 은영이 손을 얹어 그동안의 과정을 바라보게 한다. 수자 영가를 아픈 아이에게 접신하여 죽어가는 아이의 뇌로 들어가 그 아이를 은영의 할머니가 데리고 수곡사로 온 날부터 절에서 도솔스님에게 가르침을 받다 스님이 은영이를 데리고 우주선을 태운 것이다.

　처녀 은영의 얼굴에서 다정함이 묻어나 무경은 조심스럽게 묻는다.

　"이름은?"

　"김 은영이라 합니다!"

　은영의 여성스러운 목소리에서 옳고 그름을 구별할 수 있는 지혜가 엿보였으며 미소를 잃지 않고 복스러워 누구에게나 사랑받을 수 있는 얼굴이 연화와 닮기도 하였고 어찌 보면 눈매는 무경을 닮은 듯 했다.

　연화는 은영의 머리를 쓰다듬으며 눈물을 흘린다.

　"혼자 온 건가?"

　"스님이 가자고 해서……."

　연화가 은영이에게 말한다.

　"우리 헤어지지 말고 같이 살자!"

　은영이 연화의 말을 받아 대답한다.

　"네! 아주머니!"

　산부인과 병원에서 지워버린 수자 영가가 지금의 은영이로 변신하여 나타난 것이다. 돈암동에서 연화가 울며 웃으며 화를 내던 그때 충격은 무경에게는 지울 수 없는 아픔이었다. 무경이 은영의 손을 잡고 신통술을 부릴 수 있는 기(氣)를 넣어 주자 은영은 기(氣)를 받고 무경을 존경스러운 표정으로 바라보며 말한다.

"저에게 기(氣)를 주어 기분이 좋아졌습니다!"

무경은 사랑스런 표정으로 말한다.

"우리는 이제 외계에서 살게 될테니 스스로 자기를 지킬 수 있도록 신통술을 부릴수 있는 기(氣)를 넣었으니까 자신감을 갖도록 하렴. 내 말 알아듣겠는가?"

은영은 머리를 숙이며 인사한다.

"고맙습니다!"

도솔스님은 세 사람의 다정한 모습을 바라보며 목탁을 친다.

무경은 도솔스님께 말한다.

"고맙습니다!"

도솔스님은 은영이가 연화의 혼(魂)을 닮았고 무경의 령(靈)을 닮아 연화의 성격을 닮았으면 좋겠고 무경의 의리를 닮았으면 좋겠다고 생각하여 말한다.

"은영아! 여기 계신 분에게 어머니라고 불러보렴."

도솔스님은 연화의 얼굴을 보지 않고 말한다.

은영의 얼굴이 붉어지더니 수줍게 머뭇거리다가 말한다.

"어~어~어~ 어머니!"

은영은 무경을 쳐다보고 강경한 어조로 말한다.

"전 엄마도 아빠도 없는데 아버지라 불러도 될까요?"

무경은 은영이의 당돌한 행동에 의아해하면서도 그렇게 하라고 허락한다.

"그래! 그렇게 부르렴."

은영은 입안에 맴도는 음성으로 "아버지!" 라고 말한다.

연화와 무경은 은영을 안고 눈물을 흘린다.

은영은 태어나서 처음으로 행복이라는 것을 느낀다.

하얀 수염 우주인은 이 광경을 보다가 은영이 옆으로 다가오더니 연화에게 묻는다.

"무슨 일이 있습니까? 왜 눈물을 흘립니까?"

무경은 우주선 안에서 소란을 피워 미안하다고 말한다.

"여기 서있는 아가씨를 내 딸을 삼아 기뻐서 눈물이 나오네요."

하얀 수염 우주인은 그런 일이 있었느냐며 놀란다.

"이런 날 선물 안합니까?"

하얀 수염 우주인의 말을 들은 무경은 은영이에게 선물할 것이 뭐가 있을까 걸려있는 호주머니를 뒤져보지만 마땅한 것이 없다. 이들을 바라보던 하얀 수염은 자기 목에 걸려있는 수정을 풀어 무경에게 주면서 말한다.

"이것을 이 아이에게 선물로 주시오."

수정을 받아든 무경은 연화에게 건네며 말한다.

"이것을 은영이 목에 걸어 주구려!"

연화가 은영이 목에 반짝거리고 화려한 수정을 걸어주자 은영은 무경과 연화, 하얀 수염에게 깍듯이 인사를 한다.

"고맙습니다!"

세 사람을 비롯하여 도솔스님도 좋아하고 우주선에 탄 사람들 모두다 손뼉을 치며 좋아한다.

"별들이 아름답지 않니?"

연화가 아련한 눈빛으로 묻자 은영이 대답한다.

"처음 보는 별이지만 아름다워요!"

그때 비행기가 갑자기 블랙홀로 빨려 들어간다.

깜깜한 어둠의 세상이 회오리바람 속으로 지나가는 듯 아무 소리도 들리지 않더니 순식간에 밝은 은하계로 나와 별빛 사이로 지나간다. 언뜻 멀리 보이는 것들이 다가 오는데 자세히 보니 우주에 떠다니는 소행성들이 지나가기도 하고 옆으로 스치기도 한다.

우주선(UFO)이 블랙홀로 들어가 얼만큼의 시간을 벌었을까?

서로 잡아당기는 힘으로 안쪽으로 초 광속으로 끌어들이고 공간 밖으로 초 광속으로 내뱉기 때문에 블랙홀에 빨려 들어가면 빛의 속도보다 빠르다.

글리제 행성

빠르게 날아온 우주선에 사람들은 흥분을 감추지 못하고 찾아 가는 별이 어떻게 생겼을까 궁금하여 서로 묻기도 한다.

은영이는 연화의 손을 흔들며 묻는다.

"우리의 별은 어떻게 생겼을까요?"

연화는 어떤 별로 가는 줄 모르기 때문에 무경의 얼굴을 살피며 대답을 해달라는 눈치를 주자 무경이 은영을 쳐다보며 설명한다.

"우리가 가는 별은 글리제란 행성인데 지구보다 1천 년 전에 태어난 행성으로 땅은 아늑하고 보물이 많고 기후도 온화하여 평화롭게 자유를 누리고 살 수 있는 곳이다."

은영은 보물이 많다는 말에 흥미를 느끼는지 눈을 반짝이며 묻는다.

"어떤 보물이 많은가요?"

무경은 본 대로 느낀 대로 설명한다.

"우주에서 제일 다이아몬드가 많이 나는 별이야!"

웃고 떠드는 사이 우주선은 지구보다 아름다운 글리제 별에 도착하였다.

평평하고 아늑한 대지 곳곳에 우주선들이 내려앉고 사람들은 비행기에서 내린다.

사람들은 죽지 않고 외계 행성까지 무사히 도착했다는 안도감에 서로를 부둥켜안고 감격하며 눈시울을 적신다.

글리제의 길바닥은 황금 자갈들이 반짝거리며 사방에 널려 있고 수정과 같이 생긴 바위들이 산을 이루고 은영이가 목에 걸고 있는 다이아몬드 보석처럼 빛나는 돌들이 큰 산을 이루고 산에는 황금, 마노, 파려, 자거(백옥 광채가 나고 수정석과 같은 유리와 남 보라색, 초록색, 녹색, 에메랄드 녹보석, 적색, 자주 층으로 이루어진 홍마노석, 투명한 녹 황금색, 비취옥의 청색, 수정보다 광택이 더 많이 나는 붉은 색과 청색)로 이루어져 있고 땅 곳곳에는 루비, 오팔, 비취, 에메랄드 돌들이 기묘하게 광채를 뿜어내고 있지만 아무도 보석을 탐내는 사람이 보이지 않는다.

작은 연못에는 연꽃 모양처럼 생긴 꽃들이 곳곳에 피어 있고 눈이 내리지 않은 땅에는 수정들과 투명한 돌들이 광활하게 깔려 있고 온종일 태양이 비추어 밝으며 항상 새가 지저귄다. 새가 우는 것을 낮으로 삼고 새가 울지 않으면 밤으로 삼는 극락세계 글리제 별의 기후는 온화하고 늘 봄과 같이 상쾌하여 백 천 종류의 향이 나고 광채가 휘황하고 누각 그 주위 난간에 형언할 수 없는 바람이 불고 미묘한 음이 꽃에서 나오고 냇가엔 맑고 푸른 물들이 흐르는 게 음악소리처럼 들리고 연못의 꽃들은 사람이 기르지 않아도 저절로 자라고 수명이 무수겁(헤아릴 수 없는 시간)이다.

음식을 먹은 뒤에 남는 찌꺼기가 빛을 보면 녹아 없어지고 냄새는 식사를 마친 뒤에 자연히 사라진다.

의복은 바느질하거나 물들이거나 다듬는 일이 없고 사람들이 생각하는 도덕적이지 않은 것이 없고 서로 사랑을 베풀뿐 미워하고 시기하는 일이 없고 제각각 질서를 지켜 예의바르고 화목하고 진실하고 서로 가르쳐 주면 기쁘게 받고 신기가 고르고 몸이 가벼워 낙만 있고 고통이 없다.

비행기에서 내린 사람들이 고맙다고 서로를 위로하는 사이 수백 대의 우주선은 지구를 왔다갔다하며 사람들을 내려놓는다.

글리제 별에 내린 9천9백9십 명의 사람들은 동서남북 구역대로 흩어져 우주인들이 사는 집으로 들어가기도 하고 산 동굴로 들어가는 사람도 있고 평지에 일반 집으로 들어가기도 하고 학교처럼 넓은 공간으로 들어가기도 하고 지하실과 비슷한 곳에서 자리를 잡는 사람도 있다. 하얀 수염은 무경을 유리로 지은 돔처럼 생긴 집으로 안내하는데 거기엔 사람이 살지 않아 무경과 연화, 도솔 스님, 은영이 모두 4사람이 한조를 이루어 살게 된다.

자리를 잡은 사람들이 다시 광장으로 모여 1천명을 10번으로 나뉘어 환영하는 식이 거행되었다.

석가모니 부처님은 앞으로 나서며 운집한 사람들을 향해 정중히 미소지으신다.

사람들이 박수로 환영을 표하자 석가모니는 말씀하신다.

"멀고먼 글리제 별로 오신 것을 환영합니다! 우리는 죽음의 땅 지구를 탈출하는데 성공하였습니다. 여긴 행복이 가득한 곳이므로 진실로 사랑하고 아껴 행복하게 살아야 합니다! 우리는 우주에 첫발을 들여 살게 되는 인간으로 우주인들과 서로 도와 가며 살아야 합니다. 부디 부디 지나간 잘못을 뒤돌아보지 않는 사람으로 자존심을 지키며 살아야 합니다. 우리는 우주에서 가장 위대한 만물의 연장인 사람으로 누구도 따를 수 없는 지혜를 가졌습니다. 우수한 인간으로 우주의 핵으로 발전하여 살 수 있도록 기도합시다."

석가모니의 연설이 끝나자 박수와 환호성이 우주가 울리도록 퍼져나갔다.

무경과 연화, 도솔스님, 은영을 비롯하여 많은 사람들은 불타고 폭발하고 먼지로 변하는 지구에서 죽지 않고 먼 행성에 이틀 만에 도착하였다는 생각에 눈시울이 뜨거워 진다. 우주인 하얀 수염이 인간을 외계 행성으로 옮기는데 성공을 하자 무경은 연화에게 말한다.

"이제 사람들이 살 수 있는 새로운 신세계인 글리제 별에 온 것을 환영합니다! 이곳은 무지갯빛이 비치는 곳으로 보석이 널려 있어도 어느 누구나 탐내지 않으니 인간이란 자존심으로 살아갑시다!"

연화가 은영을 포옹하자 무경도 은영을 포옹하고 은영은 스님을 포옹하고 스님은 무경을 포옹한다.

하얀 수염이 지시를 내리자 글리제 우주인 1억명의 지구인들을 열 등분 1천명씩 나누어 각자 자기가 소질 있는 부서를 찾아 동부, 서부, 남부, 북부로 흩어져 일할 곳으로 이동시킨다.

동부, 서부, 남부, 북부로 전력이 나누어지고, 철도로 도로공사로 나누어지고, 어촌 어류 관리, 가스공사, 근로 복지, 철도 안전원, 병원진료지도자, 학교 교육을 담당할 사람들을 뽑아가고 각기 취향에 맞추어 항공우주국, 원자난방 관리, 주택 건설 관리, 환경 보호 관리, 시설 관리, 광물 개발, 인력 개발, 상공인 개발, 환경보호국, 체육공사로 데려가고, 광물수출입 공단에 일할 사람을 데리고 가고, 축산물 품질향상 공사에 가고, 에너지 관리원으로 데리고 가고, 그 외 농업, 공업, 국방, 학교, 시설물 관리공단으로 데리고 가고, 우편물 배송장에 데리고 가고, 교육 지도자 평가원에도 데리고 가고, 공무원, 법무원, 원자력기초 과학 연구원으로 데리고 가고, 가축 위생 방역장으로 데리고 가고, 병원시술 자격원으로 데리고 가고, 그 외 여러 첨단시설이 즐비한 음식 만드는 공장으로 데리고 가 그 많던 사람들의 모습이 보이지 않는다.

지구인들은 공무원이나 법무부 같은 데를 선호하겠지만 우주에서는 일반직을 선호하였고 어류 보존 담당자는 기술자로 가는 것을 좋아 하였다.

무경은 질병에 걸린 우주인들에게 선심을 베풀어 호감을 얻었기에 우주인 치료에 관심이 많은 연화를 쳐다보며 말한다.

"지난번 글리제 별에 왔을 적에 하얀 수염 두목의 아버지가 침상에서 일어나지 못하는 것을 치유되게 도와주었더니 인간을 글리제 행성에서 살 수 있도록 허락받았던 것이오."

연화는 궁금하여 묻는다.

"이렇게 넓은 땅에 우주인이 안 보이는 게 궁금해요!"

"첨단 시설 3D 프린트로 만들기에 우주인이 필요치 않았던 모양입니다."

"왜 지구인에게 일을 시키는지 그게 의심스러워요!"

연화는 궁금하여 질문을 계속한다.

"지금의 우주인 수는 얼마인가요?"

무경은 그 질문에 난감해 하다가 하얀 수염을 불러 묻는다.

"여기 글리제 별에 우주인은 얼마나 살고 있습니까?"

하얀 수염은 손가락을 꼼지락거리더니 웃으며 말한다.

"이 행성에 살고 있는 우주인 숫자는 1억 2천정도이지요?"

무경은 지구의 인간의 숫자를 연상해 보면서 설명한다.

"약 100억 명인 지구의 인구에 비하면 10분의 1도 안 되는 인구로 글리제 행성 전역을 커버하는 것은 무리라는 생각이 드는군요."

도솔스님은 다른 의견을 말하였다.

"이곳에 질병이 창궐하여 우주인들이 많이 죽었습니다."

"우주에는 어떤 질병이 있는지요?"

은영은 그게 궁금하여 무경에게 묻는다.

"우주에는 바람(風) 물(水) 땅(地) 불(火)이 있어 언제든지 박테리아가 날아와 세균을 퍼트려 병들게 할 수도 있지."

"우주의 박테리아는 어디서 날아오나요?"

은영은 자기가 아팠던 기억이 있어 여러 생각들을 모아 이야기한다.

"인간의 수명이 구약성경에 보면 800살 넘게 살았다는데 지구가 오존이 파괴되고 태양의 열을 막아 주는 자기장이 파괴되어 결핵성 박테리아가 창궐해서 죽고 뇌염, 식중독, 홍역으로 죽고 소아마비백신을 비롯하여 폐렴구균 백신, 자궁경부암 백신을 개발하여 인간의 수명은 늘었으나 여전히 온갖 질병들이 인간들을 괴롭히자 선조들은 단오 날에 쑥과 앵두, 매실 약초가 든 음식으로 여름 질병을 예방하고 항균력을 높여 질병에 대항하였단다."

쑥에는 무기질과 항산화활성이 높은 베타카로틴이 많이 함유되어 있다. 베타카로틴은 체내에서 비타민A로 전환되는데 비타민A가 부족하면 감염성 질환에 쉽게 걸리는 것으로 쑥에는 세균을 막고 염증을 억제하는 성분이 있다.

"옛날에는 어떤 병들이 있었나요?"

연화가 은영이의 질문을 듣고 참견을 한다.

"요즘 에이즈에 걸리면 죽어야 하듯 옛날엔 결핵에 걸리면 살지 못했어요!"

무경은 좀 더 많은 병들을 열거한다.

마마 외에도 홍역, 콜레라, 이질, 독감, 말라리아, 문둥병 등이 있고 결핵 비브리오 패혈증, 쯔쯔가무시증, 신종후군 출혈열, 뇌염, 장출혈성 대장균 감염증, A형 간염, B형 간염, 메르스 같은 에이즈 에볼라, 신종 바이러스 병원균들이 서로 섞여 점점 슈퍼바이러스가 되어 인간이나 우주인이 손을 쓸 수 없을 지경이 되었다. 하얀 수염 우주인은 인간의 독특한 시술로 두목을 살리는 것을 보게 되어 인간에게서 병 치료의 지도자를 양성하여 우주인을 살리고 더 나아가 인간에게서 근면성을 배워 글리제 행성이 발전하도록, 그런 생각으로 인간들을 직장으로 안내하여 근무케 하였고 무경 일행에게서 의술까지 전수받을 준비를 했다. 글리제 행성 우주인들은 지구인을 충분히 이용한 다음 그들을 없앨 궁리를 하였던 것인데 무경은 전혀 눈치를 채지 못했다.

하얀 수염 우주인은 무경에게 아픈 친척이 여럿 있는데 그들을 치료해 달라고 한다.

"우리 어머니와 삼촌을 치료해 주지 않겠소?"

은영은 무경아저씨에게 그럴 능력이 있을지 걱정되어 쳐다본다.

옆에 서 있던 도솔스님이 은영이에게 말한다.

"무경 거사께서 우주인의 병 정도는 문제 없이 치료할 거야!"

연화도 고개를 끄덕이며 그럴 능력이 있는 분이라고 인정을 하자 하얀 수염 우주인은 무경에게 따라오라고 안내를 한다.

우주인을 따라서 큰 UFO 비행기 안으로 들어가자 비행기 안에는 친척들이 누워서 무경을 반긴다.

"저의 어머니와 삼촌입니다!"

소개를 하자 어머니와 삼촌은 무경의 손을 잡고 인사를 한다.

무경은 두 사람의 병을 관찰하여 본다. 어머니라는 분은 자궁근종으로 허리가 아프고 삼촌이란 우주인은 신장에 혹이 생겨 오줌을 누지 못한다. 옆에서 이를 지켜보는 사람은 연화와 스님과 은영이 있고 하얀 수염 우주인과 그의 부하 세 명중 한명인 보건장관이 참관을 한다.

무경은 어머니 우주인을 눕히고 아랫배를 만져 진단한다. 자궁근종이라 관원혈 자리를 누르자 딱딱한 세포들이 손으로 만져진다.

무경이 중지의 손끝으로 기(氣)를 넣자 뜨거운 열이 자궁 속으로 전달된다. 우주인 어머니는 시원하다며 하품을 한다. 10초 동안 5번의 기(氣)를 넣어 주자 어머니의 자궁에서 피가 흘러 나온다.

하얀 수염 우주인은 눈이 동그래져 '왜 피를 흘리느냐'고 묻는다. 무경은 전혀 당황하지 않고 대답한다.

"자궁 근종이 녹아 흘러나오는 것이니 놀라지 마십시오."

하얀 수염 우주인은 어머니의 안색을 찬찬히 살펴본다. 조금 전까지의 아픈 표정은 간곳없이 편안해 보여 안심을 한다.

무경은 다시 우주인 삼촌을 진단해 본다. 신장이 나빠 소변을 보지 못하는 것이 여간 심각한 것이 아니다.

무경은 사람과 닮은 우주인에게도 모든 것은 뇌를 통해 신경 조직이 이루어진다는 것을 알고 있기에 뇌를 안정시키고 머리에서 간과 심장을 안정시키고 위장 대장 소장으로 내려와 방광으로 내려온 다음 불 두둑 아래 항문을 열고 족삼리(足三里) 삼음교(三陰交)혈을 짚어 주고 태충(太衝)혈로 기(氣)가 빠져 나가게 하고는 엎드리게 하여 항문과 음부 사이에 있는 장강혈을 눌러 기(氣)를 넣어주었다. 몸 안에 뜨거운 기운이 돌자 배안에 가득 고인 물을 아래로 쏟아낸다. 연화는 옆에서 지켜보다 그릇을 가져와 밑에 받치자 소변이 가득하게 찬다. 은영이 그릇을 받아 화장실에 버리고 무경의 옆으로 다가서자 무경이 여러 사람들에게 설명한다.

"사람이나 짐승이나 그의 몸에는 12경맥이 흐르는 임맥과 독맥 혈 자리가 있는데 보통 360개라는 것을 기억하도록 합시다!"

은영은 "혈 자리란 어떤 역할을 합니까?"하고 묻는다.

옆에서 구경하던 우주인들도 은영의 질문과 똑같이 궁금했는지 필기도구를 꺼내어 적기도 한다.

"누구에게나 피가 통하는 곳에는 오장(五臟)이 있고 그에 육부(六腑)가 있습니다. 오장(五臟)이란 간장(肝臟), 폐장(肺臟), 심장(心臟), 비장(脾臟=지라), 신장(腎臟=콩팥)을 말하고 육부(六腑)란 대장(大腸=큰창자), 소장(小腸=작은창자), 담(膽=쓸개), 위(胃=밥통), 방광(膀胱=

오줌통), 삼초(三焦=호흡기관, 소화기관, 비뇨생식기관)를 말합니다."

우주인 하얀 수염 부하가 "12경락은 어떤 것입니까?" 하고 묻는다.

"12경락이란 아주 복잡하므로 메모하도록 하세요."

무경은 잠시 뜸을 들이다가 설명한다. 그리고 덧붙여 하얀 수염에게 말한다.

"빈 사무실이 있으면 여러 개 주실 수 있습니까?"

"어디에 쓰려는 것이오?"

"기도하는 방이 필요하고 우주인들을 살리는 의술 공부를 할 수 있는 방이 필요합니다!"

"누가 책임자가 됩니까?"

"불법을 기도하는 것은 도솔스님이 맡으시면 그 뒷바라지는 연화와 은영이가 맡을 것입니다."

"우주인 살리는 비법은 누가 가르칩니까?"

"그것은 제가 글리제 우주인 전체에게 베풀 것입니다!"

하얀 수염 두목은 우주인이 질병으로 많이 죽는 것을 염려하여 무경에게 관심을 가지고 특별히 신경을 쓴다.

지구에서도 박테리아와 세균들이 공기로 오염되어 인명 피해가 컸고 글리제 별이라고 전염병이 돌지 않는다는 보장은 없는 것이라 그에 대한 대비책을 세우지 않으면 멸종될 수 있어 우주인 두목과 무경은 신경을 써 대책반을 내세워 위생을 철저히 하고 방역에 필요한 물자를 연구하는 데 몰두한다. 그들을 지도할 수 있는 기구를 세우고 산하에 위생 반을 편성하였다. 우주인들은 하얀 수염이 책임자를 맡도록 하고 지구인들은 무경이 질병

관리 본부의 책임을 맡아 일을 추진한다.

무경은 지구에 있을 때 의료직에 종사했던 사람들을 호명하여 글리제 별 전국에 배치시키고 나서야 안심을 한다.

지구인들은 약품들을 미처 구비하지 못한 채 피난나오게 되어 몇 안 되는 소지하고 있던 약품들을 하얀 수염에게 보이고 약을 생산할 수 있느냐고 물었다. 그러자 하얀 수염이 약을 받아들고 기계 속으로 넣자 스캔 복사되어 대량으로 제조되어 나온다.

첨단 장비를 가지고 있지만 실제로 우주인을 구원하는 능력은 부족하여 인간들의 힘을 빌리려는 것이다.

무경은 지구에서 탈출만 하면 모든 것이 마무리될 줄 알았는데 외계에 도착하고 보니 할 일이 태산처럼 많았다. 기공 수련으로 될 수 있는 것도 있지만 될 수 없는 것도 너무 많다.

무경은 천용팔부 신들은 무엇을 하고 있는지 안부가 궁금하고 그들에게서 지혜를 빌리기로 하고 그들을 부른다.

아수라 가루라와 천야차와 긴나라 마후가라는 건달바를 태우고 천용과 함께 무경에게로 나타난다.

무경은 천용에게 말한다.

"신이시여! 우주인들을 구원하여 주소서!"

"어떻게 구원해 달라는 것이요?"

"지구에서 사람들이 세균으로 인해 집단 죽음을 당하는 것을 보았는데 여기도 그러한 일이 일어날 수 있는지 조사해 주십시오!"

"못미더워 그러는가?"

가루라의 몸에 무경, 연화, 은영을 태우고 용(龍)의 몸에는 도솔스님과 화공약품을 담당하는 지구인 희용과 동국씨가 올라앉아 글리제 별을 돌아본다.

높게 솟은 빌딩들 사이로 전차가 달리고 지하에도 번개처럼 빠른 전동차들이 줄지어 가고 하늘엔 소형 헬리콥터들이 수없이 날아다니며 건물과 건물 꼭대기에 내려앉고 바다에선 크고 작은 배들이 들락거린다. 우주인들이 가만히 서있는 데도 수평승강기가 바다로 육지로 움직이고 사람들은 집에서 컴퓨터로 사고싶은 물건들을 클릭하면 곧바로 포장하여 배송된다. 농촌지역으로 눈을 돌리니 눈을 의심할 정도로 과학적 영농 방법에 놀라지 않을 수 없다.

그들이 먹는 주식은 고작 달걀이다. 벼와 보리와 과일(유자)을 섞어 만든 사료를 닭에게 먹이면 닭이 알을 낳게 되는데 우주인들은 하루 한 끼를 달걀 하나로 해결한다. 그 영양소는 각종 고단백 수분, 섬유소, 비타민이 들어 있고 성장에 필요한 아미노산, 칼슘, 철분, 무기질과 종합비타민이 함유되어 지구인의 먹는 한끼 식사와 같은 영양소이다.

달걀은 농장에서 가정집의 식단까지 연결된 저장소로 배달되고 집에선 도착된 계란을 씻어 먹으면 하루 식사가 된다. 우주인들은 식사가 끝나면 첨단 기계 앞에서 각종 생활에 필요한 장비를 제작하고 상부에서는 컴퓨터를 통해 필요한 것들을 하달하면 직장이나 집에서 하달된 주문을 컴퓨터에 입력시키면 공장이나 농장서 나는 물건을 제작하고 바다에서 잡은 고기는 우주인들이 먹을 수 있도록 계란처럼 가공하는 것이다.

우주인들은 먹을 것 입을 것 자기가 필요한 것 외에는 욕심 내지 않는 것이 그들의 법칙이다. 서로 사랑하고 존경하여 의리를 지킨다.

그러나 1m 50cm의 키에 철분에 노출되어 호르몬이 과다분비되어 탈모가 되고 신(腎)이 약하고 혈액 부족으로 우주인들이 낙지 머리가 된 것이다. 신장이 약하면 소변이 잘 나오지 않아 몸속에 수분이 과해지면서 몸이 붓거나 땀을 흘리면 신장기능이 저하되어 뼈가 약해져 허리 통증 무릎 통증이 나타나 귀 울림, 현기증이 된다.

무경은 지구에 있을 때 서울 화곡동의 동성한의원 김용기 원장 선생님의 한약을 먹고 그 효력이 대단했던 기억이 있어 처방을 남기기로 한다.

신장이 약한 경우, 오미자 4g 육계 4g 우슬 4g 토사자 4g 백작약 4g 청궁 4g 차전자 4g 복분자 4g 구기자 4g 당귀 4g 감초 4g 백복령 4g 만삼 4g 백출 8g 생강 3쪽 대추 2개 넣고 물 두 사발을 부은 다음 3시간 조린 후 한 컵씩 아침, 저녁 복용한다.

그리고 식품으로는 검은콩 서목태(鼠目太)는 양질의 단백질로 칼륨, 칼슘, 철분 등의 미네랄 류, 비타민 B군, 식물섬유 등이 풍부하고 세포의 노화를 막고 수정 능력을 높여주는 비타민 E가 풍부하며 정자나 난자 생성에 중요한 역할을 하기에 생식하는 것이 좋다.

대다수의 우주인들이 허리가 아프고 무릎이 아파 무더기로 고생하는 것을 본 무경은 하얀 수염 두목에게 고생하는 이들을 치유해 줄 수 있을 것이라고 말했다. 하얀 수염 우주인은 기쁜 표정을 지으며 무경의 손을 잡고 친절하게 말한다.

"그렇게 해 주실 수 있다면 제가 부하들을 부르도록 하겠습니다!"

하얀 수염은 자기들 우주인들이 대머리인 것이 못마땅하였고 자주 아프다고 하는 것을 고쳐주지 못해 안타까워했는데 무경이 그것을 치료해 줄수 있다고 말하자 말할 수 없는 기쁨으로 칭찬한다.

"우주인들의 고통을 면하게 해주신다면 내 업어드리리다!"

무경은 여러 신들에게 에너지를 달라고 하여 기를 받고 우주인들이 모여 있는 장소로 들어섰다. 넓은 대합실에 질서 정연하게 모두다 조용히 앉아 순서를 기다리고 있는 것이 인상적이다.

지구의 사람들은 제일 먼저 줄을 서야 하고 일등을 하여야 된다는 강박 관념에 사로잡혀 뒤지는 것을 싫어하는 성질들을 가졌는데 우주인들은 그렇지 않는 것이 인상적이다.

우주인 하얀 수염

글리제 별엔 언제부턴가 다른 행성에서 침입자가 나타나 글리제 우주인들을 죽여 우주인의 숫자가 적은 것이었다. 그들을 지구인과 교류해 자기 편을 만든 다음 서로 협력해서 적을 물리치려는 속셈을 숨기고 무경에게 글리제 행성에서 지구인과 우주인이 함께 살도록 허락하였던 것이다.

하얀 수염 우주인은 시술이 끝나고 조용한 방에 무경과 독대하여 그의 의중을 떠본다.

"우리를 도와주지 않겠소?"

하얀 수염 우주인이 뜬금없이 도와 달라는 말을 하자 무경은 큰 사고라도 났는가 궁금하여 묻는다.

"대체 무슨 일로 그러시오?"

하얀 수염 우주인은 때가 되면 얘기하려고 숨겨두었던 속마음을 이제는 말할 때가 되었다고 생각하여 무경을 불러 의논하는 것이다.

"글리제 구성단에서 우주로 쏘아 올린 메시아 우주선에서 전송되어온 화면을 보면서 이야기합시다."

하얀 수염은 두 사람이 탈 수 있는 자기장 전동차(사람이 앉는 의자 밑에 자기장 프로펠러가 달려 있는 자가용)을 타고 우주 센터로 안내한다. 거리에는 많은 사람들이 혼자 앉아서 가기도 하고 여럿이 가기도 하고 길거리에서 옥상으로 바로 올라가고 지하실로 내려 가는 자기장의 자동차가 여럿이 타고 있어도 혼잡스럽지도 않고 안정성이 있어 보인다.

우주선에는 엄청난 시설로 채워져 있었는데 모든 화면에 비치는 우주선에서 보내온 메시지 화면이 실물을 보는 것 같이 선명하다.

하얀 수염 우주인은 무경에게 의자를 권하여 무경이 의자에 앉자 우주선 담당자가 나서며 무경에게 인사하고 설명한다.

거대한 화면에서 인공위성이 움직이는 장면이 보이고 건물들이 부식되어 녹아내리고 허물어지는가 하면 얼음에 싸여 있는 그림들이 보여 무경은 질문한다.

"저기 보이는 건물은 어찌된 것입니까?"

담당자는 하얀 수염 우주인을 쳐다보면서 이야기해도 되느냐 묻는 눈치를 주자 하얀 수염 우주인은 상관없이 설명하라고 고개를 끄덕인다.

"800년 전 글리제 행성위로 헬로 혜성이 지나가면서 자기장이 노출되어 광합성이 파괴되고 다세포 생물들이 죽어 감마 선의 방출로 글리제 별이 폭발 직전까지 간 적이 있었습니다. 이 같은 일은 또다시 반복될 것이므로 우리는 생명을 보장받지 못할 입장입니다."

방사선은 불안정한 핵종이 변환될 때 방출 입자나 전자파의 형태를 갖고 있는 에너지의 집합체로 직접 또는 간접으로 전리시킬 때 흐르는 에너지. 알파(α)선, 베타(β)선, 감마(γ)선, X선, 중성자선 등이 대표적인 방사선이며 물질을 투과할 때 내보내는 능력을 방사능이라한다. 초음파, 동위원소(알파, 베타, 감마선) 우주선(線) 방송 통신에 이용되는 전자파, 적외선, 가시광선 등이 포함됨.

무경은 담당자의 말을 듣고 아연실색한다. 지구육대주가 핵폭발로 인류가 멸족되기 전 글리제 별을 찾아 하얀 수염 우주인에게 인간이 이민와 살 수 있도록 허락 받아 이제는 안심하고 잘 살거라고 생각하였는데 글리제 별에 이런 사연이 있다니 정말 기가 막힐 노릇이다.

헬로 혜성이 800년마다 글리제 행성을 괴롭히려 들 것을 감안하여 하얀 수염 우주인은 자기 힘으로는 부족하므로 지구인들을 불러들여 어떻게든 위기를 모면하려는 속셈이었던 것이다. 물론, 글리제 별을 구하려는 노력을 하는 동안에는 지구인들에게 해를 끼치지 않을 것이어서 그동안 온갖 방법들을 강구해봐야 한다.

지구에서나 글리제 별에서나 가만히 있으면 죽음뿐이라는 사실을 알고는 흥분된 마음을 가라 앉히고 질문을 한다.

"하얀 수염! 당신은 언제부터 이일을 진행시킨 것이요?"

하얀 수염 우주인은 무경의 질문을 받고 당황해 하는 눈치를 보이더니 담당자와 이야기 하라고 둘러댄다. 담당자는 서슴지 않고 말한다.

"800년 마다 나타나는 헬로 혜성이 글리제 행성을 스쳐 지나가기만 하면 다행인데 충돌하게 되면 글리제 행성은 멸망이 되어 우주에서 형체도 없이 사라지기 때문에 만일의 사태에 대배해 온 것입니다."

무경으로서는 알지 못하는 입장이라 여러 질문을 하지 않을 수 없다.

"혜성이 언제 오나요?"

하얀 수염 우주인은 무경의 단호한 감정에 기가 눌렸는지 우주 센터 담당자에게 모든 것을 설명해 주라고 눈치를 주면서 말한다.

"정확한 데이터를 보여주지 그래!"

우주선 담당자가 총괄시스템 TV화면을 보여준다. 헬로 혜성의 모습이 보이고 헬로 혜성이 지나간 자리에는 핵폭탄을 맞은 것처럼 아수라장 이 된 건물들과 거리에는 짐승들과 초목들까지 모두 죽은 광경이 보인다.

무경이 눈살을 찌푸리자 하얀 수염 우주인은 말한다.

"800년 전의 사건들이라 까마득하게 잊고 있었습니다!"

보기만 해도 끔찍한 헬로 혜성으로 인한 피해장면을 본 무경은 감당할 자신이 없어 머뭇거리다가 부처님을 떠올리며 기도를 올린다. 무경의 뇌리에 용과 가루라와 천야차 여러 신들이 떠오르고 그들과 의논하면 좋은 소식이 있을 것이라는 희망이 보여 무경은 눈을 뜨고 우주선 담당자를 바라보며 질문을 한다.

"헬로 혜성은 어떤 물질로 이루어졌습니까?"

대부분의 혜성은 얼음상태로 대기권을 통과하고 글리제 육지를 다 덮어버릴 정도의 물을 갖고 있으며 그 크기로 충돌한다면 글리제 별은 멸망될 게 뻔하므로 무경은 다시 묻는다.

"800년마다 돌고 있는 것입니까?"

무경의 질문에 우주선 담당자는 말을 못한다. 우주에서 일어나는 일이라 그 답을 가르쳐 줄 사람이 없었고 알려고 하여도 그 답을 풀이해줄 능력가가 나타나지 않아 답을 알지 못하는 것이 안타까워 무경은 담당자에게 질문을 한다.

혜성은 수십 km 정도의 크기로 일산화탄소, 이산화탄소, 메탄, 암모니아 등으로 혜성의 핵은 태양계에 존재하는 천체들 중에 가장 검다. 최근 혜성 탐사선의 조사에 의하면 혜성의 핵은 알베도(albedo, 태양빛을 반사하는 정도)가 2~4%에 불과한데, 이는 복잡한 유기물이 표면을 덮고 있어 태양열에 의해 표면이 가열되면 휘발성 물질이 증발하여 타르처럼 검게 되는 것이다. 표면은 열을 잘 흡수하여 내부의 기체가 방출되어 혜성이 태양 가까이 다가가면 핵에서 분출된 물질로부터 코마와 꼬리가 만들어지고 태양으로부터 멀리 떨어져 있을 때는 핵이 완전히 얼어붙어 암석질 소행성처럼 보이나 태양에 접근하면 태양으로부터의 복사 압력과 태양풍에 의해 이온꼬리는 휘발성 물질로 만들어져 증발하고 대부분 궤도를 도는 한쪽 끝은 태양 가까이 있고 반대쪽은 멀리 수천~수만 주기를 갖고 접근했다가 사라진다. 혜성은 글리제 별이 형성되기 전부터 존재해 왔으며 혜성이 가져다 준 물이 바다를 만들었고 생명의 씨앗과 물질을 공급하였으며 혜성 충돌 때문에 공룡이 멸종될 정도로 혜성은 재앙을 준 파괴자라고 생각하는 담당자는 설명한다.

"헬로 혜성은 정확히 1개월 뒤 우리 행성으로 다가 올 것입니다!"

"어떤 대책을 세웠습니까?"

"자기장 노출로 광합성이 불가능하게 되어 다세포 생물은 멸족되며 감마 방사선으로 글리제는 초신성으로 폭발직전에 놓이게 되며 헬로 혜성이 지나치면 오존층 보호막이 뚫리면서 운석을 타고 들어온 외계인의 바이러스가 번지면서 엄청난 재앙의 우려가 있을 것입니다."

담당자의 말을 들은 무경은 혜성이 지나가지 못하게 우주 공간에서 헬로 혜성을 막을 방법을 찾기 위하여 고심에 빠진다.

무경은 하얀 수염 우주인에게 묻는다.

"이대로 헬로 혜성에게 당하고 마는 것입니까?"

하얀 수염 우주인은 머리를 긁적이더니 말한다.

"지구인 당신들의 지혜로 그들을 물리치는 방법을 찾고자합니다!"

무경은 글리제 별에도 엄청난 재앙이 닥쳐 어려운 고비가 있는 줄 몰랐다. 지구에서도 7번의 재앙을 견디는 동안 어려운 일들이 있었지 않았던가? 우주 과학자들이 풀 수 없는 재앙을 지구인들이 풀어야 한다니 기가 찰 노릇이다.

천체에는 생명이 살 수 있는 별이 있고 사람이 살지 못하는 별이 있다. 지구인들은 분명히 자연을 해쳤다. 오존을 파괴시킨 그 응보로 자연은 우주의 모든 생명체들에게 재해를 입혀 재앙으로 몰아가는가? 이 난감한 현실을 어떻게 뚫을 것인가? 자연 재해를 초탈할 능력가가 신이란 말인가?

무경은 어려운 일이 있을 때마다 신에게 지혜를 빌려 문제를 풀었던 경험으로 정신통일을 시도한다. 무경의 머릿속은 번개가 치듯 지혜들이 두피를 뚫고 나올 듯이 많은 생각들을 정리하여 헬로 혜성을 없앨 방도를 세운다.

하얀 수염 우주인이 헬로 혜성을 물리쳐 달라고 무경을 부른 것이 아닌가? 그가 글리제 별의 책임자로 나서서 대책을 세워 브리핑해야 하기에 무경은 당장 우주센터에 글리제 대표자들을 모아 달라고 하였다.

"하얀 수염! 글리제의 책임자들을 모아 주세요!"

하얀 수염은 무경의 건의를 받아들여 심사숙고 하다가 묻는다.

"몇 명으로 구성하면 될까요?"

"10명 이하로 하십시오!"

헬로 혜성을 우주 공간에서 몰아내면 인간이 살 수 있도록 허락받기 위하여 노력할 것이고 혜성으로부터 피해를 입어도 전멸되는 것보다 나은 묘책을 강구하지 않으면 안 되는 위기라고 생각한 무경은 여러 신들을 불러 의논하기로 하였다.

괴멸 대책

글리제 행성 대표자 10명이 모였고 지구인 대표자로 미국 지질학자, 소련 우주 개발자, 영국 우주 개발자, 한국우주탐사 과학자인 수연 박사와 성현 박사를 부르고 그리고 천용과 새의 왕 가루라와 아수라를 참가시켰고 무경과 도솔스님 연화 이렇게 회의장엔 20명이 모였다.

회의장에 엄숙함이 감돌자 실내 공기를 바꾸기 위하여 음악으로 흥을 돋우자 마호라가는 노래를 불렀고 긴나라는 춤을 추었고 건달파는 하프를 연주하자 봄 바람소리처럼 은은하고 감미롭다.

회의장 중앙에 선 무경은 여러 대표자들에게 인사를 하고 회의를 진행하겠으니 진정으로 발언해 주기를 바란다고 대중들에게 말한다.

"여기 모이신 분들은 우리의 생명을 지키실 중대한 책임을 진 분들이시니 좋은 의견들을 말씀해 주시기 바랍니다. 오늘 회의 주제는 생명지킴이며 우주선 책임자가 앞에 나와 회의 개요를 설명해 주실 것입니다."

글리제 우주선 책임자가 앞으로 나서며 TV 리모컨을 누르자 대형 화면엔 헬로 혜성의 장엄한 모습이 보이고 그가 지나간 자리엔 재앙으로 변해 빙하가 되고 동식물들이 쓰러져 괴멸되는 모습들이 너무 처참해 보인다. 혜성의 힘에 끌려 땅이 갈라지고 운석을 타고 오는 우주 박테리아들이 800년 전에도 있었고 글리제 행성에도 빙하가 되는 그림을 보여주자 실내 회의장에 모인 대표자들은 모두들 혜성으로 피해를 입지 말아야 된다고 생각한다.

"이번 헬로 혜성이 우리별에 충돌하면 9번째 오는 것이 되며 글리제 행성의 동물들은 전멸될 것을 미리 방지하기 위해 여러분들과 의논하는 것입니다!"

글리제 행성의 최낙석 박사가 일어나 질문을 한다.

"재앙이 올것을 알았다면 방비를 했을 것 아닙니까?"

우주선 책임자는 설명한다.

"미리 알았다 하더라도 뾰족한 해답을 찾을 수 없었기에 여러분들의 지혜를 얻고자 여기 모이게 한 것입니다!"

회의장은 벌집 쑤셔 놓은 것처럼 소란스럽다.

회의장 뒤에 앉아 있던 천야차가 일어나며 말한다.

"무경씨가 지휘자가 된다면 이를 막을 방도를 세울 것입니다!"

소란스럽던 실내 분위기가 일순간에 조용해졌다. 이때 우주선 관계자인 가산이 일어나며 말한다.

"그의 능력을 알고 있습니다. 무경씨가 어떤 생각을 했는지 설명을 들어 봅시다!"

회의장의 모든 방청객들은 일제히 박수를 치며 의견을 모아 무경의 대답을 기다린다.

무경은 머리를 조아리며 인사를 하고 중앙으로 나서며 말한다.

"우리는 목숨을 걸고 글리제 별에 오게 되었습니다. 뒤에 앉아 계시는 신님들이 지구인들을 도와 여기까지 올 수 있었고 여기 와서도 우리를 이 나라에 살 수 있도록 허락한 글리제 행성인 여러분들의 은혜에 보답코자 우리는 모든 방법을 동원해 행성을 구원할 것입니다."

무경의 인사가 끝나자 박수를 치는 소리가 실내를 진동한다. 혜성의 재앙에서 벗어날 수 있다고 느꼈는지 무경의 말을 듣고 있는 하얀 수염 우주인과 글리제 행성의 대표자들은 천용과 가루라, 천야차 신들을 쳐다보고 무경은 신님들을 일으키며 소개를 한다.

"뒤에 앉아계시는 분들은 이 우주에서 만날 수 없는 분들입니다. 우리를 위험에서 구원해 달라고 부탁드려 봅시다!"

무경이 신들을 소개하자 천용은 이상한 몸짓으로 실내를 한 바퀴 돌다가 자리에 앉고 천야차, 건달파, 아수라, 가루라, 긴나라, 마호라가를 호명하자 가루라는 날개를 퍼덕이고 천야차는 신속하게 하늘을 날아다니고 건달파는 노래를 부르고 아수라는 칼을 들고 허공을 돌고 긴나라와 마호라가는 음악을 연주하면서 분위기 조성을 한다.

천용은 소개가 끝나자 일어나 말한다.

"우리는 당신들 마음속에 살고 있습니다. 여러분들이 살아야 우리도 살게되는 이유이기에 그대들을 도울 것입니다!"

천용은 무경의 눈을 계속 바라보며 회의진행을 하라고 눈짓하자 무경은 일어나 회의 진행을 한다.

"개요가 성립되었으니 회의진행을 해도 좋을지 동의해 주시기 바랍니다."

무경의 말에 대표자들 책상 앞에 놓인 컴퓨터에 찬성한다고 마우스를 잡고 클릭을 하자 컴퓨터 청색 화면엔 OK 글자로 모두 찬성한다는 표시가 뜬다. 무경은 박수를 치면서 다음 안건을 상정시킨다.

우주선 담당자가 대형 모니터에 혜성이 지나간 자리에 건물들과 산과 들 도로가 파이고 갈라지고 짐승들이 죽는 그림을 비추어 준다.

건물들은 형편없이 포탄에 맞은 것처럼 유리가 깨어지고 지진이 난 것처럼 도로가 파이고 나무와 풀들은 혜성이 지나간 방향으로 쓰러져 있고 동물들과 우주인들은 내장이 터지고 얼굴에서는 껍질이 벗겨지고 코에서 피가 나고 몸은 새까맣게 타 입었던 옷들은 불에 그을린 모습들이 흉측스럽게 보여 사진을 보는 사람들과 우주인들은 혜성의 재앙이 얼마나 무서운 것인지 실감하고 화면의 그림이 사라지자 모두들 긴장한 마음으로 서로를 쳐다본다. TV 화면에 그림이 사라지자 무경은 일어나 질문한다.

"헬로 혜성을 어떻게 막을지 발표하기 바랍니다."

그러나 아무도 일어나 설명하지 않아 실내는 조용하기만 하다.

무경은 하얀 수염 우주인의 뇌 속으로 잠입하여 그의 생각을 읽는다.

'이번 혜성의 재앙만 처리해준다면 지구인들을 쫓아낼 것인데 우주의 변화를 어찌 막을지 구경이나 할 것이다.'

무경은 또한 글리제 행성의 우주선 담당자는 지구인들을 어떻게 생각하고 있을지 그의 뇌리로 들어가 생각을 읽어 본다.

혜성이 지나가는 자리에 그들이 있어 준다면 손 안대고 지구인들을 제거하는 꼴이 될 것이라고 생각하는 것은 하얀 수염의 사고와 다를 것이 없다. 혜성이 지나가면 우주인 지구인 모두 다 죽을 것이기 때문에 지구인들이 앞장서 주기를 바란 것이다.

글리제 인들이 1,000대의 우주선을 보내 지구인들을 구할 때부터 계획을 세웠다는 사실을 알게 된 무경으로서는 난감하지 않을 수 없어 천용을 얼굴을 바라보았다. 천용은 무경에게 소리내지 말고 자기의 말을 들으라하고 눈짓을 준다. 무경은 천용이 하는 말을 아무 말없이 경청한다.

"글리제 인들에게 헬로 혜성의 재앙을 없애주는 조건을 걸어 지구인들의 신변을 보호할 수 있도록 협약서를 작성하도록 하십시오."

무경은 천용에게 다시 묻는다.

"이들이 지구인들의 신변을 보호하도록 요구하려면 구체적으로 어떤 조치가 필요할까요?"

천용은 말한다.

"긴급한 사건이 전개될 시 하얀 수염 자제 분들이 경호를 맡게 하고 쌍방이 문서를 만들어 조인해야 합니다."

지구인들의 정체성을 바로 세우기 위하여 두 모임을 공동으로 인정하고 글리제 우주인이 2015년 9월 지구인 모임을 수락한다는 사실을 근거하여 이 문건에 글리제 대표 하얀 수염과 지구인 대표 무경이 조인한다. 이 조약은 2015년 9월 9일부터 효력을 발생한다.

무경은 머릿속에 조인할 문서 내용을 생각하고 천용은 무경에게 차후에 다시 이야기하자고 하여 무경은 회의에 몰두한다.

무경은 헬로 혜성을 어떻게 막을 것인가 고민하다가 글리제 우주인들이 무슨 생각을 하고 있는지 생각을 읽게되어 이토록 놀라운 사실에 직면하게 된 것이다.

헬로 혜성이 수많은 얼음 덩어리들을 앞세우고 태양을 돌아서 사라지지만 혜성의 자력을 이용하여 바이러스들이 얼음 부스러기를 타고 침공하므로 큰일이 아닐 수 없다.

무경의 뇌리에 우주박테리아들이 혜성의 자력을 이용하여 얼음을 타고 침공하는 모습이 선하게 보여 회의장에 모인 사람들에게 질문을 한다.

"지난번에도 우주 악마 바이러스들의 횡포가 있었습니까?"

하얀 수염 우주인이 우주선 담당자 얼굴을 바라보며 설명하라고 하자 담당자가 일어나 설명한다.

"우주박테리아는 저희 글리제 뿐만 아니라 다른 별에도 침투하여 많은 인명 피해를 입혔지요!"

"글리제 행성에는 어떤 방도를 세웠나요?"

"글리제궁전과 우주선 관리소, 글리제 관청, 우주인들이 피난할 지하실 입구에 첨단 방역시설을 해두었습니다."

우주선 담당자는 화면을 통하여 방역시설이 배치된 그림을 보여주며 글리제 행성이 위급한 사항에 대처하고 있다고 강조한다.

무경으로서는 궁금하여 묻지 않을 수 없다.

"글리제엔 어떤 방역체계를 세웠나요?"

우주선 담당자는 잠시 눈을 깜빡거리다가 1만5천km 사거리면 혜성을 타격할 수 있고 우주박테리아 악마들에게 포착되지 않는 방사포 100문, 탄도 미사일 500mm와 300mm를 실물 크기로 화면에 보여주면서 회의장 대표자들의 동태를 살핀다. 무경은 800

년에 찾아오는 혜성을 막을 보장은 없다고 생각한다. 얼음 덩어리를 타고 오는 것을 어떻게 막을 것인가?

하얀 수염의 대답을 듣고 싶어 묻는다.

"우주박테리아 악마들을 어떻게 물리칠 것입니까?"

하얀 수염에게 묻자 하얀 수염은 도리어 "지구인들이 막아주지 않겠느냐"고 묻는다.

"지구인들이 막아주기 바랍니다!"

자기네들이 지구인들을 구해 주었으니 지구인도 글리제 행성에 충성해 보라는 얘기를 듣고 무경은 달리 질문을 한다.

"다른 좋은 아이디어 있는 사람 없습니까?"

숨소리가 들릴 지경으로 실내는 조용하다. 가루라가 일어나며 말한다.

"뜨거운 불로 녹여야 합니다."

천용은 무경의 머릿속으로 들어와 그림을 보여 준다. 혜성의 크기로 에워싸 얼음을 태우자는 것인데 너무나 엄청난 그림이 아닐 수 없다. 지구에서 쏘아 올린 우주선은 3,500km 높이에서 지구와 태양과 사이를 도는 혜성이 지나갈 크기 1억 5천만km에 높이 7,500km 혜성이 날아간다고 볼 때 그 높이에서 토네이도 구름을 세로로 세우고 200대의 UFO를 동원하여 작전을 펴야 한다.

태풍 눈 크기 10~30㎞지름이며 눈 주변부에 상승기류가 있는 곳에 구름이 발달하면 폭우가 되는 진행 방향 중심 오른쪽 바람이 강하면 그 반대쪽은 폭풍우를 동반한다. 온대 저기압 발생과 한랭 저기압 두개의 기단이 만나면 토네이도가 형성된다.

토네이도 전술

냉기가 가득한 허공에 뜨거운 빛을 보내면 회오리가 발생하는데 그 회오리에 뜨거운 빛을 보내 얼음을 녹이자는 생각을 한 무경은 하얀 수염 우주인에게 말한다.

"UFO 200대를 차출하고 그 비행기에 반사 유리를 달게해주면 좋겠습니다!"

하얀 수염 우주인은 무경의 말을 알아듣고는 반사 유리를 빠른 시일에 달도록 하겠다고 대답한다.

무경이 수정을 녹여 유리를 만들자고 제안하자 하얀 수염 우주인은 보이는 것이 수정이 아니고 다이아몬드 산이라고 말한다. 우주인들은 모두 알고 있는 사실이라 놀라지 않았으나 인간들은 산 전체가 다이아몬드 보석이라는 소리를 듣고 놀랜다.

"10일 안에 완성해야 합니다!"

무경은 회의를 진행하는 동안 마음의 안정을 찾는다. UFO 200대가 준비되었고 그 비행기에 유리를 만들어 붙이는 작업을 하여 박테리아와의 전쟁터에서 승리를 한다면 지구인들이 살 수 있다고 생각하자 무경의 얼굴에 화색이 돈다.

무경은 세로로 구멍이 뚫린 태풍 토네이도 속으로 헬로 혜성이 지나가기를 바란다. 얼음 덩어리 혜성을 녹이는 전쟁이기 때문에 작전은 성공적으로 끝나게 되리라고 믿는 천용의 얼굴을 쳐다보자 천용과 가루라는 박수를 치며 좋아한다.

혜성이 나타날 때 수많은 박테리아들이 얼음을 타고 희한한 모습으로 나타날 것이다.

구름위에서 무경과 천용과 하얀 수염과 우주선 담당자가 통제본부 컴퓨터 시스템을 지휘한다.

천용은 무경의 머릿속 작전을 읽었다. 혜성이 지나가는 자리에 UFO 200대를 각각 20m 거리를 두고 둥근 원을 만들어 혜성이 지나갈 때쯤 200대의 UFO에서 햇빛 반사 빛을 보내면 구멍 뚫린 회오리가 만들어 지고 회오리 속으로 들어오는 혜성은 녹아 힘을 잃을 것이고 혜성의 얼음을 타고 오는 물방울이 되도록 UFO에서 자기장포를 발사하여 가차없이 혜성을 몰아낼 것을 상상하자 천용은 무경에게 말한다.

"가루라가 7,500km 허공에 구름을 만들어 놓으면 우리는 구름 위에서 그들이 죽어가는 모습을 구경하면 될 것 같습니다!"

천용으로서는 그렇게 해도 되겠지만 무경과 하얀 수염은 UFO 통제본부에서 구멍 뚫린 회오리바람 토네이도 작전을 지휘하여 전술을 펴는 것을 보아야 한다.

하얀 수염은 글리제궁 안에 컴퓨터가 비춰지도록 지시하고 무경에게는 경비가 엄중한 가운데 별장 컴퓨터 화면을 한눈에 볼 수 있도록 하고 하얀 수염과 화상으로 얘기할 수 있도록 하라고 일렀다.

무경은 천용과 가루라와 천야차, 연화와 은영이, 도솔스님을 모시고 별장에서 지내면서 먹고, 일할 수 있게 별장 경호를 지구인이 맡아 같이 생활하였다.

천용은 무경에게 다가와 지구인들 중에 대한민국에서 글리제 행성으로 이송된 사람이 몇 명이나 되냐고 심각한 표정으로 묻는다.

"한국서 온 사람들은 어디서 일하고 있습니까?"

"각 부처에서 일하고 있지요!"

무경은 천용의 물음에 섬뜩한 기분을 느껴 왜 그런 질문을 하느냐고 묻는다.

"왜 그리 묻습니까?"

천용은 무경의 당황하는 모습을 보면서 말한다.

"조선 사람을 가려내야 합니다!"

"조선 사람이라면? 북한에서 온 사람을 말하는 것입니까?"

천용이 고개를 끄덕인다.

무경이 동서남북으로 흩어진 지구인들이 어디서 일하고 있는지 연화에게 파악하라고 말하자 연화는 무경의 지시를 받고 긴급하게 컴퓨터 마우스를 두들겨 구별한다.

글리제 행성에는 광산에서 다이아몬드를 캐는 작업을 하는 장면이 장관이 아닐 수 없다.

우주 어디에도 글리제 행성처럼 다이아몬드가 지천으로 널려 있는 별은 없을 것이다. 그러다보니 지구인들 중에는 다이아몬드가 탐나서 광산에 들어가 일하는 사람들이 있다.

하얀 수염의 지시로 다이아몬드를 녹여 반사거울을 만드는 공장에서 UFO에 장착할 반사거울을 붙이고 경비초소마다 자기장 방사포를 설치하자 헬로 혜성의 알갱이들이 불을 품으며 서쪽하늘에서 다가온다.

무경과 하얀 수염의 지시로 UFO를 20m 거리를 두고 둥근 원을 만들어 혜성이 지나갈 것을 가정하고 햇빛을 반사하면 구멍 뚫린 회오리가 만들어지는가를 실습하자 허공에 엄청난 회오리 구름들이 일어나는 것을 보고 두 사람은 예상대로 되는 것을 보고 놀라지 않을 수 없다.

거대한 구름층이 형성되더니 토네이도 구름은 바람을 일으키고 회전하는데 그 위력이 엄청나 상상 이상으로 블랙홀이 된 구멍으로는 괴기한 소리를 내고 그 구멍 속으로 끌어들이는 바람은 너무나 위협적이라 UFO까지 끌려 들어갈 기세이다.

UFO 200대에서 자기장 방사포를 블랙홀 구멍으로 발사하자 실탄은 종적을 감추고 어디로 날아갔는지 알 수 없다.

토네이도 구멍(블랙홀) 속으로 혜성이 흔적없이 사라질 것이라고 실전에는 우주선을 허공에 정확히 20m 거리에 배치하여 둥근 원을 세워서 반사빛을 쏘는 장면이 장관이 될 것이라는 말을 듣는 하얀 수염은 의기 양양하여 어깨를 들썩인다.

"엄청난 힘이 아닐 수 없습니다!"

무경은 하얀 수염에게서 칭찬을 듣자 문득 천용이 조선 사람을 가려내야 한다는 말을 떠올리며 왜 그런 말을 했는지 묻는다.

"천용 신이시여! 조선 사람을 왜 선별하라 했습니까?"

천용은 무경의 귀에다 대고 소곤거린다.

"혜성이 다가올 무렵 허공에 신경 쓰게 되는 것을 이용하여 지상에 다이아몬드 광산을 탐내는 무리들이 내란을 피울 게 걱정스럽습니다!"라고 말한다.

무경은 다이아몬드 광산이 아무리 탐난다 하더라도 가져갈 수 없을 뿐 아니라 우주의 다른 별과의 무역이 이뤄지지 않기 때문에 가져간다 하여도 쓸모가 없다는 것을 알지만 그래도 천용의 말처럼 욕심많은 인간들이 어떤 행동을 할 지 알지 못한다.

다이아몬드 광산에 설치된 CCTV를 통해 침입자들의 얼굴을 파악하도록 지구인 성용에게 지시를 한 연화는 CCTV 블랙박스를 검토하여 사람들의 얼굴을 일일이 선별하였다.

CCTV화면에 보이는 사람들을 살펴보던 중, 눈에 들어오는 한 사람이 있었다. 북한에서 온 불교 지도자 장효신 스님인데 그는 욕심이 많기로 유명하고 브로커를 하면서 탈북 여성들을 중국에 팔아 돈을 챙긴 악질 스님이었다. 불자들 중에 UFO가 지구로 날아와 사람들을 태우고 우주로 간다는 소문을 듣고 장효신 스님을 소개하여 운좋게 글리제 별로 왔으나 그는 정치에 관심이 많아 이곳에서도 세력을 잡아 보려 애쓰던 중, 다이아몬드 광산을 구경하고 그것에 정신이 홀려버린 것이다.

"이 사람이 다이아몬드 광산에 들어간 북한 사람입니다!"

연화가 TV 화면에 장효신 스님 얼굴을 클로즈업하여 무경에게 보여준다.

무경은 연화에게 스님이 어느 동에 사는지를 파악케 하고 경계를 당부한다.

무경은 경호원에게 복사된 사진을 보여주면서 말한다.

"이 분 신원을 파악하도록!"

경호원은 무경의 말을 듣고 "잡아 올까요?" 말한다.

장효신 스님은 북한에 있을 때 탈북한 처녀들을 숨겨 준다고 겁탈하고 그녀들의 옷 속에 든 돈을 훔쳐서 쓰는 등 악행을 저질렀다. 그는 독재자가 되면 권력으로 여자를 맘대로 주무를 수 있다는 것을 알고 있기 때문에 권력을 쥐기 위해 자금을 마련하려 했던 것이다.

도솔스님은 무경에게 귓속말로 속삭인다.

"우리에겐 성격이 강한 남자가 필요합니다!"

무경은 도솔스님의 심중에 있는 말의 의미를 알아내고 묻는다.

"……글리제 행성 우주인들을 못 믿어서 그럽니까?"

"그들은 우리를 달갑게 여기지 않기 때문에 그들의 정통한 정보를 제공해줄 자가 필요해서 구슬려 보자는 것이지요.!"

"정보를 제공해주다 발각되면 죽이나요?"

"내가 시키는 대로 하면 피해는 없을 것입니다!"

지령을 받은 장효신 스님은 도솔스님의 지시를 따르기로 하고 그는 글리제 행성이 혜성과 충돌하여 아수라장이 되기를 바랐고 그 혜성이 온다는 그 날을 D-Day를 삼고 내란을 일으킬 준비를 마쳤다. 그의 수하엔 북한 졸병으로 있던 진정과 진청이라는 사내가 있었는데 그의 하수인처럼 행세를 하였고 광산에 3명이 같이 다니는 게 발견되었다.

한편 글리제 행성의 UFO는 날마다 실전 준비를 하였고 하얀 수염은 총 사령관으로 무경의 지시를 받고 글리제 우주인들은 혜성의 충돌이 없도록 구름을 만들고 토네이도로 구멍(블랙홀)을 만들어 그 위력을 실습하였다.

천용과 가루라는 허공 야차를 데리고 무경을 따라 총괄하기 위하여 구름위에 앉아서 실전 연습을 구경하였다.

천용이 가루라에게 말한다.

"더 강한 회오리바람을 일으킬 수 있다면 좋을 텐데…"

"제가 날개를 휘저으면 더 강한 회오리바람이 일겠지요!"

가루라가 말하자 천용은 UFO들이 회오리바람을 만들 적에 가루라가 옆에서 날개를 펴고 오므리기를 하라고 말한다.

가루라가 날개를 펴고 오므리자 구름은 토네이도 회오리가 되면서 커다란 구멍(블랙홀)이 만들어진다.

"되었구려! 이제 되었어요!"

천용은 무경에게 자랑이라도 하려는 듯 말한다. 무경은 하얀 수염에게 으스대며 말한다.

"신들의 작전이 정확하군요!"

실전 준비를 마치고 휴식을 취하면서 글리제궁에 모인 신들과 여러 지구인들과 연화는 다소 긴장된 얼굴로 서로를 걱정하면서 넓은 식당에서 저녁 공양을 들면서 각자 다른 생각을 한다.

하얀 수염은 마음 속으로 지구인들이 이번 혜성의 충돌을 막아준다면 그들을 잘 돌볼 것이고 실패로 끝나면 글리제 별에서 쫓아낼 것을 염두에 두고 있다.

천용은 무경이 생각하고 있는 것들이 모두 잘 풀려주기를 바랐다.

다가온 그 날

까마득한 점하나 은하수 저 멀리 헤아릴 수 없는 시간동안 외롭게 헬로 혜성은 태양을 향하여 달려오고 있었다.

우주망원경으로 언제쯤 헬로 혜성이 글리제 행성으로 다가올 것인지 관찰하던 감시원은 서쪽 하늘에 밝은 몸통에 긴 꼬리를 달고 오는 혜성이 오늘 새벽에 도착하리라는 것을 계산하고는 하얀 수염에게 전화를 건다.

"두목님! 10시간 후 새벽 7시에 헬로 혜성이 우리 별로 다가올 것입니다."

하얀 수염은 감시원의 보고를 받고 무경에게 전화를 한다.

"새벽 7시에 헬로 혜성이 온다는군요!"

"그럼 비상사태를 발령하여 대기하는 게 좋겠습니다."

하얀 수염이 비상 1호를 발령하라고 지시를 하자 각 관공서에 비치된 사이렌이 울리자 우주인들과 사람들은 귀를 세우며 지하실 방공호 문을 닫고 우주인들은 쏜살같이 달려들고 거리에 자동차와 비행기들과 자가용들은 우왕좌왕 도피처를 찾는다.

천용과 가루라와 허공 야차와 연화, 도솔스님, 은영, 무경은 별장 중앙 본부에 설치된 TV화면의 영상을 바라보며 혜성의 존재를 관찰하면서 앞으로 벌어질 상황을 고심하였다.

화면에 나타난 하얀 수염은 긴장한 기색이 역력한 표정으로 무경에게 질문한다.

"무경님! UFO를 띄울까요?"

"9시간 후에 도착하니까 3시간이면 충분히 우리가 전개하려는 작전을 펼 수 있으니 조금 더 두고 봅시다!"

무경은 우주선 대원들에게 말한다.

"혜성이 도착하는 시간을 상세히 파악하여 보고하도록!"

우주 전망대에서는 혜성의 그림을 TV 화면에 비춰준다.

태양 주위를 돌아서 멀리 갔다가 다시 돌아오는 '혜성'은 대부분 얼음과 먼지로 이루어진 몸통과 긴 꼬리를 가지고 있으며 지름은 수km에서 수십 km이고 수천 년에서 수만 년에 한번 태양 가까이 왔다가 가는 혜성이 있고 수십 년에 한번 태양 가까이 가는 헬리 혜성도 있음.

비처럼 쏟아지는 유성이 초속 28km 속도로 돌진해 오는 것이라고 말했다. 이 소행성이 목성에서 태양 주위를 837일마다 공전한다는 사실도 알았다. 태양 둘레를 타원이나 포물선 궤도를 따라 주기적으로 도는 긴 꼬리를 가진 혜성이 나타나면 글리제 별엔 전란, 역병, 천재지변이 온다. 유성(별똥별) 즉 혜성은 소행성에서 떨어져 나온 부스러기와 태양계를 떠돌던 우주 먼지이기 때문에 유성의 굵기는 보통 모래알 크기이나 큰 것은 수 백 톤이 되며 유성은 시속 11~72km 글리제 상공 90km에서 산화되면서 빛을 내는데, 글리제 별에 도달하는 것을 '운석'이라 한다. 소행성은 화성과 목성 사이에서 선회하며, 가끔 궤도 안으로도 진입해 온 소행성은 탄소화합물과 암석과 금속으로 구성돼 있고 진입속도가 초속 20~70km에 달한다. 콩코드기가 초속 0.6km인 것과 비교하면 얼마나 빠른지 알 수 있을 것이다.

소행성이나 혜성이 글리제 별과 충돌할 가능성이 있어 무경과 하얀 수염과 우주선 관측소 담당자는 글리제 행성을 구해내는 방안을 거론했으며 소행성 탐색을 위한 전담연구소를 발족시키고, 소행성 지도를 작성하여 궤도 움직임을 24시간 감시 중이다.

하얀 수염은 소행성을 상층 대기(大氣)권에서 폭발시키자고 말하지만 무경은 반대의견을 말한다.

"10km 상공(上空)에서 소행성을 폭발시키면 2,000k㎡에 달하는 지역이 초토화 될 것입니다!"

"그 피해가 얼마나 클까요?"

하얀 수염이 묻자 무경은 말한다.

"그 파괴력은 모든 생물이 멸종할 것이고 먼지 구름이 대기권을 덮으면서 태양을 가리는 겨울이 390일정도 지속될 것입니다."

"먼지구름이 태양을 가리면 먼지로 가려진 지상에 산성비가 내리고 자외선이 지표면에 내리게 되면 암, 백내장 등을 일으키고 식물이 죽거나 생태계에 치명적 영향을 줄 것입니다. 생물의 DNA 손상이 1,000배 증가하고 식물 손상도 500배나 커질 것입니다!"

무경이 하얀 수염에게 말한다.

"소행성을 핵미사일로 파괴할 경우 수천 개의 소행성들이 쏟아지지 않을까요?"

무경의 말을 귀담아 듣던 하얀 수염이 무경에게 말한다.

"소행성을 파괴하는 것보다 비껴가도록 밀어내는 방안을 선택합시다!"

무경은 소행성이 다가오는 것이 문제가 아니고 혜성이 다가와 글리제 별에 충돌한다면 이 재앙은 실로 어마어마할 것이기 때문에 걱정하지 않을 수가 없는 것이다.

"우선 헬로 혜성부터 처리하면 어떨까요?"

우주선관측소 담당자는 혜성이 먼저 오느냐 소행성이 먼저 오느냐를 두고 계산하고 있었다.

"혜성이 걱정이지 소행성은 아직 걱정하지 않아도 될 겁니다."

무경은 시계를 들여다보면서 혼자 중얼거린다.

'아직 새벽 3시가 되지 않았으니까 우주선(UFO)을 띄우도록 할까?'

결심이 섰는지 무경이 하얀 수염에게 말한다.

"준비! 출동합시다!"

도시에서는 사이렌이 울리고 UFO 비행장에서는 엔진 거는 소리가 들리더니 잠깐의 시간에 200대의 우주선이 창공을 향해 날아오른다. 하늘엔 우주선들로 가득하여 형용할 수 없는 위용을 자랑한다.

중앙 통제 본부에는 무경과 하얀 수염과 천용과 가루라와 허공야차와 연화와 우주선 관리본부 담당자가 합승하여 모니터를 바라보고 지시를 한다.

"20m 거리를 유지하고 태양열을 받아 발사할 준비를 하라!"

모니터엔 헬로 혜성의 모습이 점점 가까이 다가온다. 혜성의 속도가 빨라 거리측정을 한 상태에서 UFO에서 빛을 발사하라고 지시를 한다.

"다시 말한다! 50m의 거리에 들어오면 그 때 빛을 쏘도록!"

우주선(UFO)에선 'OK!' 싸인이 화면에 비쳐진다.

우주선 관측소 담당자가 카운터를 센다.

20!19!18!17!16!15!14!13!12!11!10!9!8!7!6!5!4!3!2!1!0!!

200대의 우주선이 20m 간격으로 7,500km 상공에 대열을 펴고 카운터에 신경을 세우더니 일제히 햇빛을 쏘아 붓는다.

허공 200대에서 보낸 빛들이 한곳에 모이자 엄청난 회오리바람이 일면서 거대한 구름이 모이더니 태풍이 불어오자 둥근 구름이 하늘에 빙빙 돌면서 가운데 구멍이 뚫린 토네이도는 가로로 세워지고 한 가운데엔 구멍이 뚫리더니 강력한 회오리바람이 인다. 블랙홀 속으로 물체들이 빨려 들어가자 가루라가 이것을 보고 날개를 퍼덕이니까 회오리바람의 위력이 알 수 없을 정도로 엄청나게 높여진다.

그토록 기세좋게 달려오던 혜성은 7,500km 상공을 빠른 속도로 날아오더니 회오리바람 속으로 통과를 한다.

그 통과되는 위력 또한 어마어마해서 들리는 것은 무서운 소리들뿐이다.

"쉐이~이~쉬이~쉐ㅋㅋㅋ!"

쇳소리인지 알 수 없는 엄청난 소리에다가 회오리 바람소리가 합해지자 하늘을 진동시킨다.

벼락치는 소리, 돌들과 얼음이 부딪치는 소리, 마술을 부리듯 풍차 속으로 엄청난 소리를 내며 혜성이 구멍 속으로 들어가자 번개가 치고 벼락이 치는 소리와 더불어 굵은 우박들이 떨어지고 번개에 맞은 UFO는 균형을 잃고 비틀거리다가 그 자리에서 폭발한다.

"쾅! 파! 파! 팍!"

억수 같은 소나기를 맞은 우주선은 폭발하며 종적을 감추고 사라진다.

중앙 통제 센터에서 이탈된 비행기가 있다는 것을 알고는 대열을 정비하라고 지시를 내린다.

"56번 우주선을 중심으로 57번과 55번은 사이를 좁히도록 하라!"

56번 우주선에서 회신이 온다.

"벼락이 치고 소나기가 창을 가려 앞이 보이지 않습니다!"

55번에서도 아우성치듯 이야기한다.

"빛을 쏘아도 소용없습니다!"

회오리 토네이도 구름구멍은 빛을 쏘아도 회오리만 칠 뿐 앞이 보이지 않고 빛도 통과하지 않는 것을 알고는 무경과 하얀 수염은 몹시 당황한다. 생각했던 것과 달리 엄청난 회오리가 생겨 구름층이 발달하여 전류가 흐를 것이라고는 생각하지 못했고 뇌성을 쳐 벼락이 생길 거라고도 예상하지 못했던 것이 후회스럽다.

하얀 수염은 이대로 두면 혜성과 글리제 행성이 충돌할까 염려를 하여 무경에게 질문한다.

"이대로 진행할까요?"

무경은 얼음으로 된 혜성을 빛을 쏘아 녹여볼 생각이었는데 현재로는 그것만으로 혜성을 감당할 수 없는 입장이라 혜성을 다른 각도로 돌려세워야 겠다고 마음 먹는다.

"혜성을 밀어냅시다!"

하얀 수염도 무경의 의사를 인정하고 명령을 시달한다.

"우주선! 우주선! 우주선은 간격없이 일렬로 모여 혜성을 향하여 빛을 발사하도록 긴급 명령한다!"

명령을 받은 UFO 우주선들이 일제히 일렬로 모여 혜성을 향하여 빛을 쏘자 벼락치는 소리가 들리더니 혜성이 슬그머니 머리를 돌린다.

양성자와 중성자와 전자로 이루어진 원자의 중앙에는 원자핵이 있고, 그 둘레에는 전자가 있다. 원자핵 안에 수소는 양성자 1개, 헬륨은 2개, 탄소는 6개, 우라늄은 92개가 있다. 원자에는 중성을 띠는 우주에 원자95% 이온 상태로 원자폭탄 만드는 우라늄보다 더 무거운 원자가 만들어져 바륨과 크립톤이 만들어져 핵분열을 일으켜 많은 양의 우라늄이 결정적 역할을 한 중성자와 다른 우라늄의 원자핵을 쪼개는 일을 반복하자 50톤의 우라늄 연쇄반응의 핵분열로 폭발하는 수소폭탄은 핵분열할 때 원자폭탄의 5~10배 반응을 일으켜 100만도 수소의 핵 온도에서 광양자 빛이 수소폭탄의 에너지가 되는 것이다.

그 중간에 구름이 두텁게 쌓여 얼음처럼 무거운 벽을 만들자 혜성이 벽을 뚫지 못하고 밀려 방향을 바꾸게 된 것이다. 혜성이 글리제 별에서 멀어지자 가루라가 날개를 펴 혜성을 향하여 거센 바람을 일으키고 혜성은 더욱 빠른 속도로 고개를 돌린다.

"번~쩍!"

섬광이 비치더니 조금 후 요란한 소리가 들리는데 그 소리는 수소 핵폭탄보다 더 강렬하고 빛은 태양을 능가할 정도로 무서운 파장이 일어난다.

그 빛이 UFO에 전해지자 UFO를 모는 우주인은 정신을 차리지 못하고 핸들을 놓치고 혼절하여 궤도를 이탈한다.

48번이 이탈하여 47번에 부딪치고 47번은 다시 46번과 부딪치는 바람에 UFO들은 서로 뒤엉켜 86대의 우주선이 파괴되었다. UFO는 허공에서 폭발하고 박살이 나는 소리를 내면서 흐트러지는 모습이 가엾기까지 하다.

태양에서 보낸 빛이 얼음과 혼돈되자 핵분열이 되어 많은 양의 우라늄과 중성자가 원자핵을 쪼개는 일이 되어져 크게 소용돌이가 일고 벼락치는 소리가 온 우주로 전해지게 된 것이다.

그가 내는 소리는 천지가 무너지는 소리와 같고 돌들이 무너져 박살나는 소리는 하늘을 경악케 하는 소리와 같았다. 바이러스들은 얼음을 타고 오거나 먼지 덩어리를 타고 오기도 하고 바위를 타고 오는 유성은 글레제 별로 낙수가 되어 떨어지기도 한다.

혜성이 글리제 행성을 지나가자 땅이 갈라지고, 나무가 쓰러지고, 밭이 파이고, 건물들이 넘어지고, 도로가 파이고, 사람들과 우주인들이 날아가고, 쑥대밭이 된 거리에는 우주인들이 다니지 않았고 TV로 방영되는 우주 혜성과의 전쟁을 지켜보고 있었다.

한편 천용과 가루라와 허공 야차는 태풍에 비를 맞으면서 악전고투하여 무경을 도와 혜성을 몰아내는데 온 힘을 보태고 있었다. 번쩍하고 빛이 쏟아지면 굉음이 일고 그와 동시에 UFO들이 자기들끼리 충돌하고 흐트러지는 바람에 정신을 차릴 수 없었으나 천용은 가루라에게 지시를 한다.

"날아가는 비행기들을 붙들어 오도록 하자!"

가루라가 번개에 맞아 튕겨 나가는 비행기를 날개에 품자 비행기를 모는 운전자는 그제서야 정신이 돌아오는지 운전을 하기도 한다. 몇 대나 구했는지 묻자 허공 야차는 말한다.

"난 3대를 붙들었구먼!"

가루라가 천용에게 말한다.

"천용께서는 어떤 일을 하였는지요?"

천용이 가루라에게 말한다.

"난 혜성의 머리에 앉아 고개를 돌리도록 머리를 틀었지!"

"아, 그래서 머리를 돌리고 달아났구나!"

헬로 혜성이 고개를 돌리고 어두운 허공에 빛을 품어대며 멀리 사라지는 것을 바라본 무경은 안도의 한숨을 쉰다.

무경과 하얀 수염은 중앙 통제실에서 이들에게 연락을 한다.

"글리제 별로 이동하도록!"

이 때 지상에서 긴급한 연락이 온다.

헬로 혜성과 싸우던 UFO들이 간신히 지상으로 내려와 앉은 다음 한 숨 돌릴 사이도 없이 긴급한 무전 연락을 받는다.

"글리제궁에 불량배들이 행패를 부리고 있습니다!"

무시무시한 우주와의 전쟁이 아직 끝나지도 않았는데 지상에서 반란을 일으켜 우주의 주인이 되겠다는 야심찬 일이 벌어진 것이다.

하얀 수염은 걱정스런 표정으로 무경에게 말한다.

"글리제궁 침입자가 경호원들을 죽이고 행패를 부리는 모양입니다. 비행기로 글리제궁을 쓸어버릴까요?"

무경은 화가 치미는 것을 참고 지상에 내려 주기만 하면 자기가 처리할 거라고 하얀 수염에게 말한다.

"글리제궁 옥상에 내려주기만 하면 내가 처리하리다!"

옥상에 내린 무경 일행이 UFO 20대에 장착한 자기장 기관총으로 공격하라 이르자 일제히 기관총을 난사하여 그 소리 요란하다.

"다다다 타타!!"

벌집을 쑤셔 놓은 것처럼 우주선 20대가 정신없이 들락거린다.

"타타타타타타!!"

글레제궁의 정원은 총탄으로 파헤쳐지고 창문과 유리는 구멍이 뚫려 연기 바람이 휑하니 들어온다.

조선족 두목 장효신은 오금이 저려 기가 죽었으나 권력욕에 눈이 어두워 포기할 줄을 모른다.

반란

글리제궁 지도자들이 우주 전쟁을 하러 간 것을 알고는 조선족 장효신은 도솔스님의 지시대로 반란을 일으켜 글리제궁 경비를 맡은 우주인을 권총으로 쏴 죽이고 하얀 수염 방 두목의 의자에 앉아 사령관 흉내를 낸다. 금고문을 열라고 큰 소리로 지시하지만 부하들이 그 말을 들어주지 못한다. 왜냐하면 금고문의 비밀 번호를 모르기 때문이다. 그 것을 모르는 반란자 조선족 장효신은 경호원들을 총으로 쏴 죽이겠다고 겁을 주면 금고를 열 것이라고 생각한 게 크게 잘못 일을 벌였던 것이다.

TV화면에 조선족 얼굴이 비치면서 하얀 수염에게 메시지를 보낸다.

"내가 글리제궁을 접수하였다!"

TV 대형 화면이 처음엔 찌지직! 소리가 나면서 정상적으로 말이 들리지 않다가 잠시 후 화면이 깨끗해 지면서 조선족의 말소리가 들려온다.

"내가 글리제궁을 접수하였다!"

미처 그 말이 다 끝나기도 전에 별안간 우주비행기 UFO에서 기관총 소리가 나더니 창문이 박살나는 소리가 났다. 조선족은 그 와중에서도 금고문을 열려고 하였다.

거기엔 우주선들의 기밀 서류와 우주핵을 묻어둔 장소 지도와 스위치 작동의 열쇠가 있기 때문에 그것을 소유해야만 협상이 될 것 같아 그것을 찾았던 것이다.

무경은 가루라와 허공 야차와 용의 기운을 얻어 분신술로(몸의 형태를 보이지 않음) 글리제궁으로 들어갔으므로 아무도 그를 막지 못하고 금고 문만 흔들고 있었다. 금고 문은 암호로 되어있어 이것을 풀 사람은 하얀 수염과 무경 뿐이라서 장효신은 금고문을 열지 못했다.

천용이 입에서 독소를 내품자 실내엔 연기가 가득 쌓이게 되고 앞을 내다 볼 수가 없게 된다. 가루라가 날개를 움직이자 회오리 바람이 일면서 책상과 걸상의 집기들이 온 실내를 돌아다니고 천장에 걸린 네온 등이 바닥으로 떨어져 박살이 난다.

먼지가 풀풀 날리는 금고 앞에서 무경이 핸드폰 전화기에 달린 번호장치 퍼즐 같은 숫자를 누르자 금고는 서서히 열리게 된다.

금고 안에서 세상 밖 처음 얼굴을 내미는 듯 청초하면서 화려한 빛들이 보이더니 빛의 배경에는 고전적이고 화려하고 찬란한 빛을 내는 건물들이 즐비하게 서 있다. 그 건물들은 다이아몬드 보석으로 장식되어 있고 여러 건물들은 특별한 곳이라 글리제 행성의 탄생과 글리제 왕들을 모셔진 박물관처럼 보인 그 곳은 엄청난 보석으로 지은 집들로 한 곳 한 곳 모두 깜짝 놀랄 일들이 벌어지고 있는 곳이다. 유달리 화려한 건물이 눈에 들어오는데 거기엔 많은 동물들이 즐비하게 진열되어져 있다. 무경은 깜짝 놀라 머리를 흔들며 찬찬히 마음을 정리한다.

'어떤 것부터 볼까?'

무경은 중앙박물관 실내를 들어가고 싶은데 들어갈 수가 없어 망설이다가 눈을 감고 염력하여 하얀 수염의 뇌에 들어가 중앙박물관 번호를 묻자 하얀 수염은 기억되어진 번호를 무경의 뇌에 옮겨 심어주고 있다.

"19611020"

그곳은 글리제궁에 왕으로 군림하는 하얀 수염만이 들어가 살 수 있는 곳이라 그 화려함이란 어느 것보다 아름답고 찬란하고 예술답게 지은 집이다. 아무나 들어가지도 못할 뿐 아니라 그곳엔 특별한 암호를 풀어야 되는 비밀스러운 곳이므로 조선족들이 침범한다면 핵폭발로 글리제궁이 전멸할 것이기에 절대로 찾아서도 안 되고 찾을 수 없는 장치를 하여 풀 수 없도록 만든 것이다.

무경이 19611020이라는 숫자를 누르자 황금으로 된 문이 열리는데 그 빛의 화려함이란 우주의 그 어느 것보다 찬란하였다. 무경은 천천히 그 빛나는 문을 열고 들어간다.

4차원 세계, 그 곳에는 아무 문양도 그림도 없고 들어갈 문이 없다. 하얀 보석으로 장치된 벽면엔 폭포수가 흐르는데 그곳에 문이 있을 거라고 생각지 못하는 무경은 마음이 급해지면서 당황하게 된다. 이곳을 통과해야만 조선족을 물리칠 것이고 평화가 와야 글리제의 비밀스런 박물관을 관찰할 것이라고 생각을 한다.

건물 안에 있는 폭포수? 실제로 물이 콸콸 쏟아지는 폭포수를 바라본 무경은 4차원의 세계에서만 볼 수 있는 그림임을 감지하고 낙수되는 지점 숫자가 새겨지는 곳에 발로 19611020이란 숫자 지점을 밟자 물이 갈라지면서 벽이 열린다.

4차원의 세계에 들어가자 하늘이 열리고 찬란한 태양 아래 산들이 보이고 길이 뚫린 들판에 철도가 있고 우주 비행기 UFO가 즐비하다. 늘어선 공장과 건물과 사람들이 자유롭게 노닐고 행복한 표정을 짓는 어린아이로부터 할아버지 할머니까지 진열되어진 곳을 바라본 무경은 이곳이 지구의 어느 한 곳을 옮겨 놓은 것 같아 지구인지 글리제 행성인지 헷갈려 정신을 차릴 수가 없다. 무경은 조선족이 반란을 일으킨 것도 잊어버리고 그곳을 구경하기로 작정을 한다.

비밀스런 A방에 들어서자 글리제 우주 비행기 UFO가 지구에서 입수한 물건들이 즐비하게 진열되어 있다. 어린 아이에서부터 수염난 할아버지 할머니까지 실물로 전시된 것을 보고 무경은 혹시 모조품이 아닌가하고 만져 보고 냄새를 맡아 봐도 지구에서 가져온 사람이 틀림없다.

'이들이 왜 지구인을 진열해 놓았을까?'

글리제 인들은 지구인들뿐만 아니라 다른 은하수 행성 인들도 옮겨 놓았다. 무경은 다른 지구인들이 있나 걸음을 옮겨 살펴보았다.

TV 화면이 놓인 방으로 들어가자 글리제 행성의 온갖 방에서 일어나는 그림들이 보이는데 그 곳엔 먼지 속에 조선족 5명이 총을 겨누고 외부 침입자를 살피다가 하얀 연기를 마시고 기침을 하더니 쓰러지기도 하고 두목의 자리에 앉아 침입자가 들어오기를 기다린다.

무경은 TV 영상을 통하여 하얀 수염에게 물었다.

"배신자들이 머물고 있는 방에서 나오지 못하도록 하고 물리칠 방도가 없습니까?"

하얀 수염이 화면에 비치면서 무경에게 말한다.

"구경이나 하시지요! 내가 처리하겠습니다."

"어떻게 하려는 것이오?"

"내 방엔 아무도 들어 올 수도 없을 뿐만 아니라 들어온다손 치더라도 독가스로 살아 나오지 못합니다!"

무경은 하얀 수염의 말을 듣고 소름이 돋는 것을 느낀다.

'지독한 놈들!'

속으로 중얼거리며 TV 화면을 끈 무경은 외계인들에게 지구인들의 목숨을 맡길 수 없다고 생각하여 무경 자신이 맡아 처리하기로 작정하고 조선족 장효신과 화상 채팅하여 말한다.

"조선족은 들어라! 난 지구인 무경이다. 우주 전쟁으로 바쁜 틈을 이용하여 반란을 일으킨 까닭이 무엇인가?"

TV 화면에 조선족 장효신의 얼굴이 나타나면서 말한다.

"보석을 주면 UFO를 타고 지구로 가서 잘 살고 싶을 뿐이다!"

무경은 아직도 지구의 멸망을 믿지 못하고 그런 행동을 한 장효신의 어리석음에 한숨을 쉬면서 생각한다.

조선에서는 거짓말을 밥 먹듯 하여 누굴 믿지 못하는 것이 원인이 있는 건가? 지구가 파괴되고 허공으로 사라지는 장면을 보지 못해서 일으킨 사건이라고 생각한 무경은 괴롭기 짝이 없는 행동이라고 생각한다.

그냥 내버려두면 독가스로 죽던가 하얀 수염의 부하들의 총알받이가 될 것이기에 장효신이 얄밉지만 살릴 궁리를 한다.

무경은 장효신에게 경고하듯 말한다.

"지구인 장효신 들어라! 지구는 이미 멸망하고 존재하지 않는다. 그 방에는 곧 독가스가 나올 것인데 가스 냄새를 맡고 죽을 것인가? 아니면 총알을 맞고 죽을 것인가? 선택하라!"

장효신은 죽음을 예감하였는지 엄숙한 표정을 짓더니 부하들에게 말한다.

"우리의 목적은 보물을 찾아 우주선을 타고 지구로 가려는 것인데 다 틀렸나 보다! 우리가 가야 할 지구가 없어졌기 때문이다."

조선족 부하 한 명이 말한다.

"지구가 이 우주엔 존재하지 않는 겁니까?"

장효신은 고개를 끄덕이며 결정적인 생각을 한다.

바깥에서는 하얀 수염 부하들이 총알을 발사하면서 문을 열고 들어오려 하고 방구들에서는 하얀 연기가 피어오르는 것이 보이자 장효신 스님은 황급히 무경에게 화상으로 말한다.

"항복하고 싶다! 지구인을 죽이지 말라!"

무경은 지구인이라는 소리를 듣고 마음이 약해져 말한다.

"항복할 것인가?"

"무경님! 살려 주십시오! 죽을죄를 지었습니다. 살려만 주시면 은혜에 보답하겠습니다!"

장효신은 머리까지 조아리며 무경에게 말한다.

"지구인의 체면을 구겨 당신을 쳐다볼 면목이 없습니다!"

"자살할 생각은 없는가?"

"자살하겠습니다!"

무경은 장효신을 이용하여 글리제궁전의 비밀 지도를 알아내도록 하는 것과 글리제 행성의 보물 창고를 들여다 볼 수 있게 해주면 반역자를 처단한다는 조건을 내 걸고 하얀 수염의 정체를 알아내려는 것이 목표였는데 사람을 죽인다는 것은 당치 않는 일이라고 생각하였다.

화상으로 이 장면을 본 글리제 하얀 수염은 지구인들이 다시는 반역해서는 안 된다는 본보기를 삼으려 반역자를 죽여 우환을 없애려고 무경에게 전화로 말한다.

"죽여 우환을 없애야 합니다!"

무경으로서는 하얀 수염의 속셈을 모르는 바 아니지만 글리제 궁 안에 어떤 장치가 매설되었는지를 묻는다.

"어떤 장소에 살인 장치를 매설해 놓았소?"

하얀 수염은 무경의 질문에 답해 주지 않으려다가 잠시 생각을 한다. 여러 가지 위험한 우주 전쟁에 지구인들이 아니었다면 글리제를 구할 수 없었을 거라고 생각을 하자 생명의 은인에게 바른 말을 하기로 한다.

"벽에도 전자 총구가 있고 천장 유리 글라스에 독가스가 담겨져 있고 방바닥에서도 독가스가 나와 쥐새끼 한 마리 남기없이 모두 죽습니다!"

무경은 벽을 쳐다보지만 아무런 장치를 발견하지 못했고 천장과 마룻바닥 모두다 다이아몬드 보석으로 지은 집이라 찬란함이 그지없다.

무경은 도솔스님에게 아무도 듣지 못하는 말을 한다.

"자기장 로봇을 타고 글리제궁 입구까지 와 주십시오!"

도솔스님은 자기장 로봇 자전거를 타고 궁으로 오고 연화는 로

봇자전거 뒷자리에 은영을 태우고 쏜살같이 달려온다.

무경은 일거수 일투족이 TV로 생방송되는 것을 알고는 도솔스님에게 귓속으로 무언의 지시를 하고 자신도 자전거를 갈아타고 글리제궁으로 향한다.

한편 글리제 하얀 수염의 부하들은 UFO를 타고 자기장 다연장 로켓을 발사하며 글리제궁을 박살낸다.

"꿍~꽝꽝! 빠르륵 팡!"

하얀 수염 부하 케이는 글리제궁을 침범한 범인을 잡기 위하여 자기장 로켓을 발사하며 글리제궁으로 진입하여 조선족 장효신을 죽이기 위하여 위험을 무릅쓰고 궁으로 들어와 살인 장치가 움직이지 않도록 해 놓고 벽 하나를 뚫고 들어가려 한다.

무경은 자기보다 먼저 침범한 하얀 수염 부하 케이를 막지 못하면 장효신은 죽은 목숨이라 염력으로 가루라에게 부탁한다.

"글리제궁 남쪽에 벼락을 쳐 담이 무너지게 해주시오!"

가루라가 무경의 뇌파를 받고 구름을 모아 벼락을 치자 글리제 남쪽 벽이 무너진다.

"꽈르르 꽝꽝!!"

하늘이 무섭게 변하면서 벼락이 치자 그 파괴가 상상을 초월한다.

글리제궁엔 무경과 연화, 은영이 가루라와 함께 하얀 수염 부하 케이를 잡으려고 압박해 온다.

무경이 연화에게 묻는다.

"어디 있나?"

"글리제 남쪽 궁 11호실에 있습니다."

"하얀 수염의 의자가 있는 방 바로 옆 건물에 있다가 장효신을

체포하면 하얀 수염으로 가장하여 그 방으로 들어가 그들을 처리
하도록!"

연화는 은영이를 이용한 미인계로 그들을 물리칠 계획을 세운다.

하늘에 번개가 치고 벼락을 맞은 벽들이 무너지는 상황에 놓이
자 하얀 수염 부하 케이는 온 몸으로 이를 막으며 중앙으로 침입
한다.

"두드둑 뚝!"

장효신과 그의 부하들은 하얀 연기를 마셔 정신을 차릴 수 없는
입장인데 문을 부수는 소리가 나자 권총을 잡고 문 입구를 겨냥
한다.

"피~웅! 피 웅! 피핑~웅!"

문으로 적이 들어 올 것처럼 느낀 장효신은 문 입구를 봉쇄하려
고 달려간다. 그러나 케이와 그의 부하 4명은 정문이 아닌 천정에
서 낙하하여 장효신 뒤에서 총을 쏘자 장효신 일행은 그 자리에
서 쓰러진다.

케이 일행은 하얀 수염에게 보고한다.

"그들을 잡았습니다!"

그들이 막 보고를 하고 있는데 은영이 하얀 수염의 여동생으로
분장하여 장효신이 쓰러진 방으로 들어와 케이에게 말을 건다.

"수고하셨구려!"

케이는 하얀 수염의 여동생이 야한 옷차림을 하고 들어와서는
상긋하게 웃으며 말하자 황송한 듯이 말한다.

"여성 두목께서 직접 왕림하셨군요!"

은영이는 당당하게 명령한다.

"오빠에게 직접 이 자들을 데리고 갈 것이다!"

장효신과 그의 부하들을 끌고 문을 나서는 은영이 갑자기 뒤돌아서며 케이의 부하들에게 총질을 한다. 엉겁결에 총을 맞은 케이는 그 자리에 쓰러져 일어나지 못하는데 무경이 와서 케이의 환부를 살피며 치료하자 총 맞은 자리는 아물어지고 정신을 차린다.

"정신이 드는가?"

케이는 여성두목이 그들을 데리고 간 것이 잘못된 줄 알고 무경의 눈치를 살핀다.

한편 UFO 중앙 비행선 안에는 하얀 수염이 이를 지켜보고 있었고 하늘에 천용은 발아래에서 벌어지고 있는 상황을 내려다보고 있었다.

"그들을 하얀 수염에게 데리고 갔습니다!"

은영 일행이 장효신 일행의 손을 잡고 하늘로 올라가 천용이 타고 있는 구름위에다 내려놓으며 말한다.

"가루라 님, 그들을 모시고 왔습니다!"

무경은 장효신 일행이 무사한 것을 보고 안심을 한다.

한편 하얀 수염은 지상과 하늘에 UFO를 대기시켜 놓고 부하 케이를 기다리고 있다가 케이가 실패하여 죽은 줄 알고 실망하고 있었는데 살아서 돌아오자 케이에게 말한다.

"살아서 돌아 왔으니 다행이다!"

"무경님이 살려 주셨습니다."

한편 하늘에 천용과 가루라와 허공 야차는 힘을 합쳐 중앙 UFO 사령실에 불벼락을 내리치자 중앙 사령실은 번개에 맞아 비틀거리고 땅에서는 가로등이 뽑혀 2m 공중으로 올라 갔다 떨어지고 땅이 갈라지고 자동차들은 허공에서 빙 돌다가 떨어지고 정신을 차리지 못하는 사이 글리제 사람들과 지구인들은 반역자가 죽지 않았을까 염려를 한다.

은영이 장효신 일행을 데리고 천용이 있는 곳으로 안내를 하자 도솔스님이 그를 반긴다.

"그대들은 죽은 척 조용히 지내게!"

상황판단을 한 장효신은 아무 말 못하고 도솔스님의 말을 따른다.

한편 중앙 통제실과 하늘과 땅에 불벼락이 몰아쳐 화산이 폭발하고 그곳을 지나던 비행기가 폭발하는 장면이 TV 화면에 비치자 반역자들이 죽었다고 모두들 안심을 한다.

천용과 하얀 수염과 무경의 머리싸움이 치열하였지만 끝이 났다.

무경이 장효신이 있는 장소에 가보니 은영이가 지극히 그를 간호하고 있다.

은영은 별장침대에 누워있는 장효신에게 온갖 정성으로 식사를 차려 준다. 냄비에 된장을 풀고 양파를 썰고 호박 감자를 썰고 고춧가루, 설탕, 소금, 후춧가루를 조금 풀어 넣고 참기름을 두르고 볶아서 잡곡밥을 상에 차려 와 먹자고 권한다.

"이렇게 맛있는 요리는 글리제 행성에서 처음 먹는군!"

장효신은 눈물까지 흘리며 은영에게 고마워한다.

하얀 수염이나 지구인들은 그가 아니면 글리제 행성도 구하지 못했을 거라는 걸 알기 때문에 무경을 믿음으로 존경하였다.

무경은 1차 신의를 지켰기에 글리제 행성의 기원을 밝히는 비밀의 문을 열기로 하였다.

박물관 비밀 문

　박물관을 들어서자 바위 돌들로 벽이 가로 막혀 있어 들어 갈 수 없자 무경은 하얀 수염의 뇌 속으로 들어가 질문한다.

　"돌 벽을 허물 방법이 없습니까?" 하고 묻자 하얀 수염이 말한다.

　"하늘의 문은 정신을 통일해야 들어갈 수 있습니다!"

　무경은 연화와 은영과 도솔스님과 같이 하늘의 문을 들어가기 위하여 정신 통일을 시도한다. 모두 눈을 감고 정신을 하나로 모으자 무경이 알지 못하는 화려한 문양으로 색칠되어진 그림들이 보여 그곳을 들어간다.

　무경은 무아지경에서 그림들을 향해 손으로 장풍을 쏘자 돌들로 쌓은 벽이 허물어지고 눈을 뜨고 정신을 차려 다시 한번 장풍을 쏘자 돌 벽이 삐거덕 소리를 내며 하늘의 문이 열린다. 입으로 말하기 어려울 정도로 요상한 문이 열리자 푸른 하늘에 빛나는 빛들이 들어오는 그곳에 즐비한 집들이 보인다.

　황금으로 지은 집에 언제나 한결 같은 자물쇠가 잠겨 있는 것을 보고 무경은 속으로 말한다.

'지구에서 가져온 전쟁 무기들이군.'

박물관 A1 특실에 지구에서 공수해 온 무기들이 즐비하게 진열되어 있는 것을 보고 은영은 놀래며 말한다.

"이 물건들을 언제 가져 왔을까요?"

연화는 아무 말 못하고 눈요기만 할 뿐이다.

비격진천뢰, 소승자총통, 팔전총통, 1557년(명종12)에 만든 청동으로 주조하고 손으로 점화 발사하는 유동식 화기에서 현대식 소총, 제트 비행기, 원자폭탄, 수소폭탄까지 진열되어 있고 사병들의 복장에서부터 신발 헬멧까지 없는 게 없다.

박물관 특실에는 또 글리제 UFO의 발전하는 모습들을 진열해놓았다. 지구인들이 그토록 탐내던 UFO들이 진열되어 있는 것을 보고 무경은 자기도 모르게 감격한다.

AD 90년 전에 많은 사람들이 UFO를 보아 왔다. UFO는 여러 종류로 만들어졌는지 해파리와 닮은 UFO, 역삼각형 모습의 UFO, 붉은 용, 외계로부터 온 신, 깔때기 모양, 불공, 녹색 태양, 붉은 태양, 붉은 용, 불타는 원반, 둥근 기계, 날아다니는 원반, 빛나는 반지, 담배처럼 생긴 UFO 원반, 태양, 구, 방패, 달, 접시처럼 생겼다는 비행기, 날아다니는 배, 큰 호리병, 신들의 수레, 붉은 용들이 공중에 날아 다니듯이 진열되어 있었다. 1609년 강원도에 나타났다는 UFO도 있었다. 무경은 특 A2실 자물쇠가 어디 있는지 문이 보이지 않는다. 보석들로 가득 채워진 특 A2를 들어가기 위하여 무경은 하얀 수염에게 박물관 구경을 시켜 달라고 말하는 게 좋을 것 같아 그에게 말한다.

"박물관 구경을 시켜 주시오!"

하얀 수염은 박물관에는 글리제 행성의 엄청난 비밀이 숨겨져 있어 무경의 말에 곧바로 대답하지 않고 뜸을 들인다.

"우리 별의 미래가 있는 곳이라 함부로 들어갈 수 없습니다!"

"우리도 운명을 같이 하고 있으니 이 행성의 비밀을 알아야 되지 않겠소?"

하얀 수염은 한참 동안 고심하는 듯 하다 말한다.

"당신이라면 비밀의 문을 열고 들어갈 수 있을 것이요!"

무경은 하얀 수염에게 반문한다.

"나 혼자 알아서 문을 열고 들어가란 말이요!?"

하얀 수염은 어디 능력이 있으면 들어가 보라고 고개를 끄덕인다.

무경은 비밀의 문이 어디에 있는지 알지 못해 전전긍긍하다 땅과 하늘을 쳐다보며 의문의 열쇠를 찾고자 안간힘을 쏟는다.

무경의 난처한 입장을 보다 못해 천용이 묻는다.

"무엇을 찾고 있소?"

"네, 비밀의 문을 찾고 있습니다!"

천용이 잠시 생각을 정리하더니 되묻는다.

"지구인들은 핸드폰 비밀 번호를 어디다 저장하는가?"

무경은 천용의 말을 듣고 핸드폰을 꺼내 보며 깊이 생각에 잠긴다. 무경이 태어난 해인 1988+연화가 태어난 해인 1990를 더하여 박물관에 걸려있는 핸드폰과 닮은 숫자판에 3978번을 누르자 신기하게도 박물관의 문이 열렸다. 엘리베이터 문을 열고 들어가 엘리베이터를 타자 지하 100m 아래로 내려가는 돌문이 보였다. 그 곳에서도 핸드폰 번호를 누르자 돌문이 소리를 내며 열리는데 그 안의 그림은 지구에서 볼 수 없을 정도로 화려하게 꾸며진 것들이었다.

지하 별관 특실엔 지구인들이 좋아하는 다이아몬드 보석들이 즐비하게 진열되어져 있고 반지에서부터 왕관에 이르기까지 그 모양이 정밀하고 화려하다.

지구에서는 1905년에 채굴된 3,106 캐럿의 원석이 가장 큰 것으로 영국 왕관용으로 쓰이고 있지만 지난 번 하얀수염이 선물로 무경에게 준 글리제의 다이아몬드들은 붉은색, 푸른색, 황금색, 하얀 색 등 엄청난 크기의 다이아몬드들이 진열돼 있었다.

주먹만한 다이아몬드는 글리제 행성에서는 돌에 불과하다.

화이트, 블루, 레드로 이루어진 거대한 보석들, 정말 기가 막히게 예쁘고 찬란하고 아름다운 돌들로 온 방안을 가득 채워 놓았는다.

무경은 보석을 탐내지 않지만 정말 갖고 싶은 돌이 하나 눈에 들어왔다. 가까이 다가가보니 둥근 지구본과 닮은 볼링공만한 돌에 색색가지 색들이 칠해져 있다. 그것을 만지자 잊을 수 없는 추억여행을 하는 듯 기쁨이 온 몸에 충만하여 그 곁을 떠날 수 없을 만큼 정겹고 예술적이다.

무경은 자신도 모르게 한 숨을 쉰다.

'아~ 갖고 싶다!'

무경은 갑자기 연화가 이런 자신을 보았더라면 어찌 생각할까 싶고, 같이 오지 않는 것이 다행으로 여겨진다.

'연화가 봤으면 갖고 싶다고 성화를 부렸을까?'

무경은 유혹을 간신히 뿌리치고 다른 방 지하 별관 특실 2의 문을 열었다. 거기엔 지구에서 가져온 사람 머리와 글리제 행성에 사는 키가 작은 족속의 뇌를 알코올에 넣고 실험하는 장치가 즐비하게 늘어서 있었다.

사람의 머리에서 꺼낸 뇌(腦)의 모습들이 유리병 속에 진열되어 있고 유리관 속의 뇌(腦)와 뇌는 전기선으로 연결되어져 있으며 각 병마다에는 이름표가 붙어 있었다.

실내엔 우주의 은하수에 살고 있는 도인(여인) 세 사람이 구름위에 앉아 있는 듯 보이고 주위엔 온통 깜깜한 하늘에 별들이 찬란하게 비쳐주는 것을 바라보고 있다.

세분 도인들

　첫 번째 도인(삶과 죽음을 관장하는 도인)의 얼굴은 지구인을 닮은 여인의 모습이고 다이아몬드로 장식된 건물들과 의자에 앉아 있는데 거실은 화려해 눈이 부실 지경이다.

　그 여인의 유혹적인 눈을 보면 금방이라도 빨려들어 갈 듯 하고 바람에 날리는 머리카락은 몸을 덮어 하얗고 실크처럼 바람에 날리는 옷은 지구의 선녀들이 입는 옷과 같이 하늘하늘거려 볼수록 신비로운 여인이 무경에게 묻는다.

　"대뇌를 모으면 고뇌가 열린다는 것을 모르나요?"

　무경은 지구의 인간이 우주의 기(氣)를 수련할 때 대뇌를 하나로 모으는 것과 글리제 행성에 여인이 가르치는 것이 너무나 닮았다고 생각을 한다.

　무경이 첫 번째 도인에게 물었다.

　"뇌를 하나로 모으면 어찌 되나요?"

　무경은 고뇌가 열리면 사람의 전생을 알 수 있다는 것을 체험했기 때문에 행성의 도인이 아는 것과 차이가 있는가 싶어 묻는다.

　"전생을 알면 우주의 모든 일을 알 수 있지!"

이렇게 말한 첫 번째 도인이 무경을 보며 기를 모으는 체조를 같이 하자고 하여 무경은 도인의 행동을 따라 한다.

"가만히 앉아 두 팔을 뻗어 땅의 기(氣)를 받고 천천히 하늘의 자기장의 에너지를 받으면서 팔을 올리면 우주의 기(氣)가 몸속으로 들어오는 느낌이 들 것입니다. 이 우주의 에너지들을 모아 머리(백회)에 일직선으로 기(氣)를 집어넣고 그 기(氣)가 머리에서부터 목 어깨 양 가슴(심장, 허파, 간장)으로 전해지게 하고 가슴을 지나 복부로 내려와 배꼽 신궐(神闕)을 지나 신장을 거쳐 다리발에 기(氣)를 넣고 땅의 기운을 받는 운동을 30분 반복해서 계속합니다!"

배꼽(신궐, 神闕)은 엄마가 영양분을 취하면 아이는 배 안에서 배꼽이라는 통로를 통해 영양분을 받아먹는 곳이고 열달 동안 아이는 그곳으로 영양분을 취하여 무럭무럭 자란다. 열달 후 아이가 자궁 밖으로 나오면 엄마에게 받아먹을 필요가 없어진 배꼽을 자른다. 일주일 후 자른 배꼽의 자리가 아물면 배꼽은 구멍이 없지만 그곳으로부터 우주의 기를 받는 곳이 됨으로 우주의 도인들도 무경에게 우주의 기(氣)는 동일한 것이라고 가르친다.

삶과 죽음의 여인에게서 천억 개의 신경을 하나로 모으는 방법을 알게된 무경은 기(氣)수련을 계속하면서 말한다.

"명심하겠습니다!"

무경은 두 번째 뇌(腦)를 연구하는 도인 여자에게 가까이 다가 갔다. 여인의 얼굴은 지구의 미인과 같아 날씬하고 하얀 머리는 반듯하게 항공사 여직원과 닮았고 지구인의 이름을 따서 학림이라 불러 달라고 말한다. 실크로 짜인 옷으로 몸을 감싸 하늘을 나는 새와 같고 부드러운 입술에 붉은 색을 칠하고 무경에게 말한다.

"뇌를 통하면 만병을 다스린답니다!"

그녀는 자신의 뇌(腦)에 자기 선을 연결하여 전기가 통하자 찌지직! 소리를 내며 뇌(腦)에선 푸른 불빛이 흐른다.

학림 도인은 우주기공을 수련하는 대뇌(大腦)는 흥분하고 명령한다고 설명하고 뇌(腦)란 머리 뼛속의 기관으로 생각하고, 운동, 감정 등 모든 인간의 활동과 인체의 변화를 관장하는 곳이라 말한다. 인류의 조상으로부터 경험되어진 일들을 기록하여 저장해 놓은 곳이 고뇌(古腦)인데 사람들은 조상들의 일은 잘 잊는다. 그러나 수련으로 그 기록되어진 생을 알 수 있고 간뇌(間腦)는 양심이고 억제여서 대뇌의 속에 파묻혀 있는 곳엔 시상과 시상하부가 포함된 계란모양의 구조물로써 후각을 제외한 모든 감각신경의 통로로 시상하부에 존재하는 구조물로써 자율신경계, 호르몬, 식욕, 성욕 등의 조절에 중요한 역할로 잡념을 없애고 옛 조상들이 한 일들을 기억해 알아내고 다가올 운명을 알게 된다면 신통술부리는 깨달음을 얻게 될 것이다. 이처럼 많은 시간 수련을 하면 큰일을 알게 된다고 말하고 소뇌(少腦)가 하는 일 소뇌의 마름 뇌, 중간 뇌와 숨 뇌 좌우로 나누어 있는 소뇌를 다리처럼 이어 주는 다리 뇌와 숨 뇌는 척수와 위의 뇌(腦)부분을 연결하는 곳으로 중간 뇌와 마찬가지로 중요한 신경의 통로가 되는 곳이며, 대부분의 뇌(腦)신경(척수를 거치지 않고 뇌에서 직접 나오거나 들어오는 감각) 또는 운동신경, 후각신경, 시신경 등이 다 소뇌(少腦)의 평형감각을 담당한다고 장시간 설명한다.

무경은 세 번째 미래를 예언하는 도인이 앉아 있는 곳을 바라본다. 눈이 시리도록 빛나는 보석들로 장식되어진 곳에 풍채가 너무나 화려하고 길게 늘어진 하얀 머리 지구인과 닮은 키에 코가 아담하고 얼굴이 복숭아 빛처럼 복스럽고 파란 보석을 목에 걸고 있으면서 두 손을 머리위로 쳐들고 우주의 기(氣)를 몸 안으로 채워 넣는 운동을 하는지 하늘에서 무지개빛들이 머리로 들어가고 그의 뇌(腦)에는 삶과 죽음을 초탈했는지 2백 살 넘은 도인의 얼굴을 하고 있다. 천사와 닮아 글리제 운명을 예언해주는 하얀 수염과 영적으로 내통하면서 지구인의 이름인 경림은 무경이 오기를 기다리고 있었다고 말한다.

"그대가 올 줄 알았습니다!"

무경은 지하 별관 특실 A2 방에 하얀 수염이 가지 말라고 한 이유를 알지 못하다가 천사들을 만나면서 그 의혹이 사라진다.

"저를 기다렸습니까?"

예언하는 도인은 웃으며 말한다.

"호홋 홋! 당신이 우리별 글리제를 헬로 혜성으로부터 구하러 올 줄 알았습니다!"

무경은 도인들에게 혹시 자신도 모르게 무례한 행동을 하지는 않았는가 몸을 사리면서 겸손하게 말한다.

"제가 도울 일은 없겠습니까?"

"나를 도와주어야 합니다!"

"어떻게 도우면 되나요?"

"난 젊었을 적에 지구인과 혼합하여 새로운 인종을 탄생시키고 글리제 별로 왔습니다. 그런데 그대들이 글리제로 행성으로 그 아이를 데리고 왔으나 나에게 데리고 오지 않았다고 말하는 것입니다!"

무경은 세 번째 도인의 말을 듣고 잠시 어리둥절해 한다.

"글리제 인과 혼합된 사람을 제가 데리고 왔다는 말씀입니까?"

"그대들이 그 아이에게 영적인 혼을 심어주었지!"

무경은 세 번째 도인의 말을 듣고 정신이 혼미하지만 묻지 않을 수 없다.

"당신의 아기인 글리제 인을 제가 살렸단 말입니까?"

"은영이는 인간과 글리제 우주인 나와의 혼합된 작품입니다!"

"그게 가능합니까?"

"그대도 정신을 통일하여 신을 만나고 우주를 건너 글리제 행성으로 오지 않았습니까?"

"그랬습니다! 제가 글리제 행성으로 오게 된 것은 인간들을 구하기 위함이었습니다!"

"당신이 그게 가능하였 듯이 나 또한 지구인과 혼합한 인간을 창조하는 것이 가능한 일입니다!"

"그 아이 이름을 알고 계셨습니까?"

"그 아인 나와 영적인 리듬으로 통하고 있으며 그 아인 이 별에서 제일 특혜받은 지도자가 될 것이고 그 아이 이름이 김은영이라 한다오. 그를 도운 지구인도 특별한 대우를 받을 것입니다!"

"그럼, 글리제 행성으로 오는 비행기 안에서 은영에게 하얀 수염이 걸어준 목걸이도 도인의 지시에 의한 것이었나요?"

무경은 그게 궁금하여 물었다.

무경은 은영과 특별한 인연으로 만나게 된 사연을 도인이 알고 있는지 궁금하여 도인에게 묻는다.

"도인이시여! 그 아이가 태어난 곳이 어딘지 알고 있습니까?"

"서울 돈암동 정릉 초가집 장독간에서 노인이 기도하던 곳을 지나다 죽어가는 수자 영가를 연화 아가씨가 은영이의 뇌에 접신한 것도 나의 지시로 이루어졌던 것이오!"

"아픈 아이를 살리도록 한 이유는 무엇입니까?"

"기(氣)가 센 인간의 영을 받고 싶었던 거지요!"

"그 아이를 키워준 사람을 아십니까?"

"도솔스님 말씀입니까? 알고 있습니다!"

무경은 황당하여 다시 묻는다.

"그 아이가 아무 탈없이 클 줄 알았습니까?"

"그리될 것을 알았기에 제가 당신을 도운 것이 아니겠습니까?"

"저희가 글리제 행성으로 올 것을 알았단 말입니까?"

"내가 UFO를 보낸 걸 모르시는 것 같구려!"

무경 일행이 글리제 행성으로 무사히 올 수 있었던 것이 모두 세 번째 도인의 명령에 의한 것이었고 수미산 신들을 불러들인 것 또한 이 여인의 작품이라니 안 믿을 수 없는 입장이다.

기(氣)가 우주로 통하고 있었다니 신기하다고 생각한 무경은 세 번째 도인에게 묻는다.

"은영이가 글리제 행성의 지도자가 됩니까?"

무경으로서는 반가운 일이지만 어떻게 해서 지구인이 글리제 행성의 지도자가 될까 그게 궁금하였다.

"글리제 행성에서는 지혜로운 자에게 왕의 칭호를 주면서 통치권을 부여합니다! 글리제 행성인의 피를 받은 자는 누구나 참여할 수 있기에 그날을 대비하여 지구인을 숙주로 삼은 셈이지요!"

"그날이 언제입니까?"

세 번째 여인은 글리제 행성 우주인의 미래는 인간의 얼굴이 되어야 한다고 말한다.

"첫 번째 여인과 두 번째 여인이 승낙하면 지도자가 되지요!"

세 번째 여인은 하얀 수염에게 은영과 연화 그리고 도솔스님을 지하 별관 특실 A2 방으로 불러들이도록 명령하였다. 무경에게는 글리제 행성에 지대한 업적을 남긴 자에게만 해주는 퍼레이드를 전우주적으로 실시하겠다고 말한다.

첫 번째 도인과 두 번째 도인들이 세 번째 도인의 방으로 들어온다.

세 번째 도인은 무경의 뇌(腦)에 전선(戰線)을 연결하고 첨단으로 연구한 전선회로를 접촉한 다음 첫 번째 도인과 두 번째 도인의 기를 모아 무경에게 전달한다. 무경은 이제 이 우주에서 제일 지능적인 지구인이 되었고 도인들에게서 기(氣)를 받은 무경은 글리제 행성의 지도자가 될 자격을 얻게 되었다.

우주와 글리제 운명을 예언하는 세 번째 여인은 하얀 보석을 만지며 은영에게 말한다.

"목에 걸고 있는 보석을 만지며 소원을 말하면 소원이 이루어진다는 것을 몰랐나요?"

이 말을 들은 은영은 목에 걸린 보석을 만지면서 말하였다.

"내 미래의 남편이 어떤 분인지 알고 싶습니다!"

세 번째 여인은 은영의 속마음을 읽고는 빙그레 웃으면서 말한다.

"영웅대회 개최날 알게 될 것입니다!"

세 번째 여인이 무경의 귀에다 대고 소근거린다.

"영웅대회 개최날 무술우승자 중에 은영의 남편될 자가 나타날 것입니다!"

"은영이에게는 어떤 대우를 할 건가요?"

무경은 은영이 글리제 행성에서 어떤 대우를 받을 것인지 그게 궁금하였다.

세 번째 도인은 무경에게 말한다.

"글리제 행성인과 지구인을 합한 제3의 인간이 우리 행성의 지도자가 될 자격이 있는 것이고 우리의 미래가 될 것입니다!"

세 번째 도인은 은영이 글리제 행성의 공주가 되기를 바랐으나 문제는 은영은 그 자리를 탐하지 않는다는 것이다.

무경은 은영에게 다가가 묻는다.

"은영아! 그들은 네가 글리제 행성의 지도자가 되기를 바라고 있어!"

은영은 고개를 가로 저으며 얼굴을 찌푸린 채 주위를 돌아보다가 무경에게 다가와 말한다.

"당신은 우리 별의 영웅입니다! 저는 당신이 우리 행성을 이끌어 주시길 바랍니다!"

무경은 은영의 말에 뒤통수를 몽둥이로 얻어맞은 것처럼 멍해졌다.

무경은 인류를 구원하려는 순수한 마음을 어찌 표현해야 좋을지 몰라 잠시 망설인다.

세 번째 도인은 무경의 심정을 누구보다 잘 알기에 다정히 말한다.

"무경! 당신의 진실하고 순수한 마음을 나는 알고 있어요. 세상이 필요로 하면 자신을 태워 세상을 밝히는 지극한 마음이 일어날 때 깨치는 것이며 탐욕을 떨쳐 버릴 때 기쁨을 얻게 되고 해탈의 길이 열린다는 것은 측량할 수 없는 인연들이 천당과 지옥을 오르내리면서 닦는 도량이니 어찌 증명할 수 있겠습니까?"

무경은 자기의 진심을 알아 주는 말을 들으니 서글픈 마음이 눈 녹듯 사라진다.

"다정한 미소가 아름답지 않은가?"

무경은 도인의 음성을 듣고 내면의 미소를 띠우고 말한다.

"이 우주에 형제 이웃이 서로 물어뜯고 싸우는 것은 지구에만 있는 줄 알았는데 거대한 우주 은하수에서도 서로를 잡아먹는 살육전이 전개되고 글리제 행성에도 시기하고 중상모략하는 자들이 판을 치고 있으니 어딜 가야 시기모략중상이 없는 세상을 만날 수 있을까요? 아~ 우주의 장엄함도 잠시잠깐, 예술의 순수함도 잠시잠깐, 배움의 열정도 잠시잠깐, 내가 바라는 순수한 미래는 어디서 구할까?"

무경은 도를 구하고 인류를 구하면 반드시 그 응보가 열릴 줄 알았다. '나는 위선자인가?' 라고 반문하였으나 대답을 얻지 못하는 자신의 마음을 들여다보고 무경을 빙그레 웃는다. 도인은 무경의 미소를 보면서 말했다.

"욕심을 다 비우지 못했군!"

무경은 도인에게 말하였다.

"자유인이 되겠습니다!"

누군가 말하였다.

"나그네처럼 살겠다는 말씀이군!"

세 번째 도인은 붉고 푸르고 황금빛이 나는 다이아를 꺼내어 손에 들고 말한다.

"우리 글리제 행성에서 제일가는 보석입니다! 이것을 지니고 있으면 배고프지 않고 장수하고 죽음의 위급함에서 생명을 지켜 줄 것입니다. 우주에 존재하는 최고의 보석을 당신께 상으로 드립니다!"

거기에 모여 있는 사람들은 그 보석을 쳐다만 보아도 눈이 부실 지경이다. 모두가 다 탐내는 보석을 도인이 무경에게 건네자 하얀 수염은 말한다.

"저도 나라에 충성하면 보석을 줄 겁니까?"

첫 번째 도인은 말한다.

"우리들의 세상에 탐나는게 뭐가 있겠습니까? 나라에 충성한다면 드려야지요!"

하얀 수염은 무경이 지도자가 되지 않고 자유인이 되겠다는 말과 도인이 보석을 주겠다는 말을 듣고 얼굴에 미소를 짓는다.

그 곳에 모인 우주인들과 지구인들은 무경을 향하여 박수를 치며 진정으로 좋아한다.

"축하장에서 만납시다!"

도솔스님과 연화, 은영이 무경에게 용기를 가지라고 손을 흔들어 주었다.

지도자 퍼레이드

운동장엔 승리 퍼레이드를 알리는 깃발이 펄럭이고 있다. 글리제 특수 비행팀이 하늘에서 곡예를 하는 비행기의 묘기는 그야말로 장관을 이룬다.

엄청나게 빠른 납작하게 생긴 UFO들이 회전하며 쇼를 부리는 것을 본 지구인들과 우주인들이 응원하는 소리가 하늘을 진동하도록 울려퍼진다.

중앙 본부에는 하얀 수염과 세 명의 도인, 그리고 은영이와 도솔스님이 그 외 지역엔 지구인 간부들과 우주인들이 떠들며 응원을 하고 있다.

운동장에 지구인이 뽑은 소녀연예인 선발대가 엉덩이를 흔들고 들어오며 노래를 부르자 청중들도 따라 부른다.

> 진실한 믿음으로 맞이하는
> 내면의 미소 상쾌한 아침
> 아낌없는 사랑을 할 때
> 주어진 사명 이루게 되네.

우주를 정복할 수 있어

진정으로 다행한 일이다.

노래 가사는 욕심을 비우고 진실한 마음으로 사랑할 때 꿈꾸는 나라로 갈 수 있다는 내용이다.

그들의 율동은 정열적이고 화려하다.

지구인 군악대 100명이 나팔을 불고 북을 두드리며 펼치는 퍼레이드가 장관을 이룬다. 그 뒤로 바다 잠수정들이 줄지어 들어오고 농사짓는 트랙터가 들어오고 화훼단지에서 키운 꽃들로 장식한 차들이 들어오고 하늘에서는 UFO비행기들이 쇼를 펼친다. 방사포 미사일을 실은 차들은 운동장을 돌아서 들어오고 그 뒤로 언제 준비했는지 1인승 전동차엔 하얀 수염 우주인이 손을 흔들며 들어오고 그 뒤로 하얀 수염 제자들이 따라 들어온다. 많은 우주인들과 지구인들이 그들을 환영한다.

운동장에 설치된 확성기에서는 쇼를 전개할 우주인과 지구인을 소개하는 여자의 음성이 낭랑히 들린다.

"헬로 혜성을 몰아내기 위한 전투에서 유명을 달리한 조종사 86명의 명복을 비는 묵념을 올리도록 하겠습니다."

헬로 혜성을 밀어 내는 전쟁에서 지구인들의 지혜가 발휘되지 않았다면 더 큰 희생을 치렀을 것이고 오늘의 축하공연도 열지 못했을 것이다. 사회자는 헬로 혜성을 몰아 낼 때 자기장 회오리 바람의 충돌로 희생된 86명의 명복을 비는 묵념을 하자고 엄숙하게 말했다. 묵념이 끝나자 사회자는 제일 먼저 무경을 소개한다.

"여러분! 헬로 혜성을 몰아낸 영웅, 무경 씨를 소개합니다!"

우주인들의 함성과 지구인들이 열렬한 소리가 울려퍼지자 무경은 연화의 손을 들고 연화는 은영의 손을 높이 든다.

아나운서는 다음 행사할 내용을 말한다.

"다음은 진기명기 무술 시합이 있겠습니다!"

첫 번째 도인 배순과 두 번째 도인 최림은 서로를 바라보며 이상한 낌새를 느끼는지 세 번째 경림 도인을 바라보고 말한다.

"오늘 큰 불상사가 일어날 모양입니다!"

첫 번째 배순 도인은 유달리 지구인을 싫어하여 글리제 행성에서 지구인을 몰살시킬 계획으로 하얀 수염의 부하에게 시선을 주자 머리가 벗겨진 우주인 케이는 어딘가로 이어폰을 끼고 지시를 내리고 있었다.

UFO 비행기를 타고 있는 부하 케이투는 UFO 비행운전을 하면서 명령에 충성하겠다며 계기판을 만진다.

확성기에서 아나운서의 다음 순서를 알리는 음성이 들린다.

"1번! 불을 다루는 무술입니다!"

평행봉처럼 쇠로 만든 막대기에 불을 다루는 무술인을 매달 철사 줄을 가지고 하얀 수염의 제자가 걸어나온다. 철사줄로 불쇼를 하는 자의 두 손과 다리를 꽁꽁 묶고 온 몸에 불을 붙이면 그 속에서 살아 나오는 묘기인데 수많은 관중들이 혹시 다치지 않을까 긴장하여 바라보는 가운데 무술인의 몸에 불이 지펴졌다. 철사 줄에 거꾸로 손과 발을 묶고 불 속에서 살아 나오는 묘기를 보는 관중들은 소름이 돋는다며 야유를 퍼붓는다.

"그만 해!"

"진행하지 마!"

사람들의 아유에도 아랑곳하지 않고 몸에 불을 지피자 시뻘건 불은 거꾸로 매달린 사람을 통채로 집어삼킨다.

쇼크를 받은 관중들은 진행자가 타죽은 줄 알고 시신을 거두지 않느냐고 소란을 피우는데 운동장 가운데에서 무술인이 유유히 손을 흔들고 관중들 속에서 걸어 나온다. 엄청난 불길 속에서 죽지 않고 살아 나오는 무술인에게 박수를 보낸다.

아나운서는 다음을 소개한다.

"이번 차례는 대포쇼입니다."

운동장에 준비된 대포에 우주인이 들어가 장진하자 대포는 요란하게 펑 터지는 소리를 내더니 우주인은 총알처럼 허공에서 사라진다. 관중들은 묘기를 하는 우주인이 보이지 않자 소리를 지른다.

"어디로 간 거지? 죽은 건 아닐까?"

운동장에서 쇼가 진행되는 것을 신호로 하얀 수염 제자 케이가 어딘가 지시를 하자 하늘을 감시하던 UFO가 구름 속으로 사라진다.

그러자 삽시간에 구름이 시커멓게 바뀌더니 회오리바람이 몰아치고 순식간에 소나기를 퍼부어 관중들의 시야를 가린다.

기상악화에도 아나운서는 다음 차례를 소개한다.

"다음 순서는 유성이 떨어지면 받아내는 무술입니다!"

하늘에서 유성이 떨어지는 것을 받아 운동장 안으로 떨어지게 만드는 무술로서 위험을 무릅쓰고 진행해야 하는 묘기를 부리는 것이다.

"사고가 날 것 같습니다!"

첫 번째 도인이 두 번째 도인에게 염려스러워 한 말이다.

두 번째 도인이 말한다.

"사고처럼 유도하겠지요!"

두 번째 도인의 속셈은 세 번째 도인이 지구에서 숙성하여 데리고 온 은영을 죽이고 글리제 행성에 살고 있는 지구인을 몰살시킬 계획으로 글리제 하얀 수염과 판을 짜 놓고 부하 케이에게 구름 속에 자기장을 이용, 번개를 동원하여 운동장을 파괴하고 그 속에 있는 지구인들이 맞아죽기를 바라며 하얀 수염은 부하 케이투에게 신호를 보낸다.

"정확히 명중시켜야 한다!"

아나운서는 계속 진행멘트를 한다.

"우주에서 날아오는 유성을 마음대로 조종하는 자를 소개합니다!"

아나운서가 말하자 갑자기 하늘에 먹구름이 모이더니 비가 운동장 위로 퍼붓고 번개가 치더니 회오리바람이 불고 소용돌이가 일고 먼지가 회오리처럼 말려 올라가고 집체만한 유성이 쏟아져 내린다. 원래대로라면 유성들을 몸으로 받아 운동장에 살며시 내리는 묘기인데 그것을 막지 못하고 무경이 앉아 있는 곳으로 유성이 떨어지니 그 위력이 어마어마하여 운동장 전체가 무너질 지경이다. 운동장에서 구경하던 사람들은 죽어나고 살아난 자들은 기겁을 하고 도망을 간다.

"꽝! 꽝! 꽈르 꽝! 꽝!"

무경은 상황이 위급함을 눈치채고 연화와 은영을 데리고 경공

술을 펴 하늘로 뛰어 올랐기에 다행이지 그렇지 않았더라면 즉사
했을 것이다.

무경의 순발력에 연화는 엄지손가락을 펴보인다.

무경은 운동장에 남아있는 지구인들을 도우려 하였지만 이미
유성에 맞아 죽은 사람들이 부지기수이고 그나마 몸을 피해 살아
난 사람들 뿐이었다.

"쇼는 그만! 마술은 그만 해!"

기겁을 한 지구인들은 도망을 가고 무경을 향하여 달려오는 우
주선 비행기를 피한 무경은 경공술을 펴 연화와 은영이의 손을
잡고 저만치 몸을 옮겨 기회를 본다.

대포 소리와 함께 하늘에서 유성이 떨어지는 소리가 펑! 하고
꽝음이 들리고 운동장에 파편이 튀는 것을 본 무경은 일부러 자
기를 죽이려고 한 일이라는 걸 알고 몸을 숨긴 것이다.

유성이 떨어진 운동장에는 커다란 구덩이가 파이고 그곳을 피
하지 못해 죽은 지구인들의 시체는 알아 볼 수 없이 뭉개져 버렸
고 화약 냄새가 진동을 한다.

자신의 제자가 무경과 무경 주위에 있는 지구인들을 죽이지 못
하고 실패하는 것을 본 하얀 수염은 무경의 반격이 두려워 몸을
숨긴다. 세 번째 경림 도인은 무경에게 다급하게 말한다.

"당신은 은영이를 안전히 보호하는 게 좋을 듯합니다!"

무경은 세 번째 도인의 말을 무시하고 살아있는 지구인을 향해
소리질렀다.

"지구인들이여! 여기는 위험하니 어서 피하도록 하십시오!"

그리고는 연화에게 말하였다.

"연화! 이대로 당할 수만은 없으니 은영이와 같이 싸웁시다!"

무경의 말을 듣고 연화는 우주선과 교신하는 케이투를 잡으러 하늘을 날아가고 그 뒤를 은영이도 따라 난다.

UFO를 조정하는 케이투는 자기를 향해 질주해오는 연화를 권총으로 겨냥하여 쏜다.

"피~ 웅!"

케이투가 쏘는 탄환을 피해 허리를 숙인 연화는 신기를 발동하여 케이투의 손을 후리치기를 하자 케이투가 몰던 UFO가 땅바닥에 나뒹군다. 추락한 UFO에서 케이투가 땅으로 기어 나오는 것을 본 연화는 그의 아문혈을 짚어 꼼짝하지 못하게 제압해버린다. 이를 지켜보는 케이가 은영에게 접근하여 권법을 교환한다.

은영의 주먹이 케이의 얼굴로 향하자 케이는 용케 잘 피해 목숨은 건졌으나 은영의 권법을 당하지 못하고 곧 무릎을 꿇는다.

이런 아수라장 속에서도 아나운서는 "다음 묘기를 소개 하겠습니다." 라고 말한다.

이 때 글리제 우주인 한 명이 기타를 메고 연주를 하며 등장한다.

은영은 자기도 모르게 기타치는 우주인을 쳐 한방 먹이자 기타맨은 기다렸다는 듯 은영을 향하여 총알을 퍼 붓는다.

은영은 두 번째 도인에게 묻는다.

"모든 것이 당신들이 계획한 일인가?"

겁을 먹은 두 번째 도인은 아니라고 고개를 흔들었다. 은영이 기타맨의 급소를 내 지르자 기타맨은 그 자리에서 주저앉고 만다.

별의 별 방법을 동원하여 무경을 죽이려던 계획이 실패로 돌아가자 하얀 수염이 직접 지휘를 하게 된 것이다.

무경이 세 번째 도인을 보호하면서 말한다.

"다치진 않았습니까?"

"오우~ 그대가 나를 구했구려!"

첫 번째 도인과 두 번째 도인은 계획에 차질이 생긴 것을 직감하고 세 번째 도인을 바라보며 능청맞게 말을 한다.

"누가 은영의 남편이 될지… 정말 재미있는 게임이야!"

지구인 무경을 죽이려고 꾸민 일이지만 무경은 글리제 행성의 비밀을 캐려고 세 번째 도인에게 묻는다.

"글리제 행성인이 지구인들을 왜 죽이려 합니까?"

경림 도인은 무경의 얼굴을 뚫어지게 바라보면서 말한다.

"박물관에서 발견하지 못했군요!"

무경은 비밀 박물관에 아직 가보지 못한 것을 후회하였으나 경림 도인에게 말한다.

"그대가 저를 도와주지 않으면 누가 도우겠습니까?"

무경은 그녀가 은영을 지켜 줄 것을 알고 말한 것이다.

"비밀 박물관은 우주 박테리아를 지구인들에게 감염, 번식, 양생, 실습하는 곳이지요!"

"그곳에 지구인이 몇 명 정도나 잡혀 있습니까?"

"장효신을 비롯하여 지구인 1,000명 쯤 될 겁니다."

"그렇다면 그들을 구할 해독제가 필요할 것인데 어디 있는지 알고 있습니까?"

"제가 가지고 있지요!"

"저에게 주실 수 있으신지요!"

무경과 세 번째 경림 도인은 지구인을 구하려 비밀 박물관으로 향한다. 가는 길에 어디서 나타났는지 한 무리의 우주인들이 무경을 향해 기관총을 난사한다.

"뚜루루루루 뚜루루!!!"

무경의 주위로 파편들이 먼지처럼 날리고 총알을 맞은 나무들이 조각 조각나는 소리가 죽음의 음률처럼 섬뜩하게 들려온다.

이 때 무경의 주위에 있던 지구인 희용이 용감하게 나서서 말한다.

"제가 그들을 제압하겠습니다!"

지구인 희용의 15m 전방에 수십 대의 기관총이 순식간에 설치된 것을 보고 희용이 나서자 동국이 나서고 항진도 나서는 것을 보고 우주인들이 총알을 퍼붓는다.

우주인 공격대와 지구인 수비대가 치열하게 공방을 주고받는 중에 무경을 지키려던 동국이 다리에 총상을 입었다.

세 번째 도인의 안내로 간신히 비밀 박물관에 도착한 희용과 은영은 지구인을 구하려 박물관 안으로 들어갔다. 다이아몬드 광산 수백m 지하에 있는 비밀 박물관의 내부는 그 화려함이 말로 표현하지 못할 지경이다.

하얀 수염이 외계인의 침입을 막기 위해 박물관에 폭탄을 설치하여 놓은 곳을 알고 있는 세 번째 도인은 차근차근 폭탄들을 제거하고 나아간다. 점차 깊숙한 곳으로 들어가자 지구인 장효신이 포박되어 있는 것이 보인다. 무경이 장효신 앞으로 다가가 포승

줄을 끊는다.

장효신은 의식이 가물가물거려 무경을 알아보지 못하지만 몸은 반응하여 꼼지락거리는 것을 보고 무경은 아직 살아날 가망성이 있다는 생각에 기뻐한다.

은영이 세 번째 도인에게 말한다.

"당신은 지구인을 대상으로 실험하는 것을 보고도 아무런 제지도 하지 않았나요?"

세 번째 도인은 말한다.

"글리제 행성에 피해가 없기를 바라니까요?"

이 때 옆에 있던 두 번째 도인이 갑자기 무경을 바라보며 소리질렀다.

"박물관에 독가스가 퍼지면 그대들이 위험해집니다. 다들 피신하세요!"

무경은 말한다.

"우리는 독가스를 겁내지 않아요!"

무경은 세 번째 도인에게서 받은 무지갯빛 보석을 들고 주문을 외웠다.

"지구인들을 구하여 주소서! 하늘엔 온통 벼락이 치고 지상엔 총알이 날아다니고 박물관에는 독가스가 퍼져 전멸되는데 살려주소서!"

그러자 무경과 그의 일행을 중심으로 자기장 보호막이 형성되어 어떠한 것도 침범하지 못하고 막아준다.

지구의 지도자를 도우겠다는 희용, 동국, 항진도 모두 4차원 보호막 안으로 들어와 무사할 수 있었다. 그러나 경황 중에 실습실에 끌려간 지구인 장효신은 독가스에 질식해 죽었고 상규도 총알을 피하지 못해 세상을 뜨고 하얀 수염은 무경의 장풍을 맞고 죽었으며 첫 번째 도인과 두 번째 도인도 죽었고, 하얀 수염의 제자들도 모두 죽었다.

그러나 실습장 안에 갇혀있던 1,000명의 지구인은 독가스에 노출되지 않아 세 번째 도인의 치료를 받아 살아나게 된다.

용과 가루라와 허공 야차는 무경의 기도를 듣고 글리제 행성을 폭격하여 쑥대밭을 만들었다.

무경을 보호해주던 희용은 은영과 함께 가루라 날개를 타고 다니면서 다연발 기관총을 부서버렸고 유성을 조종하는 부하들을 죽여 지구인들 중 으뜸 공로자가 되어 글리제 행성의 최고사령관이 된다.

희용은 은영이 글리제 행성 최초의 여자 지도자가 되기를 바라는 듯 했다.

찬란한 무지갯빛이 운동장을 비추고 지구인과 우주인이 뒤엉켜 춤을 추고 전쟁 없는 축제장에는 축포가 쏘아 올려졌다. 용과 가루라 허공 야차는 번갈아 재주를 부리고 이를 본 무경은 연화를 쳐다보며 말한다.

"이곳은 이제 전쟁 없는 나라가 되었습니다!"

무경과 연화가 서로 바라보며 기쁨을 나누고 있을 때 은영이 무경에게 말한다.

"아버지! 이 나라를 바로세울 수 있도록 도와주세요!"

은영이 무경을 아버지라 부르며 부탁의 말을 하는 것이다.

"내가 신을 만날 수 있었던 것은 뇌를 100% 열었기에 가능하였다. 너도 이 글리제 행성의 지도자가 되기 위해서는 아버지처럼 뇌를 열어야 할 것이다!"

"네, 아버지. 100% 뇌를 여는 공부를 하겠습니다!"

무경과 연화, 희용과 히라타 스미꼬, 동국과 항진이 그리고 은영은 무지갯빛으로 채워진 나라에서 꿈꾸어왔던 세상을 맞이하게 된 것이다. 봄바람은 살랑살랑 저만치 숨 가쁘게 달려오고 먼 곳에 서있던 신들이 이들에게 다가오며 환한 미소를 짓는다.

"친구들이여!"

"영원한 내 친구들이여!"

"아름다운 이 나라에서 꿈꾸며 살아봅시다!"

모두들 희망에 부풀어 있을 때 도솔스님이 우주의 어느 한 곳을 손가락으로 가리키며 쳐다보라고 소리친다.

"저기, 은하수 중앙에 푸른 별이 보이지!"

사람들의 시선이 모두 도솔스님이 가리키는 곳을 향했다. 그 곳에는 정말 푸른 빛을 띠는 별이 찬란하게 빛나고 있었다. 문득, 무경이 소리친다.

"그곳이 지구인가요?"

도솔스님은 무경의 이야기를 듣고 깜짝 놀라며 묻는다.

"저 별이 지구인 줄 어찌 알았는고?"

주위에 있던 여러 사람들은 지구가 영원히 없어진 줄 알았다가 우주 공간에 다시 생겨났다는 소리를 듣고 모두들 기뻐하였다.

"성겁이 오면 우리 모두 지구에 가서 살아요!"

"아~ 지구가 그립다!"

"이 우주에는 영원한 게 없어!"

"새벽이 열리는 것은 지구뿐만이 아니고 이 행성에도 아침이 열리겠지."

사람들은 저마다 한마디씩 한다.

세 번째 도인이 무경의 옆으로 다가와 말한다.

"뭘 보고 계시나요?"

무경은 도인의 얼굴을 쳐다보고 한숨 섞인 질문을 한다.

"이 우주엔 영원한 것은 없는 건가 봅니다."

도인은 무경의 심정을 아는지 위로를 한다.

"태어나고 사라지고 또 태어나고 사라지는 것이 우주의 섭리겠지요."

무경은 도인을 쳐다보며 자조섞인 목소리로 말한다.

"잠시 왔다가 사라지는 것이 인간의 숙명일진데, 자연에 순응해서 사는 게 그리 어려운 것인지 사람들은 왜 서로를 못 잡아먹어 안달을 할까요?"

이들의 말을 곁에서 듣고 있던 도솔스님이 참견을 한다.

"욕구가 서로 충돌하는 세력끼리 부딪치면 엄청난 재앙이 몰려오는 법이지요."

무경이 세 번째 도인에게 죽지 않고 사는 우주를 만들어 보자고 말하자 도인은 "글리제 행성에서 살기를 바랍니까?"하고 무경에게 묻는다.

무경은 도인의 질문을 듣고 말한다.

"새로운 별, 새로운 종족을 찾아 나서야지요!"

세 번째 도인도 고개를 끄덕이며 말한다.

"지구인을 찾았고 영원히 죽지 않는 종족을 찾아야지요!"

첨단 우주인들도 새로운 것을 찾아 나선다고 하니 무경은 우주의 비밀은 끝이 없다고 느낀다.

"나고 죽고 나고 죽는 그게 자연의 법인 것 같기도 합니다."

머리가 복잡한 무경에게 세 번째 도인이 UFO를 타고 같이 여행이나 하자고 말한다.

"우리, 별나라 구경을 갑시다!"

연화와 은영, 도솔스님과 희용, 동국이 우주선에 타는 것을 본 무경은 세 번째 도인의 손을 잡고 별들의 나라 구경을 나선다.

우주의 여러 휘황찬란한 별들 사이로 UFO는 유유히 돌아다닌다. UFO의 창문을 통해 별들을 보는 무경은 문득 전쟁 없는 나라, 모략중상이 없는 그런 지구가 탄생되기를 진정 바란다.

무경이 우주선 안의 사람들을 둘러보니 모두들 편안한 미소를 얼굴 가득 머금고 있다. 연화의 얼굴에도, 은영의 얼굴에도 어느덧 평화가 깃들어 있음을 보고 무경도 마음의 평안을 얻는다.

세 번째 도인을 비롯하여 모든 사람들이 UFO 창문을 통해 펼쳐지는 행성들의 아름다운 모습에 감탄하는 가운데, 모두를 태운 우주선이 별들 사이를 미끄러지듯 비행한다.

새롭게 태어나는 지구 가까이 날면서 무경은 먼지로 새롭게 태어나는 지구를 가리키며 휘황찬란한 아름다운 지구를 상상하며 기도드리며 말한다.

"생겁에 지구가 탄생하면 우리 모두 미래지구 여기에 와서 살자!!"

모두들 행복한 미소를 머금는다.

유체이탈

초판인쇄 2015년 12월 05일 **초판발행** 2015년 12월 10일

지은이 **無相 김수복**
펴낸이 **이혜숙**   펴낸곳 **신세림출판사**
등록일 1991년 12월 24일 제2-1298호

100-015 서울특별시 중구 충무로5가 19-9 부성B/D 702호
전화 **02-2264-1972**   팩스 **02-2264-1973**
E-mail : shinselim72@hanmail.net

정가 **15,000원**

ISBN **978-89-5800-158-4, 03810**